정희진
처럼
읽기

정희진처럼 읽기

정희진 지음

교양인
GYOYANGIN

차례

1장 고통

2장 주변과 중심

3장 권력

4장 안다는 것

5장 삶과 죽음

나에게 책은

'~처럼'이라는 직유법은 긍정적인 의미와 부정적인 의미가 모두 있다. 교사이자 반면교사인 것이다. '누구처럼 되어라.' '누구처럼 되면 안 된다.' 그러나 나는 반면교사도 교사라고 생각한다. '정희진처럼 읽기'라는 제목도 마찬가지다. 누구나 책을 읽는 방식이 있다. 다만, 나는 이렇게 읽는다는 뜻이다. 물론, 그 '이렇게'가 사회적 의미와 내용이 없다면 곤란하다. 그리고 그것은 독자의 판단에 달려 있다. 나는 조금 다른 방식으로 읽는 편인데, 나의 독서 방법을 일반화하려는 의도는 당연히 없다. 많은 방식 중의 하나라는 의미에서 정희진처럼 읽을 수도 있다는 뜻이다. 나는 나 자신 한 사람의 목소리를 대변할 뿐이다.

약, 참고문헌, 일상

누군가 나에게 왜 책을 읽느냐고 묻는다면 이렇게 대답할 것 같다. "아파서요. 책을 읽으면 좀 덜 아프거든요." 이는 나만의 이유가 아니다. 누구나 몸이 아프거나 기분이 상할 때 혹은 고통으로 인한 죽음 직전에도 책을 읽으면 위로받는다. 기분이 전환되고 타인의 처지를 이해하고 나를 돌아보게 된다. 아픈 상황에서 딴 곳으로 이동할 수 있고 덜 아프게 된다. 좋은 책은 세상이 내게 주는 선물, 생명, 세로토닌(행복감을 생산하는 뇌의 화학 물질)이다. 위로는 깨달음에서 온다. 이 위로가 몸에 습관이 되어 독서의 즐거움에 중독되면 다른 일에는 흥미가 떨어진다.

즐거움(樂)에 풀잎을 얹으면, 약(藥)이 된다. 책은 즐거움이자 풀잎이자 약물이다. 나의 일상은 외롭고 지루한 노동의 연속이다. 자극이라고 해봤자, 우리 사회 대부분의 서민들처럼 분노와 스트레스가 고작이다. 내가 옴짝달싹 못하고 '을'이라는 현실에서 비참함을 느낄 때, 푸코를 읽으면 내 상황이 상대화된다. 미련으로 괴로울 때는 《그 남자에게 전화하지 마라》 같은 책도 도움이 된다. 어머니가 돌아가시고 이후 몇 년간 상실감에 빠져 종일 누워 지낼 때 엘리자베스 퀴블러 로스의 "사랑을 위해 사랑할 권리를 내려놓으라."라는 말은 나를 욕창 직전에서 구해주었다. 성 산업에 종사하는 여성들과 대화하다가 계급 문제를 생각할 때 주디스 버틀러는 명확한 논리를 선사했다. 타인의 고통에 대해 생각할 때 고바야시 히데오가 한 말, "어머니에게 역사적 사실이란 아이의 죽음이 아니라, 죽은 아이다."를 되새긴다. "민주주의 사회에서 타자란 없다." 라고 했던 마르크스를 읽을 때 그의 깊이를 다시 생각하게 된다. 내 글이 어렵다는 불평과 비판 세례를 받을 때, "쉬운 글은 익숙한 글일 뿐"이라는 스피박의 통찰은 나를 자유롭게 해준다. "우리가 비판받지 않는다면 무엇으로 역사를 채우겠는가."라고 한 나혜석은, 나를 나대로 살게 하는 용기를 준다.

책을 의인화한다면, 그/녀는 정치적으로 치열하다. 그 사람(책)은 자기 내부의 모순까지 껴안는 명확한 당파성의 소유자다. 책은 나를 이룬다. 유려하되 아름답기보다 진실한 문장, 주장의 간절함과 정의감, 정확한 인식을 돕는 기가 막힌 표현력, 글쓴이의 노동이 고스란한 정직한 글처럼 나를 기쁘게 하는 것은 없다. 이런 책을 읽을 때 내 삶이 진전한다고 느끼고 세상이 살 만하다고 생각한다. 어려운 문턱을 넘어서면 다른 세계가 펼쳐진다. 그런 글을 쓴 노동자들에게 감히 동지 의식을 느끼고(싶고), 욕심을 다스리면서도 의욕을 다짐한다. 그들은 좋은 사람들이므로. 좋은 사람만이 좋은 글을 쓸 수 있다.

프로이트 심리학은 혁명이었다. 백 년 전 당시 유럽 사람들은 인간의 질병은 약물이나 주사, 수술로 고치는 것이지 말을 주고받는 것(상담, 相談)으로 가능하다고 생각하지 않았다. 프로이트가 주장한 '말하기 치료(talking cure)'는 신체적 통증을 정신적 작용인 대화로 치료하거나 경감시킬 수 있다는 것이다. 당시에도 그랬고, 지금도 대화 치료는 매 순간 전 세계에서 실현되고 있다. 동시에 '나쁜' 언어의 힘은 통증을 증가시키고 사람을 죽음에 이르게도 할 수 있다. 온라인 성폭력으로 자살하는 경우가 가까운 예다.

핵심은 몸과 마음의 관계다. 마음이 괴롭고 스트레스를 받으면 몸이 아프다. 암, 우울증, 루게릭 병 같은 치명적인 질병에 걸릴 수도 있다. 실제로 분하고 억울한 일을 당하면, 그야말로 억장(億丈,

whole world)이 무너져 목숨을 잃을 수 있다. 머리(brain)와 심장 (heart)은, 마음이 아니라 몸이다. 마음은 몸 안에 없다. 마음이라는 부위는 없다. 마음은 사회적인 몸(mindful body)이다. 프로이트의 사상은 근대성과 탈근대성을 모두 아우르지만, 언어(말)와 물질(신체)의 구분을 무화시킴으로써 근대와 탈근대의 경계를 넘어서기 시작했다. 근대 이분법의 대표적인 특징인 언어와 현실, 이론과 실천, 물질과 정신, 실제와 환상, 지시어와 지시 대상의 이분법은 기반을 잃어 가고 있다.

나에게 책 읽기는 삶에서 필연적으로 발생하는 자극, 상처, 고통을 해석할 힘을 주는, 말하기 치료와 비슷한 '읽기 치료'다. 간혹 내 글이 다소 어둡다고 지적하는 이들이 있다. 그들은 내가 읽는 책은 상처에만 관여하는 것 같다고 말한다. 삶에서 기쁨이나 행복은 없냐고 묻는다. 왜 없겠는가. 문제는 무엇이 행복이냐는 것이겠지. 행과 불행은 사실이라기보다 자기 해석에 따라 좌우된다. 그리고 독서는 이 해석에 결정적으로 관여한다.

내가 읽는 책

어떤 시각으로 읽느냐가 읽는 내용을 결정한다. 나 역시 기본적으로 관심 있는 주제(권력, 언어, 지식, 고통, 관계, 몸)가 있지만, 소재별로 읽기보다는 관점을 중심으로 선택한다. 남들이 보기엔 엉뚱한 책을 읽는 것처럼 보일 수도 있다. 나는 특정한 사고방식에 집중하는 편협한 독자다. 어느 누구도 아무 책이나 읽는 사람은 없다. 그런 의미에서 모든 독자는 편협하다. 더 정확히 말하면, 나는 '자극적인 책'만 읽는다. 예상 가능한 내용이나 가독성이 지나치게 좋은 책은 읽지 않는다. 그래서 나를 아는 이들은 내게 책 선물을 하지 않는다. 내가 주로 '이상한' 책을 읽기 때문이다. 우리 집은 작은 서점에 가깝다. 방송통신대학 교재부터 동물행동학, 경영학, 군사학, 영어발달사, 호스피스, 코란과 이슬람 여성 연구 관련까지…… 전공을 알 수 없다.

나는 퀴어 이론과 외과 의학을 같은 차원에서 읽는다. 몸, 정상과 비정상, 성별, 적응, 인식 방법 등 여러 지점에서 깊이 관련된 분야다. 책은 중립적이다. 중요한 것은 무관해 보이는 책들 간의 관련성을 읽는 이가 어떻게 판단하느냐이다. 독자의 생각에 따라 무관한 책일 수도 있고 그렇지 않을 수도 있다. 아는 방법이 아는 내용을 결정한다. 별개로 존재하는 지식은 없기 때문이다. 당연히 자연과학, 인문과학, 사회과학의 구분도 없고 개별 학문의 구별은 더더욱 없다.

학문의 차이가 아니라 세계관, 사유 방식의 차이가 있을 뿐이다. 그런 면에서 문학가와 신학자가 더 가까울 수도 있고, 오히려 동종 분야에서 내부 관점의 차이가 더 크기도 하다. 일제 시기 참여문학, 조선프롤레타리아예술가동맹(KAPF)을 연구한다고 할 때 마르크스주의를 모르면 불가능하다. 〈미운 오리 새끼〉의 작가 안데르센은 동성애자였으며, 그의 거의 모든 작품은 동성애 정체성과 정치적 은유로 이루어져 있다. 이성애 제도에 대한 이해 없이 그의 문학을 읽고, 평론한다는 것은 가능하지 않다. 내 석사 논문 소재였던 가

정 폭력도 위에 적은 모든 분야의 지식이 필요했다.

여러 분야의 책을 읽다 보면, 오히려 한 분야만 공부한 전공자보다 더 깊게, 더 많이 알게 된다. 개인이 축적한 지식의 양 때문이 아니다. 이는 구조적으로 당연한 일인데, 여러 학문을 두루 접하면 지식의 전제와 지식이 구성되는 역사적 과정을 알게 되기 때문이다. 예를 들어, 근대 국가가 탄생하면서부터 인류는 국가 단위로 분류되어, 정상 국가(normal state)의 구성원들은 국민이라는 지위를 얻게 되었고 국가들 간의 세계, 즉 '국제'라는 말이 생겼다. 지금 우리가 국제정치학(요즘은 국제관계학)으로 부르는 학문 분야는, 다원주의의 적자생존(適者生存, natural selection) 개념을 약육강식으로 오해한 가부장적 시각의 동물행동학에서 시작되었다. 즉 주류 국제관계학이나 국가 안보 논리의 전제는 오독된 다원주의다. 그러나 이를 지적하면 해당 분야 학자들은 매우 불쾌해하고 자기 영역을 침범한 침략자, 무식한 사람, "감히……." 이런 태도로 나오는 경우가 많다. 나는 진보 진영의 평화학자들에게 그런 공격을 받기도 했다.

자기 전공보다 자기가 공부하는 학문이 생겨난 사회에 대해 아는 것이 먼저다. 학문이 생겨난 이유와 문제의식에 의문을 품지 않기 때문에 자기 전공의 전제와 맥락을 모르게 된다. 이때 지식의 목적은 해결(solution)로 전락하고 앎이 아니라 정보만 소유하게 된다.

근대 이전까지 학문은 통합되어 있었다. 한 사람이 신학, 수학, 철학, 문학을 모두 섭렵하는 것은 흔한 일이었고 학문의 구분도 없었다. 널리 알려졌다시피 레오나르도 다빈치는 건축, 철학, 요리, 미술, 군사 기술, 식물학, 광학, 수력학, 천문학, 해부학, 비행기 제작까지 모두 뛰어났다. 그를 '산만한 천재'라고 부르는 이도 있는데, 이는 현대의 전문가 개념에서 본 것이고 당시엔(그의 천재성도 고려해야 하지만) 그리 낯선 인간 유형이 아니었다. 학문이 분야별로 나뉘고 배타성을 띠고 영토 싸움을 하게 된 것은, 근대에 대학이 많이 생기고 제도화되어 학과(de/partment)라는 단위가 생기면서부터이다. 허먼 멜빌의 《모비 딕(Moby Dick)》은 20세기 중반까지도 '19세기 미국 소설'이 아니라 수산업 분야 혹은 고래학(Cetology)으로 분류됐다.

좋은 글, 빼어난 글, 읽을 만한 글의 기준은 무엇일까. 나는 논문(학문?)과 '잡문'의 구별을 지양한다. 그리고 이를 구분하는 사람일수록 그 지성을 의심하는 습관이 있다. 글은 정치적 입장과 문장력으로 구별되는 것이지 학문, 잡문, 예술로 구별되지 않는다. 이것은 흔히 말하는 "트로트와 클래식에는 위계가 없다."는 이야기와는 다르다. 그것은 수준이 아니라 기호의 차이다. 이와 달리 글은 질적 차이, 수준의 차이가 크다. 좋은 글은 읽는 이의 정치적 입장이나 기호와 상관없이 합의된다.

독서는 혼자 강을 건너는 것, 대중적인 책은 없다

일본의 교토에는 이 도시를 상징하는 가모가와(鴨川)라는 강이 있다. 정지용의 시 〈압천〉으로도 유명하고 일제 시대에 일본으로 유학 온 조선의 지식인들이 식민지 조국을 생각하며 거닐었던, 우리에게도 사연 많은 강이다.

나도 강(江)이라고 썼지만, 실제론 강이 아니라 작은 개천에 가깝다. 규모, 길이, 형태에 따라 육지에서 흐르는 물은 강, 도랑, 개천, 시내, 계곡, 개울 등 다양하다(크기 순으로 적은 것은 아니다). 강이 가장 크고, 도랑이 가장 작은지 모르겠다. 어쨌든, 가모가와는 수량 변동이 있긴 하지만, 평상시에는 발목에 물이 찰 정도여서 돌다리로 건널 수 있는 개천이다. 그러나 일본인들은 그 가모가와를 세계적인 강, 관광지로 만들었다.

자기 문화에 대한 이들의 과도한 자부심, 이미화에 조금 어이가 없지만 책에 대한 비유로 적합하다는 생각이 든다. '도랑'인데 '강'으로 포장된 책도 많고, '강'인데 '개울'로 묻힌 책들은 그보다 수백 배 많다. 물론 그것은 권력의 작동이고 효과이다. 정의롭지 못한 일이다.

책 읽기는 물을 건너는 것과 비슷하다. 강을 건널 때는 온몸이 젖을 수밖에 없지만 작은 개천을 건널 때는 물방울 튀는 정도에 그칠 것이다. 깊은 강을 건너다가는 몹시 아프거나 죽을 수도 있고, 작은 개울이라도 물이 불었을 때는 사고가 나기도 한다. 비가 온다면 어느 물가를 건너더라도 온몸이 다 젖을 것이다.

인간의 눈은 거만해서 한번 '아름다운' 것을 경험하면 다시는 그 이전의 상태로 돌아가지 못한다. 소비나 경험 자체가 그런 것이다. 인간은(나를 포함해서) '700원짜리 하드'와 '3,900원짜리 하겐다즈'를 쉽게 넘나들지 못한다. 나는 "눈을 버렸다."라는 표현을 지지한다. 특정 작품을 거론해서 유감이지만, 처음 이병주의 《지리산》을 읽었을 때는 감탄의 연속이었다. 그 후 황석영의 《장길산》을 읽고는 《지리산》에 '분개'했다. 그런데 조정래의 《태백산맥》을 읽으니 《장길산》이 '만화책' 같아 보였다. 그다음 《토지》를 읽은 후에는 대하소설을 읽지 않는다(《토지》가 뛰어난 작품이어서만은 아니고, 작가들이 왜 대하소설에 로망을 품는지 그 보편적 서사를 욕망하는 정치학을 알고부터다).

독서는 내 몸 전체가 책을 통과하는 것이다. 몸이 슬픔에 '잠긴다', 기쁨에 '넘친다', 감동에 '넋을 잃는다'…… 텍스트를 통과하기 전의 내가 있고, 통과한 후의 내가 있다. 그래서 간단히 말해 독후의 감이다. 통과 전후 몸에 별다른 변화가 없는 경우도 있고, 다치고 아프고 기절하는 경우도 있다. 내게 가장 어려운 책은 나의 경험과 겹치면서 오래도록 쓰라린 책이다. 면역력이 생기지 않는 책이 좋은 책이다. 그리고 그것이 '고전'이다.

어떤 책은 읽는 동안 그럭저럭 시간이 잘 가지만 읽고 난 후 별다른 변화가 없다. 대개 '스포츠 신문' 같은 텍스트는 자극이 덜하다. 이런 경우를 킬링 타임용이라고 한다. 반면, 다양한 차원의 변화가 일어나는 통과 의례도 있다. 여운이 남고, 머릿속을 떠나지 않으며, 괴롭고, 슬프고, 마침내 사고방식에 변화가 오거나 인생관이 바뀌는 책이 있다. 즉 나를 다른 사람으로 만드는 책이 있다. 이것이 자극적인 책이다. 그런 책은 여러 번 읽고 필사를 한다. 번역서인 경우에는 원서를 구해서 역시 필사한다. 필사를 하면, 최소 네 번 정도 읽게 된다. 당연히, 읽을 때마다 다른 주제가 나타난다. 책을 완전히 내 것으로, 내 몸의 일부로 만들기 위해서이다. 그러면 책을 쓴 작가보다 더 '내 것'이 된다.

책이 주는 자극은 마음의 문을 노크하는 것에서부터 쿵쾅거림, 다소 욱신거리는 자극, 격렬한 대화 등등 다양하다. 그래서 여러 권의 책을 한 권으로 읽는 사람과 한 권의 책을 여러 권으로 읽는 사람의 차이가 생긴다. 수량으로는 전자가 많이 읽고 시간을 더 쓰는 것 같지만, 실질적인 수확은 그 반대인 경우도 많다. 토머스 해리스의 '대중 소설'《양들의 침묵》을 예로 들어보자. 이 책은 '범죄 스릴러'로 읽을 수도 있지만, 어떤 사람은 그 책을 여러 권의 다른 책으로 읽는다. 범죄와 지식의 관계, 범죄자의 지적 매력, 식인의 의미, 동성애 코드, 선악의 대치보다 지적 친밀성이 우선하는 관계, 현대 범죄 패턴의 변화, 말하기가 인간을 자살로 이끌 수도 있다는 점, 말과 죽음의 관계 등 열 권 이상의 책으로도 읽을 수 있다.

나는 '베스트셀러'를 읽지도 않고 사지도 않는데, 잘 팔리는 책에 돈을 보태고 싶지 않은 '쪼잔한 정의감'이 가장 큰 이유이고, 대개는 별다른 자극이 없기 때문이다. 베스트셀러는 특성상 지적 자극을 주기 어렵다. 통념과 달리 대중은 균질적인 존재가 아니다. 대중은 한 덩어리가 아니다. 대중이라는 말 자체가 근대에 탄생한 신생 용어다. 집단이나 사람을 규정할 수 있는 말이 아니다. 그러므로 공통분모가 없는, 각자 다른 상황에 놓인 수많은 사람들에게 읽히려면 책 내용이 절충적이거나 피상적일 수밖에 없다.

베스트셀러를 '시대의 흐름'이라고 보는 이들도 있지만, 이 흐름은 출판 산업 구조에서 만들어진 것이기 쉽다. 그렇다고 해도 그 흐름을 거스르는 것이 독서 아닌가? 그래서 나는 많은 사람이 읽는 책을 읽는 것은 손해라고 생각한다. 책을 무조건 많이 읽기보다 생각하기를 권한다. 한 권의 책을 여러 권으로 읽는 훈련이 필요하다.

그렇다면 어떤 책이 지적 자극을 주고, 한 권을 읽어도 여러 차례의 통과 의례를 제공하는 책일까? 어떤 책이 개종에 이를 만큼 많은 것을 얻을 수 있는 책일까? 물론 모든 앎이 그렇듯이 여기에는 대가와 고통이 따른다. 독서는 간접적인 삶이 아닌가. 나는 페미니즘 이론서나 소설가 정찬의 책을 읽을 때면 한 페이지를 넘기기 힘들 만큼 기운이 없고 육체적으로 힘들어서 밥을 먹고 나서 읽을 때도 있다. 감당하기 힘든 생각과 몸의 고통이 따르는 텍스트들이 있다.

우리가 접하는 책들은 대개 서울 출신, 남성, 서양, 중산층, 비장애인, 이성애자, 건강한 사람, '학벌 좋은' 사람이 쓴 책이다. 사회는 모두 이들 '주류' 시각 안에 포섭되어 있다. 간혹 협상하는 저자들이 있다 해도, 획일적인 시각에서 완전히 자유로울 수 없다. 대개 독자는 이 사실조차 모르고 읽는다. 사실, 나는 저자가 특정 인구 집단에 속하는 책은 거의 읽지 않는데, 바로 이 이유 때문이다. 진부한 관점의 지당하신 말씀으로 종이를 낭비하는 책은 킬링 타임을 넘어 지구 자원을 파괴하는 범죄 행위다.

나는 '주류'의 관점 밖에서 쓰인, 내가 잘 모르는 분야의 책을 주로 읽는 편이다. 대단한 의지가 있어서가 아니라 그런 책들이 내게 실질적 이익을 주기 때문이다. 누구나 읽는 책에 줄을 서기보다는 한가한 길을 걷고 싶다. '모난 돌을 둥근 돌로 만드는 대열'에 동참하고 싶지 않다. 나는 생각하는 이들을 질식시키는 "모난 돌이 정 맞는다."라는 속담을 매우 싫어한다. 모난 돌이 정 맞는 사회가 가장 문제적인 사회다. 모난 돌들이 둥글어지는 것이 좋은 것이 아니라 모난 돌들의 대화가 가능한 사회가 바람직한 사회다.

모든 책은 정치적이다

말할 것도 없이 세상에는 사는 방법만큼이나 많은 종류의 책이 있다. 출판 문화가 발달한 일본은 개구리를 해부하는 방법을 소개한 책만 3천 종이 넘는다고 한다. "총 대신 펜?" 이 말은 틀린 말이다. 총칼보다 펜의 힘이 훨씬 세다. 언어는 본질적으로 권력 지향적이다. 책의 '적통'이라는 문학은 물론이고 연애 지침서 같은 대중적인 심리학 책부터, 힐링, 웰빙 관련 책, 요리책, 여행기, 성생활 지침서, 자기계발서, 신앙 간증기, 증권 투자서까지 정치적 입장이 없는 책은 없다.

그 입장이 간접적이냐 직접적으로 드러나느냐의 문제도 아니다. 무색무취처럼 보이는 책도 특정한 정치적 입장에서 나온 것이다. 사회과학이나 철학 책이라고 해서 정치적 입장이 분명하고, 육아 책이라고 해서 간접적인 것이 아니라는 이야기다. 대부분 정치색이 없어 보이는 책들은 자유주의나 기능주의적 시각에서 쓰인 것들이다. 자유주의적, 기능주의적 사고 체계에서는 입장, 관점, 시각 같은 개념 자체를 부정하고 중립성과 객관성을 지향한다. 이런 탈정치적 주장이 가장 정치적인 법이다. 게다가 정치성을 표방하는 경우보다 정치적 효과도 크다.

'자극적인' 책은 표현의 수위가 높거나 내가 몰랐던 소재를 의미하는 것이 아니다. 물론, 몰랐던 세상도 의미가 없진 않다. 성매매, 군대 문화, 조직 폭력, 장기 매매의 현실, 조선(造船) 공학의 세계를 아는 것도 중요하다.

그러나 이 글에서 말하려는 지적 자극의 본질적 측면은 요동하는 세계관이다. 아는 방법을 질문하는 책. 건물(사물, 세계, 인식 대상)이 있다면, 조감도(鳥瞰圖, aeroview)는 글자 그대로 하늘에서 새가 날면서 본 모습이다. 하늘에서! 전체는 존재하지도 않지만, 어쨌든 인간은 비행기를 타지 않는 한 하늘에서 전체를 볼 수 없다. 아니, 비행기를 타도 전체가 보이는 것은 아니다. 조감도는 전경(全景)을 볼 수 있다(고 간주된다). 그러나 실제로는 전체를 보고자 하는 욕망이 있을 뿐이다.

우리를 다른 세계로 인도하는 책은 피사체(被/寫體)를 내가 모르는 위치에서 찍은 것이다. 하늘 위에서가 아니라 건물 옆에서, 지하에서, 건물 뒤에서, 아주 멀리서. 혹은 나와 완전히 다른 배경에 있는 사람이 찍은 것이다. 건물 안에서는 건물을 볼 수 없다. 즉 피사체, 문제 대상(사회)을 자신과 동일시하거나 그 안에 있으면 자신을 알 수 없다. 교회의 문제점은 교회 안에서는 볼 수 없다. 학교도 마찬가지다. 외부에서만 보인다. 사회 밖, 틀 밖, 궤도 밖에 서 있는 연습이 필요하다.

모든 책은 각각의 위치에서 쓰인 것이지, 조감도는 없다. 따라서 책의 내용은 진리도 진실도 사실도 아니다. 아니, 사실이나 진실 자체가 존재하지 않는다. 이미 독자(reader)는 사용자(user)가 되었다. 원래 지식은 쓰고 없어지는 소비재지, 간직해야 할 보물이 아니다. 사용자는 지식을 습득하고 축적하는 것이 아니라 활용할 뿐이다. 생각하는 사람이 되기 위해서는 세상의 지식을 몸에 구조화하는 데 사용하면 된다.

나는 이 문제를 혹세무민(惑世誣民)이라는 말로 표현하곤 하는데, 부정적 어감에서 역설적 의미를 주장하려는 것이다. 모든 글은 글쓴이 자신이나 사회가 의식하든 못하든, 정치적 목적이 없다는 목적까지 포함하여 정치적 목적이 있다. 글에는 그 글의 정치적 효과가 있을 뿐이지, 내용의 진위 여부는 중요하지 않다. 내용의 진위는 인식자의 입장, 과학의 발전에 따라 언제든 변화할 수 있기 때문이다.

내가 습득한 책 읽기 습관을 요약해본다.

1. 눈을 감아야 보인다(in/sight).

2. 새로운 것을 얻으려면 기존의 인식을 잠시 유보하라(판단 정지, epoche).

3. 한계와 관점은 언어와 사유의 본질적인 속성이지, 결함이 아니다.

4. 인식이란 결국 자기 눈을 통해 보는 것이다. 그러므로 문제는 나의 시각을 객관화하는 것이다.

5. 본질적인 나는 없다. 내가 추구하는 것이 나다.

6. 선택 밖에서 선택하라.

7. 궤도 밖에서 사유해야 궤도 안에서 살아남을 수 있다.

8. 대중적인 책은 나를 소외시킨다.

9. 독서는 읽기라기보다 생각하는 노동이다.

이 책의 본문은 〈한겨레〉에 게재한 '정희진의 어떤 메모' 일부이다. 서평이자 독후감이자 칼럼이자 비평이라고 생각한다. 연재 중에 '순수한' 독서의 즐거움과 시사적인 문제로 분노하는 내 모습이 번잡하다. 하긴 이 둘을 어찌 구별할 수 있으랴. 앞뒤에 글을 덧붙이긴 했지만 연재한 글을 책으로 묶는 것을 부끄럽게 생각한다. 애초 게재를 시작할 때는 책을 낼 계획이 없었다. 전작(全作)에 대한 강박이 있어서다. 그런데 몇몇 분들이 '복사해서 돌려 읽는다'고 해서 뻔뻔한 행동을 저질렀다.

독서는 저항, 불복종의 시작이다. 이 책에는 내가 그간 겪은 '책, 글쓰기, 공부와 여성/아줌마'와 관련해 차별, 편견, 무시, 경멸, 혐오당한 일화는 쓰지 않았다. 남들이 봐도, 지금 내가 생각해도 재미있는 일화가 무궁하다. 20여 년 동안 거의 매일 하루에 한 건 이상 겪었다. 너무 많아서, 너무 어이가 없어서, 누가 믿을까 싶어서 쓰지 않았다. 새삼스런 이야기지만 가장 강력한 지배는 사람들에게 여행과 독서를 금지하거나 접근하기 어렵게 하는 것이다. 인간은 누구나 독서 이전의 상태로는 돌아갈 수 없기 때문이다. 인간관계에서 '갑'은 원하는 것이 없는 사람, 잃을 것이 없는 사람, 덜 사랑하는 사람일지 모르지만 권력이 두려워하는 인간은 분명하다. 세상이 넓다는 것, 다른 세계가 있다는 것, 이동할 수 있다는 것을 알게 된 사람이다.

늘 삶에 대한 사랑, 포기, 혼란 사이를 헤매는 나를 책상 앞에 앉힌 세 분. 윤정숙 선생님('아름다운재단' 전 상임이사), 교양인 출판사 한예원 대표, 〈한겨레〉 고경태 토요판 에디터께 감사드린다. 이들 덕분에 책이 나왔다. 개인적인 이야기라 민망하지만 내게 그리움의 고통을 알게 해준 두 사람. 밤마다 베갯잇을 적시며 어떻게 살아야 할지를 물어보지만 대답 없는 엄마. 엄마는 하늘나라에서도 교정을 보시고 지적을 하실 것이다. 그리고 (발터) 베냐민과 벤저민 (프랭클린)을 구별하지는 못했지만, 세상에서 가장 착한 친구에게 소식을 전한다. 언제나 생각하고 있다고. 인생은 짧다고.

2014년 가을, 서울의 어느 구립 도서관에서 정희진

좁은 편력

—

책 속에 진리가 있다는 말은 역사 최대의 거짓말이다.
책 속엔 아무것도 없다. 저자의 노동이 있을 뿐이다.
저자의 입장을 수용하고 이해하는 것보다 저자와 갈등적 태도를 취할 때
더 빨리, 더 쉽게, 더 정확하게 이해할 수 있다.

—

책에 관한 책을 쓸 자격이 있나 싶을 정도로 나는 다독가나 애독가가 아니다. 영화로 치면 '할리우드 키드' 스타일은 아닌 것이다. 이 글을 쓰다 보니 수많은 다독가, 문장가들이 떠오른다. 나는 그들의 100분의 1도 읽거나 쓰지 않았다.

그러나 책 읽기는 책과 대면하는 것이 아니라 생각이 입체화되는 과정이기 때문에, 누가/어느 순간/어떤 내용과 접속하는가에 따라 다양한 사건이 만들어진다. 그러니 앞서 쓴 대로 한 권을 읽어도 열 권을 읽는 사람이 있고, 열 권을 읽어도 한 권도 못 읽는 경우가 있을 수 있다.

이 글은 책과 독자가 만났을 때 비전형적인 상황이 얼마든지 벌어질 수 있음을, 책이 독자에게 주는 영향력은 우연이자 맥락의 결과임을, 모든 텍스트가 그렇지만 독후감은 황당할 정도로 다양할 수 있음을 말하기 위한 것이다. 한나 아렌트의 《인간의 조건》을 원

시 사회의 프리 섹스로 읽는 남성도 있고, 최인호의 《바보들의 행진》을 읽고 낭만적인 생각에 빠져 학생 운동을 시작한 사람(나)도 있다. 같은 책을 읽고도 정반대로 해석하는 경우도 흔하다. 책과 사람의 만남은 내가 좋아하는 표현으로 말하면, 철저히 발효하여 제3의 물질이 만들어지는 과정이다. 같은 책을 읽어도 정보, 교양, 세계관, 킬링 타임, 악의 교본…… 책의 역할은 다양하다. 물론 그것은 독자의 영역이다.

이 장은 종종 나의 책 읽기에 대해 질문하는 이들을 위한 글이다. 나는 책을 절실한 필요 때문에 읽는다. 지금 바로 여기에서, 나에게 의미 있는 책을 읽는다. 고전, 베스트셀러, 재미있는 책, 광고의 영향은 받지 않는다. 책을 선택하는 기준이 정해진 것은 서른 살 이후다. 어린 시절, 특별한 독서 환경이나 부모 교육 같은 것도 없었고 '독서광'과도 거리가 멀다(활자 중독증은 있다).

국어 교사였던 엄마와 자신이 '선비'라는 착각과 허위의식을 즐겼던 아버지 덕분에 어렸을 때 집에 책이 많았다. 〈문학사상〉, 〈생활성서〉, 〈객석〉 같은 잡지부터 부모님이 주로 보셨던 삼중당, 삼성문화문고, 이와나미(岩波) 문고판과 잡다한 단행본이 있었다. 여러 사연으로 집안 분위기가 침울했던 탓에 연년생 삼 남매의 장녀인 나는 책 읽고, 동생들 챙기고, 우울증과 갑상선 질환과 아버지와의 불화로 늘 누워 계셨던 엄마 대신 집안일을 하는 모범생으로 학창 시절을 보냈다. 외식이나 여행, 놀이 공원, 가족 간의 화목 같은 기억은 없다.

그러나 동생들의 주장에 따르면, 아버지는 나를 편애하셨다. 아버지는 내게 신문을 읽게 했는데, 내가 받은 유일한 사교육이다. 나는 다섯 살 때부터 〈동아일보〉, 후에는 〈조선일보〉를 읽었다.(당시에는 '조중동'이 없었다.) 아버지는 내게만 한자를 가르치셨다. 신문을 읽고 내 의견을 말해보라고 하셨고 그런 나를 친척들 앞에서 자랑하셨다.

어렸을 때 읽은 책 중에 나를 지금까지도 옥죄는 동화 한 편과 인상적인 책이 한 권 있다. 그 동화는 지금도 가끔 악몽으로 꾸는데, 어떤 공주가 말만 하면 입에서 오물 덩어리, 징그러운 벌레, 뱀 따위가 튀어나온다. 여성이 말하는 행위에 직접적인 혐오를 강력하게 표현한 것이다. 중산층 여성성에 대한 이러한 사회적 욕망은 계급과 젠더, 모든 변화를 불가능하게 만드는 '공공의 적'이다. 나 역시, 내 말과 글이 고상하고 우아하고 지적이어야 한다는 생각에서 자유롭지 못하다. 이 이야기가 어찌나 무서웠던지 지금도 머릿속에 한 자리를 차지하고 앉아 나를 검열한다. 언어와 지식을 탐구하려는 시도를 통제한 성공적인 사례가 아닐 수 없다.

또 하나는 헬렌 켈러의 위인전이었다. 나중에 그녀가 페미니스트이자 사회운동가였다는 사실이 위인전에 나오지 않았다는 것에 분개했지만, 그녀의 '삼중 장애'는 나에게 타인, 타인의 몸, 타인의 삶을 상상하는 계기가 되었다. 헬렌 켈러의 일상과 느낌이 궁금했다. 솔직히 말하면, 초등학교 4학년이었던 나에게 그녀는 외계인처럼 느껴졌다. 존경, 위인, 위대함…… 이런 개념보다는 타자화했다는 것이 정확하다. '들리지 않고, 보이지 않고, 말할 수 없는데 공부가 가능할까?'에서부터 그녀가 캄캄한 상자 안에 들어가 있는 것 같을 것이라고 상상했던 기억이 난다. '장애 문제'의 외피를 썼지만 내겐 타인에 대해 상상하고 다른 방식의 삶을 생각하는 계기가 되었다. 현재 40대인 나는 보이지 않는 장애가 있으며 지금 내게 장애는 젠더보다 중요한 인생의 의제다. 나는 위인전이 '극복'이나 '위대한 업적'보다 다양한 삶을 제시하는 책이었으면 좋겠다.

학창 시절은 단순했다. 다만, 또래들이 할리퀸 로맨스를 읽을 때 나는 그냥 국어책을 열심히 읽었다. 당시 국어책은 한자가 병기되어 있었는데 — 예를 들면 '학문(學問)'처럼 — 국어 선생님은 한글을 지우고 직접 한자를 읽게 했다. 나는 한글에 열심히 휘색 바창고를 붙였다. 나는 국어책이 재밌었다. 과목 수가 많아 학력고사로 19개 과목을 치렀는데 국어, 영어, 일어, 고전, 한문이 모두 입시 과목이었다. 나는 어문 계열 과목을 좋아했다. 중고교 시절 6년 동안에 읽은 책은 몇 권 되지 않는다. 그리고 이때 읽은 책의 독후감은 '정도'에서 벗어난 사춘기 학생의 엉뚱한 것이었다. 나 혼자만의 세계에서 이상하게 읽은 것이다.

하지만 《무소유》, 전혜린, 《갈매기의 꿈》, 《성채》, 이어령, 〈조선일보〉에 게재된 영화평론가 정영일의 글, 이 책에도 나오는 김동인의 《운현궁의 봄》의 영향은 지금도 남아 있다. 《운현궁의 봄》은 홍선 대원군 이야기이지만 나는 조선 왕조의 부패에 분노했다. 고2 때 세종대왕 탄신 기념 글짓기 대회에서, 세종이 18남 4녀를 둔 것이(정확하지는 않다) 어떻게 일제 식민 지배의 원인이 되었는가라는 내용으로 글을 써서 학생 주임에게 불려갔다. "너, 오빠가 데모하지?", "제가 장녀라서 오빠가 없는데요." 세종대왕을 비판(?)한 것이 왜 데모와 연결되는지 모르겠지만, 그런 시절이었다. 단순한 에 피소드지만 책이 얼마나 사방팔방 이상한 방식으로 상상되는지를 보여주는 사례다. 헤밍웨이 책은 거의 다 읽었다. 중고교 시절 나는 영화에 미쳐서 주말에는 텔레비전 앞에서, 방학 때는 엄마 몰래 서 울 경복궁 앞에 있는 '불란서' 문화원에서 살다시피 했다. 교육방 송에서 〈스크린 영어〉라는 프로그램을 외우다시피 봤는데 〈누구를 위하여 종은 울리나〉 같은 영화가 방영되어서, 그리고 왠지 헤밍웨 이('세계 문학')를 읽어야 교양인인 것 같아 읽었다. 《무기여 잘 있 거라》의 경우는 내용은 기억나지 않는데, 남자 주인공이 전쟁터에 서 탈출해서 강을 헤엄쳐 도망가는 절박한 장면이 있다. 추위와 허 기에 지친 그는 오로지 따뜻한 비엔나커피와 빵(정확하지 않지만 아 마도 크루아상)이 먹고 싶다는 간절함으로 고통을 이겨낸다. 80년 대 중반 한국 사회에서 '비엔나커피와 크루아상'은 생소한 세계였 다. 이 모든 것들이 소설의 내용과 주제와는 무관한 것이었고, 주 제에 관심도 없었다. 나는 여전히 《무기여 잘 있거라》를 따뜻한 비 엔나커피로 기억한다. 나중에 미국 문학에서 그의 위상을 알고 난 후 약간 어이가 없긴 했지만 헤밍웨이는 쿠바, 자살, 우울증의 이미 지와 겹쳐 내겐 혼돈, 자포자기, 낭만적인 작가로 남아 있다.

중고교 시절에 읽은 책 중 언급하고 싶은 마지막 책은 《무소유》 다. 이 책은 나에게 일상을 초월한 남성적 자아에 대한 욕망을 품 게 했다. 배낭에 약간의 현찰과 책만 넣고, 집 없이 책만 읽고 여행 하는 삶을 살기로 했다. 설거지나 청소 같은 일상의 노동, 가족, 남 자, 연애, 돈, 직업 '따위'가 나를 괴롭힌다면 가만 있지 않겠다고 다짐했다. 물론, 현실은 그 반대였다. 대학에 가서도 집안일과 아르바이트에 시달렸지만 언젠가! 나는 24시간 책만 읽는 사람이 되리라, 그게 진짜 삶이라고 생각했다. 삶의 너머에 삶이 있어서, 지금 내가 사는 삶은 임시일 뿐이고 아무것도 갖지 않고 책만 읽는 것이 진짜 삶이라는 생각으로 현실을 버텼다. 그런 의미에서 나는 평범한 대학생은 아니었다. 입시가 끝났으니 책을 읽고 내 맘대로 살 수 있을 줄 알았다. 진부한 진실이지만, 입시는 인생의 끝이 아니라 시작이었다.

《무소유》의 영향으로 지금도 나는 최대한 단순하게 살려고 노력한다. 갈등 많은 집안의 큰딸로서 성역할을 최소화하기 위해 부단히 투쟁했고, 음식물 외엔 물건을 소비하고 관리하는 시간을 줄이려고 한다. 물건 사는 일을 제일 싫어한다. 운전면허가 없고, 인터넷, 휴대 전화, 소셜 네트워크 서비스(SNS) 등을 일절 사용하지 않는다. 모든 업무는 이메일로만 처리하고 생계를 위한 강의 외에는 사람을 만나지 않는다. 결혼식은 물론 장례식, 동창회에 가지 않는다. 나는 어머니의 장례도 치르지 않고 보내드렸다. 원고를 많이 쓰지만 컴퓨터는 40만 원대에 문서 기능만 되는 넷북이다. 화장품, 의류, 구두, 보석류, 액세서리 같은 '여성 용품'은 당연히 없다. 겨울에도 나는 로션을 바르지 않고 맨살로 산다. 책 기증을 받지 않는다. 자료는 최대한 복사하지 않으려고 메모하거나 빨리 읽고 요약해 둔다. 사람이 태어나 물건을 사고 관리하고, 나아가 집착하고 그것을 인생의 목표로 삼는 것은 비참하다. 자기 자신, 사회, 지구를 위해 모두 좋지 않다.

20대는 편집하고 싶은 인생이다. 아마 러시아어 → 영어 → 일어 → 한글로 다중 번역된 데다 역사적 배경도 없어 무슨 말인지 몰랐던, 수동식 타자기로 친 레닌의 팸플릿과 이진경의 '사사방'(《사회구성체론과 사회과학방법론》)을 외우고, 그런 책을 잘 읽는 남자 동료들의 잘난 척과 허위의식에 질색하면서도 그들에게 지기 싫었던 시절이었다. 동료들이 싫고 전두환 정권 아래 현실을 잊고 싶을 때, 도서관으로 도망가서 한국 소설과 시를 읽은 기억은 있다. 몰래 클래식도 들었다.

그러다가 6년 만에 겨우 대학을 졸업하고 우연한 계기로 여성운동 단체 상근자가 되었다. 그곳에서 가정폭력, 성폭력 상담을 하면서 나는 간단히 '개종'했다. 보이지 않는 곳을 봄으로써 모든 것을 보게 된 기분이었다. 그때는 '상처받은 여성들이 자아를 발견하는' 책들을 주로 읽었다. 처음으로 여성학 책을 읽은 것이다. 대학교 때 《아름다운 성과 사랑을 위하여》, 《클라라 제트킨 선집》, 《고삐》를 읽었을 때는 여성학 책이라고 생각하지 않았다. 나는 서울의 신촌 지역에서 대학을 다녔고 또문(또하나의문화) 동인인 교수의 강의를 들었는데도, 그때까지 '또하나의문화'를 몰랐다. 피해 여성들에게 《새로 쓰는 성 이야기》, 《새로 쓰는 사랑 이야기》를 권하면서 '또문'의 존재를 알게 되었다. 《너무 사랑하는 여자들》, 《여자를 괴롭히는 남자 그 남자를 사랑하는 여자》, 《나는 나》, 《여자는 왜?》, 김형경과 공지영의 초기 소설들이 그때 주로 읽은 책들이다.

엄마와의 오랜 불화, 어렸을 적부터 느껴 온 이유 모를 심란함(우울), 제대로 해보지 못한 연애, 자의식과 자존심의 불일치, 착하지도 않는데 착한 척하느라 진을 뺀 일상생활…… 그간의 내 인생이 '간단히' 해석되었고 그동안 읽었던 모든 책들이 비로소 어떤 맥락이었는지 감이 잡혔다. '아버지'로 불리는 수염 난 백인 남자의 업적은 만들어진 것(조작)이구나. 그들은 최소한 몇천 년간 여성이 폭력당하는 현실에 대해서는 무지했고 침묵했다. 무엇이 정의이고 진리인가. 지식은 약자의 편이 아니구나……. 그리고 특히 원인 모를, 그러나 집요한 열등감이 사라졌다.

나는 갱생(更生)의 의미를 진짜로 알게 된 것 같았다. 사람은 여러 번 태어날 수 있다. 나는 겁이 없어졌다. 그리고 세상을 철봉에 매달려 거꾸로, 아주 멀리서, 아래서, 혹은 눈을 감고 볼 수도 있다고 생각하자 기존의 권위에 주눅 들거나 주류에 대한 욕망도 우스워졌다.

지금 생각하면, 여성학 책을 읽으면서 그간 억눌렸던 존재감이 두서없이 분출해서 매일 혼자 무엇인가를 선언하는 식으로 살았던 것 같다. 누구랑 논쟁해도 이길 자신이 있다는 황당한 상상에서부터 내가 앞으로 읽을 책과 쓸 책을 망상하면서 가슴이 뛰었다. 나는 아침에 일찍 일어났다. 나는 다른 방식으로 '성공'할 수 있을 것 같았다. 사회 밖으로 튕겨 나간다 해도, 여성이라는 이유로 옥살이를 한다고 해도 겁나지 않았다. 왜? 나에겐 책이 있으니까. '언어가 있으니까!'

듣기 싫었지만 어렸을 때부터 나는 '독특하다'는 소리를 많이 들었다. 이 말은 논리적이지 않다. 그것은 말하는 사람 입장이지, 내가 보기엔 그렇게 말하는 사람도 나랑 다른 독특한 사람이다. 즉,

누가 차이를 규정하느냐의 문제이지, 사람은 누구나 개별적이고 독특하다. 자신을 자명하게 일반, 보편, 정상의 범주로 생각하는 사람이 자신과 다른 타인을 '독특하다'고 말하는 것이다. 그래서 나는 내게 특이하다고 말하는 사람에게, 이렇게 쏘아준다(?). "제 입장에서는 선생님도 독특하신 분이세요. 왜 자신과 다르면 다 특이한가요? 남들이 보기엔 선생님도 이상한 분일 수 있어요"

독서가, 조금 '다른 책'이 나한테 이런 확신과 자신감을 준 것은 여성학 책을 통해 획득한 위치성(positionality) 때문이다. 약간 민망하지만, "이것이 진실의 힘이구나."라고 외쳤다. 위치성은 구조(역사, 사회, 상황……) 속에서 나를 알고 상대를 아는 방법이다. '식민지 민중'인 나는 파농의 말대로 나의 언어와 지배 언어 '2개 국어'를 구사하기 위해 노력했다.

내 인생의 본격적인 독서는 서른 살에 대학원에 진학한 뒤부터다. 보통 20대에 하는 개인적 삶—공부, 연애, 방황, 여행 따위—을 '학생 운동에 휩쓸려 빼앗겼다'(내가 선택했지만)는 피해의식과 분노가 있었던 나는, 30대에는 나 자신만을 위해 살기로 결심했다. 물론, 여성인 나에게 개인적인 것은 정치적인 것이어서, 그런 결심 자체가 필요 없는 것이었다. 즉 어차피 내가 개인적으로 산다고 해도 그것은 여성운동일 수밖에 없었지만, 하여간 나는 결심하고 또 결심했다. 사실은 이 역시, 귀가 얇은 나의 엉뚱한 책 읽기의 영향이 있다. 나는 공부를 낭만적으로 생각하는 경향이 있는데, 고등학교 때 《하버드 대학의 공부벌레들》을 감명 깊게 읽은 탓이다. 대학원생 생활은 내게 대학생이 된 것 같은 설렘을 주었다. 지하철 첫차를 타고 조용한 학교 안 카페에서 아침 7시에 '모닝커피를 마시며' 책을 읽는(폼을 잡는) 것이 꿈이었다.

주로 전공 책을 읽었지만 동료들과 세미나를 했다. 전공(여성학) 자체가 거의 방사적(放射的)이다 싶을 정도로 학제를 넘나들어서, 책 한 권을 읽으려면 다섯 권 정도를 같이 읽어야 이해할 수 있었다. 널리 알려져 있듯이 여성학은 프로이트주의와 마르크스주의를 두 기둥으로 삼고 생물학, 문학, 인류학, 지리학, 역사학, 의학 등 망라하지 않는 분야가 없다. 실제로 서구 여성주의자들의 전공은 신학, 핵물리학, 정신분석, 영장류 동물학, 군사학 등 다양하다.

성격이 급한 데다가 자기만의 프레임(틀)이 생기자(?) 책을 빨리 읽을 수 있었다. 30대 몇 년간을 평균 10시간 정도 책을 읽었다. 그냥 도서관에서 살았다. 경험한 사람은 알겠지만 하루에 읽을 수 있는 책의 분량은 정해져 있지 않다. 책의 종류에 따라 다르다. 하루 동안 학위 논문은 20권, 단행본은 5권도 읽을 수 있다. 물론, 한 권으로 며칠을 끙끙대기도 한다. 책을 읽는 속도와 이해하는 속도는 관점, 시각, 인식론, 프레임, 방법론에 달려 있다. 책 자체도 영향을 끼치지만, 그것도 익숙함에 달린 문제이지 객관적인 속도는 없다.

책을 읽은 방법은 크게 두 가지이다. 하나는 습득(習得)이고, 하나는 지도 그리기(mapping)이다. 전자는 말 그대로 책의 내용을 익히고 내용을 이해해서 필자의 주장을 취하는(take) 것이다. 별로 효율적이지 않다. 반면 후자는 책 내용을 익히는 데 초점이 있기보다는 읽고 있는 내용을 기존의 자기 지식에 배치(trans/form 혹은 re/make)하는 것이다. 습득은 객관적, 일방적, 수동적 작업인 반면에 배치는 주관적, 상호적, 갈등적이다. 자기만의 사유, 자기만의 인식에서 읽은 내용을 알맞은 곳에 놓으려면 책 내용 자체도 중요하지만 책의 위상과 저자의 입장을 이해하는 것이 핵심이다. 그러려면 기본적으로 사회와 인간을 이해하는 자기 입장이 있어야 하고, 자기 입장이 전체 지식 체계에서 어떤 자리에 있는가, 그리고 또 지금 이 책은 그 자리의 어디에서 나온 것인가를 파악해야 한다.

나는 여성주의 책을 포함해서 모든 책을 비판적으로 읽는다. 여기서 비판적이라 함은, 한계가 있다고 전제하고 읽는다는 의미이다. 이렇게 읽는다고 해서 감동이나 영향력이 줄어드는 것이 아니다. 절대적인 믿음이 아니라 상대화해서 해석해 가며 읽는다는 의미다. 예를 들어, 마르크스주의는 말년에 마르크스가 "나는 마르크스주의자가 아니다."라고 말할 정도로 여러 방향으로 내파하고 파생했다. 푸코나 알튀세르가 '보충'한 마르크스주의가 있고, 정신분석이나 섹슈얼리티 이론으로 재해석한 빌헬름 라이히가 있으며, 마르크스주의와 협력하고 갈등하고 마르크스주의를 비판하고 전유한 페미니즘 이론이 있고, '제3세계 이론'이나 월러스틴의 세계체제론은 탈식민주의에 영향을 주었다. 마르크스주의 인류학, 문예 이론, 과학사 등 마르크스주의의 위치와 형태는 다양하고 변화를 거듭한다. 물론, 이것도 마르크스주의 입장에서 하는 이야기이고 페미니즘 입장에서 보면 마르크스주의의 위상은 또 다르다. 공적 영역만을 사회로 한정한 자유주의와 마르크스주의를 비판하면서 나온 급진주의(radical) 페미니즘에서 볼 때 마르크스주의는 마르크스주의자들이 그토록 비판하는 자유주의와 '같은 처지'다. 근대성을 성찰할 때도 마르크스주의와 자본주의는 함께 비판대에 오른다. 한마디로, 독자적인(singular) 마르크스주의는 존재하지 않는다. 이것은 물론 마르크스주의의 특징이 아니라 지식 일반의 특징이다.

책 속에 진리가 있다는 말은 역사 최대의 거짓말이다. 책 속엔 아무것도 없다. 저자의 노동이 있을 뿐이다. 굳이 말하자면, 사상에서 이데올로기('거짓말')에 이르기까지 다양한 담론이 있다. 저자의 입장을 수용하고 이해하는 것보다 저자와 갈등적(against) 태도를 취할 때 더 빨리, 더 쉽게, 더 정확하게 이해할 수 있다. 같은 책을 한 번 읽은 사람이, 여러 번 읽은 사람보다 내용을 더 잘 파악하고 더 뛰어난 논쟁력을 갖는 경우도 이 때문이다. 이런 능력은 책 읽기는 물론 사고방식 훈련을 해야 키울 수 있다. 쉽게 말해, 늘 고민거리가 많고 잡념이 많고 관찰력이 풍부하고 문제의식이 많은 사람이 있다. 사실, 이런 사람은 공부, 사업, 사회운동 무엇을 해도 잘하는 유형이다.

지금 우리 사회의 공부 개념은, 인생의 아주 짧은 시기(대개 10대 후반)에 갖추어야 할 특정 분야의 매우 협소한 능력을 가리킨다. 입시 개혁이란, 결국 공부 개념의 범주를 넓히는 것이 아닐까. 고3 때 성적으로 인생이 위계화되는 이 사회. 우리는 창피해야 한다. 근대성, 합리성까진 기대하지도 않는다. 한국은 기본적으로 모태 차별 사회고, 그것을 '실력'의 당연한 결과라고 생각한다. 학벌은 가장 저열한 방식으로 작동하는 신분 사회이고 인종 사회다.

어쨌든 내가 30대에 지향한 책 읽기 방법은 책을 빨리, 정확히, 복잡하게, 쉽게 읽는 것이었다. 망상에 가까운 욕심이지만, 이는 요리와 비슷하다. 재료가 어떻게 섞이는가에 따라 영양가, 맛, 칼로리, 조리 시간이 달라진다. 책 읽기는 지극히 정치적인 행위다. 당파성과 응용력 없이는 가능하지 않다. 그래서 나는 책을 읽는 데 필요한 태도는 왜 이 책을 읽는가에 대한 사회적 필요와 자기 탐구라는 정의감과 그 정의감에 부수적으로 따라오는 창의력이라고 생각한다. 창의력은 독서의 결과가 아니라 태도에 가깝다. 폴 리쾨르의 《시간과 이야기》(전 3권)는 읽는 데 하루가 걸린다. 반면에 스피박이나 버틀러 책을 처음 읽을 때는 머리털이 빠지고 변색되고 욕이 나오면서 며칠이 걸린다. 그녀들의 책은 문장 하나에 참고 문헌(sub-text)이 여러 개 전제되어 있다. 배경 지식이 없으면 독서가 불가능하다. 게다가 '악필'로 명성이 높다. "쉽게 읽히는 것은 속임수"라고 말하고 생각하게 하는 문장을 쓰는 것을 정치적 실천으로 삼는 사람들이다. 내가 좋아하는 일본의 정신분석학자 도미야마 이치로의 한 문장, "(호미) 바바의 파농은 파농을 라캉으로 환원한 경우다." 이 문장을 이해하려면 세 사람의 사상을 다 섭렵한 다음 이 세 명의 사상이 접합하고 갈등하는 지점을, 읽는 사람의 시점에서 찾아야 한다. 이처럼 한 문장이 한 쪽이 되기도 하고 한 권이 되기도 한다.

여성학(gender studies)이나 평화학(peace studies)은 알려진 대로 다(多, multi-), 간(間, inter-) 학제적이다. 기존 분과 학문의 경계를 의문시하고 학문 간 협력과 횡단을 추구한다. 소위 '통섭(統攝)'이라고도 한다. 이 말은 영어의 'con/silience'를 번역한 것이다. 하지만 나는 통섭의 원리에서 강조하는 친밀성(?)보다 이질적인 분야들 간의 충돌과 긴장, 그리고 거기서 발생하는 새로운 정치학과 앎에 더 관심이 있어서 이 단어를 자주 사용하지는 않는다. 나는 스스로를 지식인으로 정체화하거나 특정 분야의 전공자라고 생각해본 적이 없다. 자기 탐구와 지적인 호기심이 많은, 반(反)전공주의 입장을 지닌 시민이다.

1장

—

고통

"'모두 병들었는데 아무도 아프지 않았다.' 아프기는커녕 '더욱 열심히 뛰겠다'고 한다. 썩지 않는 시체에 항생제를 붓는다. 인간이 인격체가 아니라 방부제인 사회. 절망할 기력조차 없다."

"죽음은 삶의 끝일 뿐 존재하지 않는다. 죽음에 대한 공포가 있을 뿐이다. 이에 비해 삶의 고통은 너무나 생생하다. 바로 우리 곁에서 경험하고 잘 아는 것이다. 삶과 죽음의 대립 대신, 고통에 대한 이해로 논의의 초점이 이동되어야 한다."

저는 그분들을 위해 기도할 것입니다

벌레 이야기 _ 이청준

—

분노와 평화는 그 자체로는 아무런 뜻이 없다.
누구의 분노, 누구의 평화인가가 의미를 결정한다. 따라서 나는 용서가
저주보다 바람직한 가치라고 생각하지 않는다. 가해자의 권력은 자기 회개와
피해자의 용서를 같은 의무로 간주하는 데서부터 시작된다.

—

알려진 대로 〈벌레 이야기〉(표제작)는 영화 〈밀양〉의 원작이다. 이창동 감독은 1988년(작품은 1985년 작)에 이 소설을 '광주항쟁에 관한 이야기로 읽고', 꼭 영화로 만들겠다고 결심했다고 한다. 이 놀라운 이야기의 정치적, 지적 자극을 견뎌낼 독자는 많지 않을 것이다. 원작과 영화는 서로 빼어남을 다툰다. 영화의 내용은 약간 다른데 제목처럼(密陽, Secret Sunshine) 다소 밝다.

이 작품은 자식이 유괴 살해된 엄마의 고통, 가해자의 회개, 엄마를 신앙으로 인도하려는 교회 집사, 이를 지켜보는 작중 화자인 아버지의 이야기다. 아이를 죽인 남자는 옥중에서 주님을 만나 구원받고 안식을 얻는다.

범인은 자신과 같은 경지에 이르지 못한 피해자 가족에게 "제 영혼은 이미 하느님께서 사랑으로 거두어주실 것을 약속해주셨습니다. …… 저는 새 영혼의 생명을 얻어 가지만, 아이의 가족들은 아

직도 무서운 슬픔과 고통 속에 있을 것입니다. 저는 지금이나 저세상으로 가서나 그분들을 위해 기도할 것입니다."라고 간증하고, 이말을 들은 아이 엄마는 자살한다.

더는 주님의 능력과 사랑을 믿지 않는 인간, 하느님의 사랑보다 더욱 힘차고 고마운, 고통받는 인간을 견디게 하는 분노, 저주, 복수심, 사람이 할 수 있는 일과 할 수 없는 일, 용서라는 피해자의 권한마저 빼앗아버린 신. 〈벌레 이야기〉는 다리가 불편한 초등학교 4학년 소년의 유괴 살인이라는 현실만큼이나 감당할 수 없는 주제를 던진다.

나는 이 작품을 가해자와 피해자의 권력 관계로 본다. 더불어 피해자가 가해자에게 행사할 수 있는 '권리'는 어디까지 보장되고 이해될 수 있는가를 생각한다. 사법 처리도 여론도 엄마 편이지만, 압도적인 권력의 차이는 두 사람의 마음에 있다. 가해자에 대한 사법적 처벌도 피해자의 고통을 상쇄하지 못할 판에, 가해자는 피해자가 그토록 몸부림치며 갈망했던 신의 구원을 받고, 피해자는 가해자의 측은지심과 구원을 받아야 할 처지다. 우리 사회에서 가해자가 피해자에게 암묵적으로든 노골적으로든 용서를 강요하는 상황은 낯선 일이 아니다. 광주민주화운동이 대표적인 예다.

분노, 고통, 복수에 비해 용서, 화해, 평화는 우월한 가치로 간주된다. 종교는 말할 것도 없고 진보 진영이나 여성운동, 평화운동 세력도 후자를 좋아한다. 분노와 복수는 극복해야 할 비정상 상태라는 것이다. 나는 탐욕이 아이를 죽였다면 용서와 화해라는 인간의 '고상한' 욕망이 아이 엄마를 죽였다고 생각한다.

고통의 감정은 물질이다. 달리 해석될지라도, 크기가 작아질지라도, 없어지지는 않는다. 그것은 몸에 있다. 가해자의 몸은 고통 경험이 없으므로 온갖 절대자의 이름으로 자기 마음대로 구원, 용서, 평화라는 관념의 향연을 주관할 수 있다. 초월(超越, dis/embodiment)은 득도가 아니다. 경험 없는 몸은 현실과 무관하므로 구원도 마음의 평화도 쉽다.

반면 피해자의 구원은 '고문하는 자'도 피해자도 지칠 만큼 고문의 노동이 지난 후, 잠시 들이마시는 숨 같은 것일지 모른다. 분노와 평화는 그 자체로는 아무런 뜻이 없다. 누구의 분노, 누구의 평화인가가 의미를 결정한다. 따라서 나는 용서가 저주보다 바람직한 가치라고 생각하지 않는다. 가해자의 권력은 자기 회개와 피해자의 용서를 같은 의무로 간주하는 데서부터 시작된다.

분노는 개인의 마음 상태가 아니라 구조적 권력 관계다. 마음으로 다스릴 수 있는 감정이 아니다. 피해자의 분노는 관리나 통제의 대상이 아니다. 불가능에 가까운 타인에 대한 헤아림, 깊이 있는 지성의 영역에 놓여져야 한다. 나는 용서와 평화를 당연시하는 사회에 두려움을 느낀다. 2차 폭력의 주된 작동 방식이기 때문이다.

이 작품에서 아이의 죽음보다 더 잔인한 사건은 피해자에게 요구되는 용서와 치유라는 당위다. 사람들, 심지어 남편조차 피해자가 조용히 하기를 원한다. 가해자와 사회는 자신이 져야 할 짐을 피해자의 어깨에 옮겨 놓고, 불가능을 감상한다. 평화가 할 일은 그 짐을 제자리로 옮기는 고된 노력이지, 평화 자체를 섬기는 것이 아니다.

모두 병들었는데
아무도 아프지 않았다

그날 _ 이성복

—

"모두 병들었는데 아무도 아프지 않았다."
아프기는커녕 '더욱 열심히 뛰겠다'고 한다. 썩지 않는 시체에 항생제를 붓는다.
인간이 인격체가 아니라 방부제인 사회. 절망할 기력조차 없다.

—

아무리 뉴스와 신문을 멀리해도 선거는 나를 흥분시켰다. 열 받음, 생각의 늪, 걱정, 안도……. 이들은 서로 충돌하지 않고 한마음으로 두통을 일으켰다. 선거 전후 어떤 시구가 머릿속에서 떠나지 않았다. 나를 점령한 구절도 괴로웠지만, 나의 엉뚱한 독점욕도 가관이다. 워낙 빼어난 시인이고 유명한 시구지만, 오랫동안 나 혼자만의 앓이였기에 드러내고 싶지 않았다. 또 너무 잘 쓰고 싶은 마음에 글을 망칠 것이 뻔했다.

지구상에서 개체 수로나 영향력으로나 가장 막강한 생명체는 미생물이다. 그들이 없다면 지구는 며칠 안에 가스 폭발로 우주에서 진짜로 사라질 것이다. 플라스틱처럼 동물의 사체도 분해되는 데 500년 이상 걸릴 것이다. 음식물은 악취를 뿜되 썩지 않을 것이다. 모든 물체가 사라지지 않고 쌓여 간다면?

인간의 감정도 마찬가지다. 슬픔, 우울, 눈물……. 만일 이런 개

넘도, 현실도 없어서 사람들이 모두 조증 상태라면? 이런 상태가 가능하지 않아서 다행이다. 시인은 감정의 운명에 대해 다른 시집에서 이렇게 말했다. "슬픔은 온통 슬픔 전체일 뿐, 슬픔에도 기쁨에도 본래 짝지을 것이 없다."라고.

자연도 인간이 만든 개념이지만 어쨌든 자연스런 상태라면, 구더기는 시신을 흙으로 돌려놓는다. 조장(鳥葬) 문화에서는 새의 작업을 돕기 위해 시신을 잘게 썰어 놓는다. 실제로 간혹 일어나는 일인데, 구더기가 취해서 할 일을 못하고 시신 표면에서 졸거나 기력 없이 헤매는 경우가 있다. 망자가 죽기 전 마약이나 음주 상태였고 구더기가 그걸 섭취해 제 기능을 못하는 것이다.

이건 약과다. 인간은 산 사람을 죽여 가며 죽은 자의 미라를 만든 종족이다. 이제 과학 기술이 발달하자 지구상 거의 모든 유기체에 방부제를 치고 있다. 소멸을 막기 위해 냉동고 같은 멈춤(freezing) 장치에 엄청난 에너지를 사용한다. 항체(antibody)는 생체(body)를 지연시키는 듯하지만, 둘은 모순의 연쇄를 이어가고 있다.

"모두 병들었는데 아무도 아프지 않았다"는 이성복의 시, 〈그날〉의 마지막 구절이다. 〈그날〉이 실린 《뒹구는 돌은 언제 잠 깨는가》에는 1978~1979년께에 쓰인 시들이 슬퍼하면서 서로 기대고 있다. 1980년에 출판됐고 지금 내 책상 위의 것은 2001년판, 31쇄다. 1986년에 처음 샀는데 나 혼자 변심을 거듭하며 끙끙댔다. 여러 번 남들에게 줬고 여러 번 다시 샀다.

성장 동력. 이번 정부가 쏟아낸 말이다. 성장도, 동력도 무섭다. 날선 기계가 굉음을 내며 맹렬히 돌아가는 느낌이다. 꺼지지 않는

엔진, 철야, 24시간 영업, 과로사, 강철 체력……. 흔히 "압축적 성장"으로 불리는 우리 근대화에 대한 나의 이미지는 '돌진'이다. 목표가 너무 간절해서 신앙으로 승화된, 생각이라면 질색하는, 어떤 힘센 사람이 앞에 걸리적거리는 것은 모두 밀어내며 전진하는 것이다. 그런 사람에게 슬픔이나, 아픈 사람은 짜증 차원을 넘어 '방해', '억압'으로 느껴질 것이다. 국가보안법 같은 것이 그들의 심정을 제도한 것 아닌가.

선거나 청문회 때 후보의 이력에 대한 이 사회의 태도는 불감증이 아니다. "그 정도면 양호"로 합의한 지 오래다. 부동산 투기, 병역 비리, 표절, 위장 전입, 탈세……. 모두 구비한 인물이 워낙 많기에 한두 가지 정도면 청렴 반열이고, 이를 비판하면 "넌 깨끗하냐?"라는 분노가 되돌아온다. 여당이 과반을 넘긴 선거 결과에 우울하다는 지인이 많다. 조금 냉소적으로 말해 이 땅에서 진보와 보수는 국가 선진화 속도에 대한 견해 차일 뿐이다. 때문에 과반의 경계는 허물어질 수도 있고, '덜 중요한' 문제일 수도 있다.

실제로 나를 좌절시킨 것은 몇몇 후보의 당선이다. 문학평론가 황현산의 표현대로, "우리의 삶이 아무리 비천해도 그 고통까지 마비시키지는 못한다." 고통이 아픈 것이 아니라 마비된 고통이 불러올 고통이 끔찍한 것이다. "모두 병들었는데 아무도 아프지 않았다." 아프기는커녕 '더욱 열심히 뛰겠다'고 한다. 썩지 않는 시체에 항생제를 붓는다. 인간이 인격체가 아니라 방부제인 사회. 절망할 기력조차 없다.

인간관계가 가장 어려웠다

조울병, 나는 이렇게 극복했다 _ 케이 레드필드 재미슨

—

주변 사람들에게 이해, 공감, 수용받고 싶은 욕구는 생존에 필수적이다.
인간은 자신이 얼마나 고통스러운지 알아주기를 바라는 마음에서
자살하기도 하는 관계적 존재다. 소통을 위해 죽는 것이다.

—

투병기에는 "~극복했다"는 제목이 많다. 이 책은 의학 전문서로
서 번역도 훌륭하고 우리말 제목도 설득력 있지만 원제를 알아두
는 것도 좋다. 'An Unquiet Mind'(1995년). 요동치는 마음. 저자는
평온한 상태만 건강하다고 생각하지 않으며 완치보다 "사람의 마
음에는 늘 추진력이 되면서 동시에 문제가 되는 힘이 있다."고 믿
는다. 병과 함께 살아간다는 것이다. 질병은 고통을 준다. 그러나
질병은 죽음을 포함한 평화와 삶의 매혹적인 비밀을 깨닫게 해주
는 선물이기도 하다.

저자는 평생 조울증을 앓아 온 생존자이며 미국 존스홉킨스대학
정신과에 재직 중인 임상심리학자이다. 그녀의 다른 책인 《자살의
이해》와 《천재들의 광기》도 명저다. 저자는 뛰어난 학자이자 유명
한 환자다. 역시 우울증 환자이면서 22개 언어로 번역된 베스트셀
러 저자인 앤드루 솔로몬(Andrew Solomon)의 《한낮의 우울》에 보
면, "저는 케이 재미슨 같은 사람이 아니잖아요?"라고 하소연하는

내담자(환자)가 나온다. 그만큼 저자 재미슨은 투병 공개와 연구로 많은 이들의 목숨을 구한 성공한 환자로 알려져 있다.

조현병(정신분열증)과 함께 2대 정신병의 하나라는 조울증(躁鬱症)은, 흥분 상태(manic)와 우울한 상태(depressive)가 주기적으로 교대로 혹은 한쪽이 우세하거나 혼재되어 나타난다. 이 병은 인체를 구성하는 절대적 요소인 감정이 통제되지 않는 기분 장애(mood disorder)다. 병의 주요 증상이, 타인은 이해하기 힘든 갑작스런 불성실과 무능력이다 보니 건강 문제가 아니라 '인간성 추락'으로 인식되기 쉽다.

"인간관계가 가장 어려웠다."는 말은 평범하다. 누구나 절감하는 삶의 근본 문제다. 건강해도 인간관계는 원래 어려운 법이다. 나는 인간관계와 기분 관리가 인생의 관건이라고 생각한다. 인생에서 중요한 결정, 욕망, 생과 사, 행과 불행은 모두 인간관계와 관련되어 있다. 관계가 삶의 질과 생사를 결정한다.

주변 사람들에게 이해, 공감, 수용받고 싶은 욕구는 생존에 필수적이다. 인간은 자신이 얼마나 고통스러운지 알아주기를 바라는 마음에서 자살하기도 하는 관계적 존재다. 소통을 위해 죽는 것이다. 이것은 아이러니도 잘못된 선택도 아니다. 이 책 페이지마다 나오는 말, 정신 질환을 앓으면서 사회생활을 해야 하는 사람들에겐 "인간관계가 가장 어렵다." 죽도록 아픈데, 아니 죽음만이 유일한 해결책인데 숨겨야 하기 때문이다. 특히 우울증은 살아 있는 죽음이다. 살아 있는 죽음을 살 것인가, 죽음으로써 살 것인가.

나의 관심사는 이들의 고통을 '홍보'(또 다른 편견을 낳을 것이다)

하거나 공감을 호소(자칫 배려한다는 우월 의식으로 연결되기 쉽다)하는 것이 아니라 사회의 태도다. 두 가지로 나눈다면 하나는 빨리 나으라는 채근과 기대이고, 또 하나는 낙오자 취급("쟤는 끝났어.")이다. 전문가들에 의하면 환자는 두 가지 반응 모두 죽으라는 독촉으로 받아들이기 쉽다고 한다.

정신 질환자의 자살률이 가장 높은 시기는 병세가 호전되어 병원에서 퇴원할 때다. 병은 나았지만 이미 인간관계와 경제적 능력…… 모든 것을 잃은 상태이기 때문에 생활고로 죽는 것이다. 경쟁과 생산력 중심 사회에서 머리가 아픈? 마음이 아픈? 아니 몸이 아픈! 사람들은 '진정한' 낙오자로 간주된다. 달리기하다 넘어진 것이다. 흔히 사회적 소수자로 나열되는 여성, 장애인, 동성애자들은 '타고났다'고 생각하기 때문에(물론 그렇지 않다) 관용하는 측면이 있지만 건강 약자에게는 안도감과 공포가 뒤섞인 마음에서, 선을 긋는 가혹함을 보인다. 중년 이후의 정신 질환자에게는 특히 그렇다.

두 가지가 기억에 남는다. 재미슨은 교수직에 지원할 때 오랜 조울증 병력과 현재도 투병 중임을 밝힌다. 대학 당국은 "환자의 고통을 잘 이해할 수 있고 이는 연구자의 자원"이라며 병력을 채용 이유의 하나로 삼는다. 이런 점에서 미국은 선진 사회다. 또 하나는 전 세계를 무대로 한 그녀의 '미친 짓'을 무조건 이해하고 수습해주고 격려를 포기하지 않았던 오빠다. 그녀의 존재는 이런 사회와 관계의 승리일지도 모른다.

경험한 나, 말하는 나

수신확인, 차별이 내게로 왔다 _ 인권운동사랑방 엮음

—

차별 경험을 말하는 사람은 듣는 사람을 배려한다.
그래서 경험한 자아와 말하는 자아는 분열된다. 또 분열되어야만 한다.
모든 말하기, 글쓰기가 협상인 이유다.

—

2013년 4월, 민홍철 민주당 의원(김해시 갑)이 군대 내 동성 간 성 행위 처벌을 명문화하는 군형법 개정안을 추진했다가 논란이 일자 '동성 간 성 행위'라는 단어를 '모든 성 행위'로 변경했다. 그러나 이 역시 합의된 성 행위를 법으로 처벌한다는 점에서 성적 자기결정권과 사생활의 자유를 침해한다는 비판이 이어졌고, 결국 그는 개정안 발의를 유보했다. 하지만 그는 제안 자체로 대한민국 의정사에 영원히 '혐오 범죄자'로 기록될 것이다. 이 사태는 민주당 의원 20명이 이전 정권 때부터 추진해 온 차별금지법 발의를 철회하는 와중에 돌발해 더욱 실망스럽다.

이 책은 비혼모(미혼모가 아니다), 트랜스젠더, 동성애자, 이주자, 청소년, 장애인, 'HIV/AIDS 감염인', 가난한 사람들의 이야기다. 이런 나열이 민망하다. 인간은 이 책에 나오는 정체성 혹은 차별 경험의 교집합으로 존재하기 때문이다. 2007년 차별금지법을 만들겠다던 정부는 입법 예고안에서 7가지 항목을 삭제했다. 추가될 내용으로 착각할 정도로 기본적인 사안이다. 출신 국가, 언어, 가족 형태 또는 가족 상황, 범죄 및 보호처분 경력, 성적 지향, 학력, 병력. 이 문제에 대해서는 차별해도 된다? 항의하는 전문가들에게 언론은 '차별 피해 사례를 알려 달라'고 했는데, 그 제안이 이 책이 탄생한 계기가 되었다.

이 부분이 흥미롭다. 매일 신문에 보도되는 사건 사고가 바로 피해 사례 아닌가? 그리고 사례를 '알려주면' 그대로 보도하기나 하는가? 언론을 비판하는 것이 아니다. 사람들은 현실을 이야기해도 믿지 않으면서 '사례를 말하라', '증거를 대라'고 한다. 내 글이 편집자로부터 되돌아올 때 가장 많이 듣는 말. "이거 사실이에요? 누가 믿어요?" 맞다. 경험한 나도 못 믿겠으니까. 사실에 대한 인식의 승리! 이것이 정의가 패배하는 첫 번째 순간이다. 문제는 피해 사례가 누구나 겪는 지루하도록 평범한 이야기라는 점이다.

당사자의 언어가 곧바로 사회가 인정하는 차별의 증거가 될 수는 없지만, 문제 제기의 시작임은 분명하다. 이 책의 의의는 여기에 있다. 문제 제기도 중요하다. 더불어 내가 가장 주목하는 주제는 말하는 사람과 듣는 사람(사회) 사이의 정치학이다.

구조적으로 반복되는 차별을 받았을 때 우리는 갈등한다. 고통과 억울한 심정을 타인에게 말하고 싶지만('하소연이라도 실컷 해봤으면.') 내 처지를 수용해줄 사람을 만나기도 어렵고 더욱이 상황이 개선된다는 보장도 없다. 소문만 나고 결핍된 인간으로 취급받을 위험이 더 크다.

말하고, 공감받음이 '해결'의 시작이기에 이 욕구는 절실하다. 동시에 낙인으로 인해 사회적 성원의 권리를 잃을 수 있기 때문에 이 두려움은 참고 사는 '동력'이 된다. 이 내면의 갈등이 격렬한 나머지 남들이 먼저 알아보는 경우도 많다.

차별 경험을 말하는 사람은 듣는 사람을 배려한다. 그래서 경험한 자아와 말하는 자아는 분열된다. 또 분열되어야만 한다. 모든 말하기, 글쓰기가 협상인 이유다. 원래 이 자아 분열 개념은 나치 학살의 생존자들이 자기 경험을 믿어주지 않을 것을 걱정하여 자아를 조정하는 고통에서 발전했다. 지금은 모든 담론 행위에 공통적인 현상으로 받아들여지고 있다.

듣는 사람이 누구냐에 따라 말의 수위와 표현은 달라진다. 조절하지 못하는/않는 경우는 두 가지다. 하나는 정신이 너무 순수해서 아픈 이들이요, 다른 하나는 전현직 대통령처럼 상대방을 고려하지 않고 하고 싶은 말을 다 하는 권력자다. 두 경우가 아니라면, 협상의 고통을 정치적 에너지로 삼아야 한다.

나는 증언 형태의 책을 읽을 때 말하는 사람의 갈등을 가장 주의 깊게 살핀다. 이 갈등을 최소화하려는 실천이 민주주의다. 이 책, "이야기를 기다리는 이야기"는 정치적, 문학적, 윤리적으로 말하기와 듣기의 모범이다. 말하는 사람은 차별 경험을 본질적 자아로 환원하지 않으며, 듣고 쓰는 12명 저자들의 지성과 성찰은 안쓰러울 정도로 치열하다. 내용은 '슬프지만' 방식은 독자를 위로한다. 앎과 삶을 위해 필독을 권한다.

개인적으로는 'HIV 포지티브(양성)'라고 불리는 이들에 대해 오래 생각했다. 평생이 대기 상태(pending)인 인생이다. 내 처지도 그러하다. 〈추천사〉에서 문학평론가 김영옥이 옮긴, 카프카(Franz Kafka)의 산문 〈이웃 마을〉에 대한 베르톨트 브레히트(Bertolt Brecht)와 발터 베냐민(Walter Benjamin)의 해석도 매혹적이다.

평화는 고통의 정중앙에 놓여 있다

상실 수업 _ 엘리자베스 퀴블러 로스 외

—

슬픔에 저항하지 말고 느끼고 통과하라는 것이다.
'슬픔에 잠긴다'는 우리말은 정확하다. 몸이 슬픔에 잠겨 눈을 뜰 수도 없고
숨을 쉴 수도 없는, 살아 있는 죽음의 시간을 겪는 것이다.

—

컴퓨터 바탕화면의 '김수현'을 보면서 '해품달' 결방을 견디고 있
다. 이 드라마는 상실에 대한 관찰이기도 한데, 시청자가 뽑은 명장
면 1위는 16회, 월이 연우임을 알게 된 왕이 눈물을 쏟는 장면이었다.
나도 그 장면이 가장 좋았고 바탕화면도 그때 그 '용안'이다. 하지만
연우는 살아 있지 않은가? 내가 사랑하는 사람은 죽었는데……. 드
라마에 몰입해 혼자 울고불고하던 나는 외로웠다.

자료로 필요한 경우를 제외하곤 당대 베스트셀러는 읽지 않는
습관이 있다. 《인생 수업》도 그중 하나였는데 노상 헤매는 내게 인
생 수업이 절실하다고 판단한 지인의 강권으로 읽게 되었다. 6년
동안 암과 투병해 온 아홉 살 소년이 죽기 직전 온 힘을 다해 자
전거를 타고 동네 한 바퀴를 돈다는 이야기가 나온다. 그 소년으
로 인해 나는 엘리자베스 퀴블러 로스의 책을 찾아 읽기 시작했다.
《생의 수레바퀴》, 《인간의 죽음》, 《사후생》, 《상실 수업》…… 알려
진 대로 퀴블러 로스는 슈바이처처럼 살고자 했던 정신과 의사이

다. 호스피스운동의 선구자이며 죽음과 임종에 관한 세계적인 학자다. 책 표지 문구를 전한다. "《인생 수업》이 죽음을 맞는 사람들로부터 받은 메시지라면, 《상실 수업》은 남겨진 사람들에게 전하는 메시지이다."

얼마 전 내 인생에서 가장 중요한 사람이 죽었다. 별세, 영면, 타계는 죽음을 표현하는 적합한 단어가 아니다. 죽음은 그냥 자연계의 한 생명체가 없어지는 것, 사라지는 것이다. 이제 그녀는 이 세상, 저 세상, 다른 세상 어디에도 없다. 그녀가 없다는 것은 너무도 완벽하고 영원하고 절대적인 사실이다.

나는 《상실 수업》을 다시 집었다. "평화는 고통의 정중앙에 놓여 있다.(Peace lies at the center of the pain.)"라는 말은 5장 '사랑을 위해 사랑할 권리를 내려놓으라'에서 강함과 슬픔의 관계를 논하는 부분에 등장한다. 원서에서는 2장 '슬픔의 내면' 중 힘(strength)을 설명하는 부분에 있다. 힘은 슬픔의 핵심적인 속성이라는 것이다.

나는 이 구절을 평화론으로 읽는다. 평화를 바라보는 시각에는 두 가지 주류 패러다임이 있다. 전통적인 국제정치학에서 다루는 전쟁과 평화의 이분법, 전쟁을 피하기 위해 평화는 힘으로 지켜야 한다는 안보 논리가 그 하나고, 마음의 평화를 강조하며 갈등, 분노, 불안정, 파괴, 증오를 줄이는 세상을 지향하는 '범(汎)득도 세력' 평화관이 다른 하나다. 나는 이들 개념에 부분적으로 동의하고 또 열심히 공부한다. 그러나 사람이 열 명 있다면 평화 개념도 열 가지가 있다. 이유는 간단하다. 삶은, 나의 평화는 타인의 노동 위에 있으며 '그들'의 이익은 '우리'에겐 폭력인 현실로 이루어져 있기 때문이다. 평화의 정의는 성립하기 어렵다.

내가 지지하는 평화는 이런 진술들과 통한다. "폭력, 나는 그것을 지성이라 부른다."(마틴 루서 킹), "평화는 (여성성이 아니라) 여성이 주로 해 왔던 돌봄 노동이 공적 영역의 가치로 전환될 때 가능하다."(사라 러딕), "열려 있다는 것은 항쟁을 배제하지 않는 것이며 폭력은 인간의 뛰어난 공존 양식이다."(사카이 나오키), "평화학에서 가장 먼저 할 일은 기존 학문 틀의 문화적인 폭력에서 벗어나는 것이다."(요한 갈퉁)

나약함, 병듦, 낙오, 패배, 거부당함, 지속되는 슬픔, 버려짐, 오랜 망설임, 무기력, 우울, 의존, 좌절을 바람직하게 생각하는 사람은 드물다. 이런 상태가 긍정되는 경우는 극복했을 때뿐인데, 이는 곧 생존과 번영으로 여겨진다. 극복은 원래 상태 혹은 '정상'으로 돌아온다는 회복(回復)을 뜻하는데, 이는 거짓일 뿐만 아니라 불가능하다. 극복은 실상은 회피를 의미한다.

"평화는 고통의 정중앙에 놓여 있다."라는 목소리는 보편적 인간 조건을 극복하지 말고 항복할 것을 권한다. 슬픔에 저항하지 말고 느끼고 통과하라는 것이다. '슬픔에 잠긴다'는 우리말은 정확하다. 몸이 슬픔에 잠겨 눈을 뜰 수도 없고 숨을 쉴 수도 없는, 살아 있는 죽음의 시간을 겪는 것이다. 고통을 찬양하는 것이 아니다. 슬픔의 가치를 수용하는 것. 이것이 국가 간 평화든 마음의 평화든, 평화를 논의하는 전주(前奏)이다.

한미 연합군이 강정을 침공했다, 이 말은 국보법 위반일까

순이삼촌 _ 현기영

—

코너를 돌아 모르는 곳에 들어설 때까지 내 앞에 무엇이 버티고 있을지는 알 수 없다. 그 긴장은 '진실'이라는 신세계에 대한 두려움, 혼란, 호기심, 쾌락⋯⋯일 수 있다. 분명한 것은, 이 긴장이 나를 살게 한다는 것이다.

"죽은 사름들이 몽창몽창 썩어 / 거름 되연 이듬해엔 감저(고구마) 농사는 참 잘되어서. 감저가 목침 / 덩어리만씩 큼직큼직해시니까"

한미 연합군이 서귀포시 강정동을 침공했다, 라고 쓰면 국가보안법 위반일까? 이 법은 성문(成文)에 의한 집행이 애매하므로 나중에 따지기로 한다. 문제는 '국가'다. 베스트팔렌 조약(1648년) 이후 국가는 인구, 영토, 주권으로 이루어졌다는데, 지구상 어디부터 어디까지가 우리나라일까. 나는 매달 해외 여행을 한다. 부지런하면 7만 원대에 왕복이 가능하다. 내가 가는 해외는 제주. 육지 밖, 문자 그대로 해외(ab/road)다. 육지 중심 사고에서 해외는 국외를 의미하므로 제주도는 대한민국 영토가 아니다.

서울의 식당 차림표들은 "쌀 국내산, 쇠고기 호주산"으로 표기한다. 제주에 가면 "쌀 국내산, 돼지고기 제주산, 고등어 제주산"은 기본. "성게 가파도산"이라고 적어 놓은 식당도 있다. 이 논리대로라면 제주는 국내가 아니고, 가파도는 제주가 아니다. 제주시 고산 기상대에서 서울까지 거리는 470킬로미터, 후쿠오카는 400킬로미터다. 육지의 관점에서 제주는 '변방'이지만, 태평양에서 보면 대한민국의 관문이다.

한반도에서 베네딕트 앤더슨(Benedict Anderson)의 "민족(국가)은 상상의 공동체"라는 주장은 늘 논쟁거리지만, 내 생각엔 엉뚱한 논란이다. '상상의 공동체'는 민족이 관념인지 실재인지에 관한 이슈가 아니다. 민족은 상상의 산물이기에 민족 문제가 중요하지 않다는 의미가 아니라 그래서 매우 위험하다는 것이다. 사회가 어디까지를 국토로 상상하고 누구를 구성원으로 상정하는가, 이 유동성 때문에 누구든 언제든 국민에서 배제(포함)될 수 있다. 국민의 개념이나 국경이 확실해서 누구나 보호받으면 좋겠지만 (인류 역사상 그런 적은 없다), 그 경계가 임의적이니 얼마나 무서운 일인가.

이것이 우리의 일상이다. 국익이라는 가능하지 않은 개념으로 대다수 국민의 이익이 박탈당한다. 국가 안보를 명분 삼아 전쟁터가 되었던 광주, 대추리, 매향리를 생각해보자. 거의 매일 우리 군경은 외적이 아니라 국민과 싸운다. 한국의 시위 장면은 '시엔엔(CNN)'의 단골 그림이다. 내전과 국가 간 전쟁의 구분은 모호하며 전자의 희생자가 훨씬 많다.

현기영의 《순이삼촌》은 1978년 〈창작과비평〉 가을호에 발표되었고 이듬해 단행본으로 출간됐다. 내가 가진 책은 정가 3,000원, 초판 2쇄본이다. 이 책에 대한 일반적인 소개, "4·3을 소재로 한 최초의 작품이며 작가는 중앙정보부에서 고문을 당했다."라는 설명은 예술과 예술가에 대한 예의가 아니다. 나는 이 작품을 표현할 능력이 없다. 김원일의 발문('진실에의 치열성')을 빌리면, "나는 차츰 형(작가 현기영)의 고향을 이해하게 되고, 1948년도의 그 비극을 함께 사랑하게 되었다. 우리는 마치 그 처형의 장소에서 유일하게 살아남은 유복자의 입장으로 돌아가 폭도를 응징하고 토벌군을 지탄하며…… 피를 됫박으로 쏟으며 꼬꾸라진 양민이 되기도 하면서……." 나 역시 그 비극을 사랑한다.

세 번 읽었는데, 고3 겨울방학 때는 제목인 순이 삼촌이 남성, 즉 '순이의 삼촌'인 줄 알 정도였다. 두 번째는 김대중 정권 출범과 4·3 발발 50주년이 맞물린 1998년, 4·3에 관한 최초의 공론장이 되었던 국제학술대회에 참가하면서였고, 그리고 지금 이 글을 쓰기 위해 다시 읽었다. 4·3은 건국(혹은 분단)의 시작과 역사를 공유한 망각, 금기, 무지의 영역이었다.

15년 전 이 작품은 내 삶의 전환점, 격동의 모퉁이가 되었다. 나름 수많은 결심을 했다. 코너를 돌아 모르는 곳에 들어설 때까지 내 앞에 무엇이 버티고 있을지는 알 수 없다. 그 긴장은 '진실'이라는 신세계에 대한 두려움, 혼란, 호기심, 쾌락……일 수 있다. 분명한 것은, 이 긴장이 나를 살게 한다는 것이다.

이 글을 해석할 길이 없다. 한날한시 대량학살, 집집마다 제삿날이 같다. 마을 고구마밭에서 총살당하고 밭에 안 들어가려고 발버둥 치다 "이마빡을 쪼사" 도륙당한 시신이 썩어 거름이 된 덕

에, 고구마 농사만 잘되어 크기가 베개만 했다. 그해가 흉년임에
도 살아남은 사람들은 부모 형제의 다른 모습인 그 고구마를 먹
지 못했다.

태어나서, 죄송합니다

이십세기 기수 _ 다자이 오사무

—

살려면, 기대를 낮춰야 한다. '글을 쓸 수 없어 죽는다.'는 건 '생명 경시'가
아니다. 오히려 삶이 대단한 것이라고 생각하는 사람의 태도다.
그의 영원한 인기는 삶을 포기하지 않고 죽도록 사랑했기 때문이다.

—

"사람답게 살지 않으면 어때요. 우린 살아 있기만 하면 되는 거
예요."(다자이 오사무) "감독님 영화에는 죽음에 대한 이야기가 많이
나오는데 죽음을 어떻게 생각하시나요?" "죽음에 대한 제 입장은
언제나 똑같습니다. 절대 반대입니다."(《씨네21》 우디 앨런 인터뷰)

두 사람의 예술가. 다자이는 "몰락과 멸망이 체질로" 정신병원
을 오가며 동반 자살을 포함해 다섯 번의 자살 시도 끝에, 서른 아
홉 번째 생일날 주검으로 물에 떠올랐다. 79살의 영화 감독 우디
앨런. 전문가들은 그가 "105살까지 걸작을 남길 것"으로 전망한
다. 그의 향년은 진행형이다.

'이쪽 디엔에이(DNA)'를 지닌 사람들에게 "태어나서, 죄송합니
다."는 유명한 말이다. 영화 〈혐오스런 마츠코의 일생〉에서 기차와
정면 충돌하며 자살하는 남자의 유서는 한마디, "태어나서, 죄송합
니다." 원고지에 만년필로 쓴 유려하면서도 단정한 히라가나가 기
억에 남는다. 그림 같았다.

최근 다자이 오사무 전집이 번역 출간되면서 이 문장의 출전인 단편 〈이십세기 기수(二十世紀旗手)〉를 드디어 읽게 되었다. "태어나서, 죄송합니다."는 이 작품의 첫 번째 문장이다. 이 문구는 허무와 퇴폐가 구호였던 무뢰파(無賴派) 문학의 핵심인데, 말 그대로 무뢰한들의 서원(誓願)이었다. 무뢰파는 전후 일본 사회를 대변한 정파(政派, '情波')였다. 작품은 당연히 '기수'의 어감과 거리가 멀다. 마약성 진통제인 파비날에 중독된 당시에 쓴 것으로, 작자 자신도 자기가 무슨 말을 했는지 모른다고 한다.

다자이 오사무(太宰治, 1909~1948). 고리 대금업으로 부를 축적한 부잣집 아들, 귀족원 의원과 현(縣)지사를 지낸 집안, 천재, 작가, 좌파 활동, 도쿄대 입학, 열애, 약물 중독…… 요시모토 바나나와 무라카미 하루키가 가장 존경한다는 작가, 일본의 도스토예프스키. 극적인 생애는 '옛날 지식인'의 전형처럼 보인다.

그러나 한수산의 분석이 딱 옳다. "그를 읽는다는 것은 젊은 날의 상처다. 그러므로 그 상처가 나을 때 독자는 그를 떠난다. 다자이는 홀로 거기 있다. 어린이가 자라면 또 다른 젊은이가 다자이를 만나고……. 다만, 나는 안다. 그는 자신의 초기 작품에서 더는 한 발짝도 나아가지 않는, 나아가지 못한 작가라는 것을."

"태어나서, 죄송합니다."는 자학이 아니다. 인간은 '낳아지는' 것이지, 누구도 '태어나지' 않는다. 문법과 무관하게 탄생은 능동태일 수 없다. 자기 생명을 스스로 생산하는 사람이 있나? 우리는 동의 없이 태어났다. 살기 싫은 사람에게 이만큼 열 받는 일도 없다. 의지로 가능한 것은 자살뿐이다.

처음 이 말을 접했을 때 놀랐다. '자기가 태어났고' 그래서 '죄송하다'니. 인간이 할 수 없는 일에 죄송하다는 메시아적 죄책감. 이 어마어마한 자의식과 이를 따르지 못하는 자신. 근대 주체성의 위태로운 산정(山頂), 지식인의 자의식은 그를 서서히, 낭만적으로 살해했다.

의제는 "태어나서 죄송하다."가 아니라 "사람같이 살지 않으면 어때요."다. 자살 욕구가 증상인 우울증 환자를 제외하면, 자살은 '사람답게'의 기준이 무엇인가에 대한 각자의 판단에 달려 있다. 그는 유서에 "소설 쓰기가 싫어져 죽는다."고 했다. 실연, 빚, 외로움, 망국, 사회주의 붕괴, 축구 팀 패배, 입시……, 이 모든 것은 개인의 인생관과 처지에 따라 죽을 이유가 된다. 재능이 없다고 자살하는 것은 '한가한' 죽음이고, 생활고로 죽는 것은 '절실'한가? 현실의 다급함 정도가 자살을 결정하는 것은 아니다.

살려면, 기대를 낮춰야 한다. '글을 쓸 수 없어 죽는다'는 건 '생명 경시'가 아니다. 오히려 삶이 대단한 것이라고 생각하는 사람의 태도다. 삶의 매 순간이 의미, 호기심, 열정의 연속이라고 믿는다면 '재능 없는 천재'의 좌절, 자기모순, 동반 자살 실패의 죄의식, 경멸하는 인간들과의 경쟁, 심지어 패배……, 이건 삶이 아니다. 그의 영원한 인기는 삶을 포기하지 않고 죽도록 사랑했기 때문이다.

개인적으로 다자이 오사무 타입의 인간형을 좋아하지 않는다. 그런데도 읽는 이를 무장 해제시키는 그의 치열한 절망에 결국, 어깨부터 몸부림이 온다. 나도, "못난이처럼 울고 있다."(유서 중) 청춘도 아닌데.

아무 인사도 없이

파이 이야기_얀 마텔

—

배신감! 나도 그 장면에서 울었다. 삶이란 나는 남고 내게 의미 있는
관계자(關係子)들은 떠나는 과정이다. 시간은 그들을 태우고 멈추지 않고
나를 앞지른다. 건강, 능력, 기억, 사람, 중독…… 이들을 제때,
제대로 떠나보내지 못할 때 몸에 남아 병이 된다.

—

이 책은 영화 〈라이프 오브 파이〉의 원작이다. 나는 책보다 영화
가 좋았다. 리안(李安) 감독의 영화 아닌가. 목을 빼고 까치발을 디
디며 그의 우주를 기웃거렸다. 이 텍스트는 의미심장한 주제들로
미어질 지경이다. 일제 구명보트의 견고함과 보험 처리 장면에서 일
본 근대성에 '감탄'했다가, 뗏목으로 쫓겨난 소년에게서 약탈자에
게 자아를 빼앗긴 사람을 보았다. 동물을 먹어치우는 식충 섬은 버
자이너 덴타타(Vagina dentata, 이빨 달린 질) 이야기를 연상시켰다.

1977년 7월 2일. 거대한 화물선이 침몰한다. 힌두교도이자 무
슬림이며 크리스천인 파이(Pi)라는 사연 많은 이름의 인도 소년과
250킬로그램짜리 벵골호랑이가 227일 동안 바다에서 표류한다. 둘
은 멕시코 해안에서 구조된다. 아니, 소년은 구조되고 리처드 파커
(호랑이 이름)는 뭍에 닿자마자 근처 밀림으로 들어간다. 소설과 달
리 영화는 파커가 사라진 밀림 입구를 두 번 클로즈업한다. 통증이

느껴지는 압권이다.

소년은 엉엉 운다. 살아남은 감격 때문이 아니라 7개월 넘게 함께했던 리처드 파커가 뒤도 안 돌아보고 "아무 인사도 없이(so unceremoniously)" 떠났기 때문이다. 운동 경기 때 득점을 해도 세리머니를 하는 게 인간인데……. "나는 그가 내 쪽으로 방향을 틀 거라고 확신했다. 날 쳐다보겠지. 귀를 납작하게 젖히겠지. 으르렁대겠지. 그렇게 우리의 관계를 매듭지을 거야. 그는 그런 행동을 하지 않았다. 밀림만 똑바로 응시할 뿐이었다. 그러더니 고통스럽고, 끔찍하고, 무서운 일을 함께 겪으면서 날 살게 했던 리처드 파커는 앞으로 나아갔다. 그렇게 내 삶에서 영원히 사라져버렸다."

식민주의적 발상이지만 파이보다 그럴듯한 사람 이름, 리처드 파커. 망망대해에서 호랑이를 친구 삼아 보살피고, 싸우고, 겁먹고, 정들었던 인간은 자연의 법칙에 상처받는다. 호랑이는 인간이 사는 법, 즉 만남과 헤어짐의 의미와 슬픔, 내 마음에 남은 그의 빈자리, 서투른 작별의 후유증과 상관없다. 바다에서 살다가 이제 밀림에서 살 뿐이다.

인간이 급격히 외로워진 시기는 의미, 이성, 역사주의 따위를 앞세워 자연을 공격하면서부터다. 그나마 인간 중에서는 선하고 지혜로운 파이. 그의 일부, 파커가 아무 인사도 없이 떠났다. 사람은 인연 덕분에 산다. 하지만 그것은 인간 스스로 부여한 의미일 뿐 자연은 우리에게 관심이 없다. 최대치의 관심이라고 해봤자 '너희는 지구의 재앙이야'.

문명 대(對) 자연? 이런 문법은 없다. 우리는 모든 인식 대상에 그렇듯 자연에 대해서도 알지 못한다. 안다고 생각하는 부분만 알 뿐이다. 있는 그대로의 '스스로 그러한' 자연(自然)은 없다. 우리가 말하는 자연은 인간이 추구하고 투사하고 개입한 문명의 또 다른 얼굴로서 자연(cultured nature)이다. 그중 가장 믿을 만한 자연은 인간이 만든 신(神)이 아닐까.

배신감! 나도 그 장면에서 울었다. 삶이란 나는 남고 내게 의미 있는 관계자(關係子)들은 떠나는 과정이다. 시간은 그들을 태우고 멈추지 않고 나를 앞지른다. 건강, 능력, 기억, 사람, 중독……. 이들을 제때, 제대로 떠나보내지 못할 때 몸에 남아 병이 된다. 미련과 후회, 그리움이 지나치면 '떠나보내라'고들 한다. 사실 그러고 말 것도 없다. 그들은 혼자 간다. 존재하지도 않는다. 떠났으니까.

물론 인간은 무의미 속에서도 살지 못한다. 다만, 탐욕스러운 데다 멍청하기까지 한 호모 사피엔스의 우월감이 만고(萬苦)의 근원임을 알아야 한다. 인간이 지구의 유일한 인식자(knower)라는 생각은 스스로 만든 망상이다. 백번 양보해서 '생각하는 동물'이면 뭐하나. 문제는 무엇을 생각하느냐다. 인간은 만물의 영장이 아니라 찰나를 사는 먼지다.

파커 덕분에 내 인생의 중대한 몇몇 관계자들을 떠나보냈다. 고열과 구토를 동반한 감기가 세리머니를 대신했다. 오랜 세월 나를 괴롭혔던 의미 있는 삶에 대한 강박은 다소 사그라졌지만 여전히 서러움이 가시질 않는다. 이 아침 무거운 몸을 일으킬 이유를 찾아야 한다. 파이, 파커! 어쩌면 좋겠니.

생존자라는 말도 싫어요
내가 죽다 살아났나요?

은밀한 호황 _ 김기태 · 하어영

누구의 인생도 피해 경험이 없는 경우는 없으며 동시에 평생 피해자인
사람도 없다. 피해는 상황이지 정체성이나 지칭이 될 수 없다.
타자화는 나를 기준으로 타인을 정의하는 것. 그 자체가 폭력이다.

저자들도 알리라. 성 산업이 은밀하지 않다는 것을. 주차된 승
용차, 전봇대, 건물 벽마다 붙어 있는 전단지들. 1967년에 브루스
커밍스(Bruce Cumings)는 평화봉사단 업무로 서울 반도 호텔에 묵
었다가 한국인들의 집요한 성 구매 권유에 곤혹을 느꼈다.(《뉴욕타
임스》 1990년 6월 25일자) 지금은? 한국의 성 산업은 미국을 넘어 구
매, 판매 모두 국제적으로 성장했다. 성 산업은 노골적으로 호황이
다. '상품(여성)' 조달에 폭력도 불사하는 공격형 산업이다.

2010년 한국 사회의 '화대'는 7조 원. 같은 해 영화 산업 매출 1조
2천억의 5배를 넘는다. 이 책의 미덕은 성 산업에 개입된 인구와 자
본, 규모, 형태, 지구촌을 누비는 한국 남성의 성 구매까지 모든 영
역의 심각성을 '충분히' 일깨웠다는 데 있다.(성매매 형태는 이 책의
내용보다 다양하다.)

나는 이 책의 수치를 믿지만, 믿지 않는다. '모든 통계는 거짓말'

이지만 특히 성(性)과 성별 사안은 계량화가 불가능하다. '여성 문제'는 인식 부재에다 주로 비공식 영역에서 발생하기 때문에, 피해 실태는 일단 축소 보고(under report)된다고 보면 된다.

여성이라는 이유로 사람들은 나를 소수자라고 한다. 그럴 때마다 나는 소수자 개념의 문맥을 설명하고 이렇게 되묻는다. "저를 소수자라고 생각하는 당신은 누구인가요? 제가 당신과 다르다면 그 차이는 누가 정한 건가요?"

'객관적', 이론적, 정치적으로 어떤 개념이 맞지만 경험자가 그 명명을 거부할 때 바람직한 '해결' 방식은 무엇일까? 특히 그 개념이 사회적 낙인일 때. '일본군 위안부'는 흔히 정신대라고 부르는 역사에 대한 임시 용어다. 정확히 말해, 일본 제국주의가 저지른 전쟁 범죄는 성 노예(sexual slavery)지만 이 단어를 반길 '할머니'는 없다.

누구의 인생도 피해 경험이 없는 경우는 없으며 동시에 평생 피해자인 사람도 없다. 피해는 상황이지 정체성이나 지칭이 될 수 없다. 타자화는 나를 기준으로 타인을 정의하는 것. 그 자체가 폭력이다. 내용의 호오가 본질이 아니다. 어머니 숭배와 '창녀' 혐오는 모두 남성 사회의 판타지다. 섹슈얼리티를 기준으로 여성을 이분하여 시민권 박탈 여부를 결정하는 것이다. 남성은 '아버지와 남창', '곰과 여우'로 구분되지 않는다.

성 산업을 경험한 여성은 말한다. "성매매 여성이라는 말을 들은 건 경찰서가 처음이었어요. 평소에는 몸 파는 년, 창녀라고 하면서 갑자기 또 성매매 여성, 피해자라고 하는데 마음에 와 닿지 않더라고요. 생존자라는 말도 싫어요. '내가 죽다 살아났나요'(강조는 필자), 왜 생존자라고 불러?"

이들은 '구조된' 사람인가? 무엇으로부터? 그 무엇에 대해 말할 수 있는 사람은 누구인가? 여성주의는 여성에 대한 희생자화, 타자화에 저항하면서 피해자 대신 생존자(survivor)라는 용어를 사용해 왔다. 윤락녀에서 피해자로, 생존자로, 성 판매 여성으로. 이 변화가 사회운동이었다. 하지만 아직 당사자가 정의한 용어는 없다. 아마 현재로서는 성 노동자가 유일할 것이다.

성 판매는 당연히 노동이다. 그것도 위험한 중노동이다. 그러나 나는 '성 노동'에 반대한다. 노동이되 '어떤 노동'인가, 수천 년간 왜 '여성 직종'인가가 문제의 핵심이다. 너무 오래된 노동을 두고 '노동이다 vs 아니다'를 논하는 이 사회의 지성이 민망하다.

탈식민 이론가 가야트리 스피박(Gayatri Spivak)은 "민중 (subaltern)은 말할 수 있는가?"라고 질문하면서 이 문제를 다른 각도에서 접근했다. 당사자의 말은 존중받아야 하지만 무조건 옳거나 정당한 것은 아니다. 그들의 생각 역시 사회적 산물이다. 어떤 여성은 '생존자'보다 '성 노동자'라는 정의에 더 자존감이 높아졌다고 말한다. 나는 성 판매가 기존의 노동 범주에 포함되기보다는 노동 개념의 변화를 촉진하는, 새로운 문제 제기의 언어가 되기를 바란다. 대다수 민중에게(나에게) 노동과 폭력, 괴로움의 경계는 뚜렷하지 않다.

문맹을 포함해 누구의 언어도 투명하지 않다. 문제는 약자의 목소리가 들리고 공유되고 논의할 수 있는 공동체의 역량이다.

손 무덤

손 무덤 _ 박노해

—

몸과 의식은 하나다. '좋은' 생각이든 '나쁜' 생각이든 그것은 모두 몸이다.
"나는 생각한다. 고로 존재한다."는 공상('空'想)이다.
생각은 몸의 형식으로만 존재한다.

—

턱뼈 탑. 글자 그대로 턱뼈를 잘라낸 사람의 뼈를 쌓은 탑(a tower of shaved chin bones)이다. 최근 서울 강남구 소재 한 성형외과는 안면 윤곽이나 사각턱 수술에서 절개한 환자의 뼈를 투명 유리 기둥에 넣어 병원 로비에 전시했다. 이 소식은 사진과 함께 〈주간경향〉과 미국 〈타임〉지 온라인판에 상세히 실렸다. 강남구청은 의료 폐기물 처리 기준 위반으로 과태료 300만 원을 부과했다.

처음 사진만 본 사람들은 구청 관계자의 표현대로 '단순 조형물'인 줄 알았다가 인체 적출물인 줄 알고 기겁했다. 인간은 몸 안팎을 엄격하게 구분한다. 안은 절대적으로 깨끗하고 소중하다. 그러나 피부라는 형태를 벗어나 밖으로 나오면 공포와 혐오의 대상이 된다. 플라톤 시대부터 눈물, 침, 월경혈, 콧물, 대소변 같은 체액을 통제하지 못하는 사람은 인간의 범주에서 제외되어 왔다.

가장 일상적인 사례는 장애일 것이다. 훼손, 돌출, 함몰, 나약함 등 '매끄럽지 못한 몸'은 무질서와 비정상의 상징이다. 물론 정상적인, 더구나 아름답다고 정해진 몸의 형태는 당연히 없다. 시대와 사회마다 사람들이 만들어 온 주관적인 기준이 있을 뿐이다.

턱뼈 전시를 어떻게 해석해야 할까. 우리는 이 정도로 많이 깎아낸 전문 병원이다? 성형 왕국의 국제적 망신? 징그럽다? 나는 성형 수술 문제가 아니라고 생각한다.

'턱뼈 무덤'을 보고 박노해의 시 〈손 무덤〉이 생각났다. 여기서 예술다움이 무엇인가를 가장 창조적인 방식으로 질문한 그의 시를 새삼 논할 필요는 없을 것이다. 20여 년 전 최소한 내 주변에서 그의 시를 '읽는' 사람은 없었다. 우리는 외우고 노래했다.

손 무덤은 "프레스로 싹둑싹둑", 손목이 날아간 손들의 원한이 쌓인 무덤이다. 시는 3면에 걸친 진실이다.(35~37쪽) "작업복을 입었다고/ 사장님 그라나다 승용차도/ 공장장님 로얄살롱도/ 부장님 스텔라도 태워주지 않아/ 한참 피를 흘린 후에/ 타이탄 짐칸에 앉아 병원을 갔다…… 기계 사이에 끼여 아직 팔딱거리는 손을/ 기름 먹은 장갑 속에서 꺼내어/ 36년 한 많은 노동자의 손을 보며 말을 잊는다/ 비닐봉지에 싼 손을 품에 넣고/ 봉천동 산동네 정형집을 찾아……." 시를 읽는 이들도 할 말을 잊는다.

몸의 변형에는 외부의 요인과 사람 자체의 변화라는 두 가지 차원이 있다. 턱뼈 탑과 손 무덤이 몸 밖의 원인이라면, 개인이 인생을 어떻게 살았는가에 따라 체현되는 환골탈태(換骨奪胎)나 변태(變態) 같은 성장으로서 변형이 있다.

몸에서 분리된 인체. 턱뼈는 '돈을 주고' 잘라낸 것이고 손 무덤은 '돈 벌려다' 잘려 나갔다. 턱뼈는 자해(?), 손 무덤은 피해다.

두 가지 현실은 인식론적으로 큰 차이가 있다. 생각대로 사는 삶과 몸에 근거한 삶이 그것이다. 사는 대로 생각하지 말고 생각하는 대로 살라? 내가 몹시 경계하는 말이다. 턱뼈 탑은 한국 사회에서 생각한 대로 사는 삶이 무엇인가를 보여주는 종착이고, 〈손 무덤〉은 삶을 재현하고 생각한 예술이다.

'불필요한' 성형 시술은 사회적 요구를 몸에 실현하여 체제가 원하는 사람이 되는 것이다. 이처럼 생각한 대로 사는 것은 '지금 자기'를 부정하고 욕망을 따르는 가치 지향적 삶이다. 그 가치가 바람직한 경우도 있지만 대개 이 말은 경쟁 사회의 자기 다짐이고, 다이어리 첫 장에 등장하는 문구이다. 경제적 성취든 인격과 실력 배양이든 '그렇게 되어야 한다'는 것이다.

몸은 객관적이지도 중립적이지도 않다. 몸은 사회적 위치성과 당파성의 행위자다. 예를 들어 '산업 재해 당한 몸', '노동하는 몸', '성 폭력 겪은 몸'에서 시작하는 삶. 이것이 사는 대로 생각하는 것이다. 몸과 의식은 하나다. '좋은' 생각이든 '나쁜' 생각이든 그것은 모두 몸이다.

"나는 생각한다. 고로 존재한다."는 공상('空'想)이다. 생각은 몸의 형식으로만 존재한다. 머리로는 알겠는데 몸이 안 따른다는 말은 이상하다. 머리(의식)도 몸이다. 의식은 몸의 어느 부위인가? 그런 부위는 없다.

벼랑에서 만나자

지금은 비가… _ 조은

—

벼랑에서 만나기를 원한다. 벼랑을 긍정하면,
고통스러운 삶을 받아들이고 나를 서럽게 한 사람일지라도
다시 믿어보며 억울한 사회를 살아갈 힘을 얻는다.

시인 조은은 내가 꿈꾸는 삶을 산다. 언어는 감히 말할 처지가
아니고, 그의 벼랑은 아늑하고 단단하다. 작고 정갈한 집, 간소한
세간살이, 주변 잔설은 얼마나 아름다운지.(산문집 《벼랑에서 살다》)
집 밖으로, 외국으로, 우주로 떠난 이들이 떠맡긴 잡동사니로 무너
지기 직전인 내 삶을 생각하면 부럽고 또 부럽다. 어느 관계에서나
'을'인 내 팔자를 원망하는 수밖에.

대신 그녀의 시 〈지금은 비가…〉와 동일시하면서 잠시 행복하고
싶다. 남의 시로 연애 편지를 대신하는 이들처럼 이 시가 내 인생이
었으면 좋겠다. 그녀의 첫 시집 《사랑의 위력으로》에 처음 등장하
는 〈지금은 비가…〉는 시집 전체를 운명 짓는다. 서른 즈음에 어떻
게 이런 언어를! 차갑고 뜨거운 전율이다.

"벼랑에서 만나자. 부디 그곳에서 웃어주고 악수도 벼랑에서 목
숨처럼 해 다오. 그러면 나는 노루 피를 짜서 네 입에 부어줄까 한
다./ 아, 기적같이/ 부르고 다니는 발길 속으로/ 지금은 비가…"

라흐마니노프의 피아노 협주곡이 내내 흐르는 1940년대 영화, 〈밀회(Brief Encounter)〉의 우리말 제목은 교양이 없다. '몰래 만난다'는 시선부터 한심하다. 조우(遭遇), 정도가 맞지 않을까. 이 영화에서 생면부지의 남녀는 기차역에서 몇 시간 만나고 헤어지지만 평생 두근거릴 가슴을 얻는다.

사람마다 인간관계 방식이 있다. 나는 깊고 짙고 부담스러운 만남을 원한다. 그러나 추구할 뿐 실현된 적은 별로 없다. 그런 관계로 살기엔 세상은 너무 바쁘고 나는 참을성이 없다.

둘이 아닌 대화는 비효율적이다. 나는 일대일 친구가 많은 편이다. 그 관계들은 다 다르다. 요즘은 나와 비교가 안 되는 '스마트'한 폰 때문에 두 사람이 만나도 기운이 빠진다. 휴대 전화도 사용하지 않는 나를 앞에 두고 상대방은 고개를 숙이고 있다. 며칠 전에는 나보다 10살, 20살 많은 친구를 만났는데 나는 두 번 다 스마트폰에게 졌다.

벼랑에서 만나기를 원한다. 삶 자체가 벼랑의 선택이다. 사방이 배수(背水)의 집이다. 건조한 용어로, 포지션이다. 우리가, 각자가 사는 자리다. 의식하지 못하거나 피할 뿐이다. "허무하다.", "인생 별거 있어?" 이 흔한 타령은 벼랑에 살고 있음을 잊은 대사다.

벼랑은 경계이기도 하다. 확실한 곳이 아니다. 남의 기회에 몸을 맡긴 이들은 비용을 치르고 싶어 하지 않는다. 그리고 "나는 회색인"이라고 외친다. 이런 이들을 보면 "회색은 회색이 아니에요!"라고 쥐어박고 싶다. 회색은 뚜렷한 (정치)색이다.

벼랑에 살다 보면 다양한 사람들을 만난다. 벼랑을 경멸하는 자,

벼랑으로 몰릴까 봐 못 본 체 지나가다 넘어지는 자, 친한 척 다가와 벼랑만의 경험을 인터뷰하는 자, 그저 벼랑에서 함께 살자고 하는 자, 벼랑을 파괴하고 공사판을 벌이는 자, 벼랑에 매달린 손을 밟는 자……

물론 그곳에서 웃어주고 악수도 목숨처럼 나누며 노루 피를 부어주는 이들이 훨씬 많다. 벼랑을 긍정하면, 고통스러운 삶을 받아들이고 나를 서럽게 한 사람일지라도 다시 믿어보며 억울한 사회를 살아갈 힘을 얻는다. 상대가 누구든 그 순간만큼은 최선을 다해, 집중하고, 절실하게 만났으면 한다. 그렇게 마음을 다하고 회자정리(會者定離)를 안아버리면 '어디에 가서 돌이 되어 바람을 굴절시키는 단 한 사람을 만날 수' 있지 않을까.

제도(가족주의, 동창회……)적 관계만 안전하다고 믿는 사람들과 계층별 유유상종이 아닌 만남은 시간 낭비를 넘어 모욕이라고 생각하는 이들은 스스로 격자에 갇힌 것이다. 이해 관계든 진실한 관계든 어차피 모든 관계는 오래가지 않는다.

영원한 관계는 두 사람이 동시에 동작을 멈추거나 끝없는 자기 갱신의 매력이 교환될 때 가능하다. 전자는 죽는 것이고 후자는 매우 어려운 일이다. 그래서 사람들은 끔찍한 관계를, 제도의 천막으로 대충 가리며 산다. 외로움은 이 풍경의 상처다.

인맥 관리, '밀당', 포커페이스…… 몸 사리고 계산해봤자다. 남김없이 준다고 해서 바닥나는 마음은 없다. 인간이 바닥을 드러낼 때는 따로 있다. 그러니, 목숨처럼 해 다오.

당신이 없는 것을 알기 때문에
전화를 겁니다

전화_마종기

—

이 시는 간절한 외로움이다. 촉각과 청각의 공감각이
뛰어난 '전화' 소리에 몸이 젖는다. 읽고 또 읽노라면 외로움이 몸에 가득 차서
손목이라도 그어 몸 안의 외로움을 빼내야 할 것 같은 느낌이 든다.

—

〈당신을 오랫동안 사랑했어요〉(2008년)라는 영화에는 15년을 복역하고 출소한 여성(크리스틴 스콧 토머스 분)을 감독하는 보호관찰관이 나온다. 그는 늘 "오리노코 강에 여행 가는 것"이 평생의 꿈이라고 말하지만 자살한다. 이 장면은 영화 전체에서 5분도 안 되는 분량이지만 여주인공의 기막힌 사연만큼이나 마음에 남았다. 나는 남자가 등장하는 첫 장면에서 자살할 것을 알았다. 사는 외로움을 해결할 수 없다는 것을 깨달은 눈빛이었다.

최인호의 《깊고 푸른 밤》과 이덕자의 《어둔 하늘 어둔 새》는 모두 북미 이민 생활을 그리고 있는데 내게 외로움의 색깔을 알려주었다. 해 진 뒤의 그랜드캐니언과 너무 높아서 푸른 밤하늘. 그런 곳에서 시인 마종기는 이민자로서 오랫동안 의사로 일했다. 그의 유명한 시, 〈전화〉다. 1976년에 출간된 시집 《변경의 꽃》에 실렸다.

당신이 없는 것을 알기 때문에

전화를 겁니다.

신호가 가는 소리.

　당신 방의 책장을 지금 잘게 흔들고 있을 전화 종소리. 수화기를 오
래 귀에 대고 많은 전화 소리가 당신 방을 완전히 채울 때까지 기다립
니다. 그래서 당신이 외출에서 돌아와 문을 열 때, 내가 이 구석에서 보
낸 모든 전화 소리가 당신에게 쏟아져서 그 입술 근처나 가슴 근처를
비벼대고 은근한 소리의 눈으로 당신을 밤새 지켜볼 수 있도록.

　다시 전화를 겁니다.

　신호가 가는 소리.

　전화를 건다. 그런데 상대방이 받을까 봐 두려운 전화다. 이 시
를 감상하려면 '옛날' 집 전화기를 알아야 한다. 대개 검은색의 무
거운 수화기를 들고 다이얼을 돌린다. 발신 번호도 알 수 없고 응
답 메시지 기능도 없다. 그런 전화만 발신자를 숨긴 채 소리를 계
속 울리게 할 수 있다.

　외로움에 대해서도 시에 대해서도 아는 게 없지만 내겐 이 시만
한 외로움이 없다. 외로움에도 고립, 좌절, 무기력 등 여러 가지 감
촉이 있다. 이 시는 간절한 외로움이다. 촉각과 청각의 공감각(共
感覺)이 뛰어난 '전화' 소리에 몸이 젖는다. 읽고 또 읽노라면 외로
움이 몸에 가득 차서 손목이라도 그어 몸 안의 외로움을 빼내야 할

것 같은 느낌이 든다.

혼자가 곧 외로움을 의미하는 것은 아니지만 외로움과 타인의 존재는 관련성이 없지 않다. 관계가 형성되면 나는 타인과 섞이고 동시에 확장된다. 외로움은 무균, 증류수 같은 결정(潔淨)적이고 결정(結晶)적인 배타성을 지니고 있다. 관계는 그 단단함과 순결성을 서서히 무너뜨린다.

사랑한다는 것은 약점이다. 사랑이 내 몸에 거주하는 것은 축복이지만 연결되고 싶은 욕망은 지옥이다. 이 마음 자체가 '을'인데 만일 성별, 나이, 계급, 외모 같은 자원에서도 차이가 나다면……, 그 괴로움, 그 부끄러움, 내가 나를 바라보는 시선을 견딜 수 없다.

이런 상황에서 상대의 몸에 접촉할 수 있는 방법, 같은 공간을 사는 방법은? 보내지 못한 편지, 멀리서 바라봄, 생각, 생각, 생각……. 나는 열등하므로 통화는 위험하다. 받지 않을 신호를 계속 보내는 것만이 행복과 안전을 동시에 보장받는 길이다.

"당신이 없는 것을 알기 때문에 전화를 겁니다." 나도 이렇게 하고 싶다. 그/그녀를 빠뜨린 소리에 함께 익사하고 싶다. 스마트폰 시대에는 불가능하다. 대신 나는 편지를 잔뜩 써놓고 임시 보관함에 넣어 둔다. 비록 선상(온라인)이지만 외로움이 거처할 곳이 있어 다행이다. 하지만 이것은 공존이 아니다. 혼자 모니터를 바라본다.

다시 전화를 꿈꾼다. 신호가 가는 소리가 나 대신 상대의 몸에 "쏟아지고 비벼대고 지켜볼 것이다." 관음증은 약자의 사랑법이다. 시 〈전화〉는 관음마저 상상한다. 이렇게라도 사는 게 낫지 않을까. 오리노코 강에 같이 갈 사람이 없어서 자살하는 것보다는.

죽음의 공포는 고통의 공포보다
크지 않습니다

죽음은 내게 주어진 마지막 자유였다 _ 라몬 삼페드로

—

죽음은 삶의 끝일 뿐 존재하지 않는다. 죽음에 대한 공포가 있을 뿐이다.
이에 비해 삶의 고통은 너무나 생생하다. 바로 우리 곁에서 경험하고
잘 아는 것이다. 삶과 죽음의 대립 대신.
고통에 대한 이해로 논의의 초점이 이동되어야 한다.

내 책상에는 이 책의 지정석이 있다. 아침마다 눈을 맞추면 기분
이 좋아진다. 실화를 바탕으로 한 책이고, 영화화되기도 했는데(《씨
인사이드》) 매력적인 배우 하비에르 바르뎀의 명연기에도 불구하고
내 경우엔 책이 더 좋았다.

생애 한순간만이라도 이렇게 살아봤으면. 책장마다 간절함과 열
정의 불꽃이 튄다. 지은이 라몬 삼페드로 카메안(Ramón Sampedro
Cameán)은 스물다섯 살에 다이빙하다가 모랫바닥에 머리가 부딪
혀 목뼈가 부러지는 사고를 당한 후 27년을 '죽은 몸뚱이에 머리만
붙어 있는 사람', '말하는 영혼을 지닌 시체', '만성적인 죽음을 앓
고 있는 자'로 살았다.

《죽음은 내게 주어진 마지막 자유였다》는 지은이가 사지 마비
상태가 된 이후 형수 등 가족들의 도움으로 살다가, 안락사 권리를

위해 투쟁한 기록이다. 1996년에 출판되었고 에스파냐어 원제는 '지옥으로부터 온 편지(Cartas desde el Infierno)'다.

안락사나 자살은 의료 윤리가 '아니라' 인간의 본질적인 윤리 문제다. 그의 처지에서는 불가피한 논리였겠지만 라몬은 안락사 인정의 근거로 개인의 이성, 자유, 인권을 주장했다.

하지만 나는 이 책이 "안락사에 대한 선택의 자유"로 평가되지 않기를 바란다. 이 가치들은 무조건 옹호되거나 일반화될 수 없다. 구체적인 상황이 구체적으로 제시되지 않으면, "할 말은 하는 신문"처럼 자유가 넘치는 세력을 위한 논리로 둔갑하기 쉽다. 즉, 자유의 가치는 그 자체가 아니라 그것이 실현되어야만 하는 조건이 좌우한다.

책은 활달하고 유머 있는 영민한 사람의 생기가 넘치는데 이 에너지는 죽음에 대한 갈망에서 나온다. 죽음을 생각하면 기분이 좋아지고 죽을 수 있다는 사실 때문에 의욕이 생기는 상태. 그는 안락사를 위해 법, 교회, 언론…… 온 세상을 상대로 싸웠다. 그의 생의 절정은 죽기 위해서 죽을 힘을 다해 투쟁할 때였다.

안락사를 생명의 차원에서 다루는 것이야말로 살아 있는 생명을 무시하는 태도다. 문제의 본질은 생명이 아니라 고통이다. "죽음의 공포는 고통의 공포보다 크지 않다. …… 공포만 한 통치 기제는 없다. 의사의 권력은 환자의 고통에서 나오고 사제들은 죽음을 통제하고 싶어 한다. 왕은 이 모든 시스템의 우두머리다."

사람들이 고통받는 이의 호소를 외면하는 이유는 무엇일까. 무지일까, 의지일까. 현실이 먼저고 규범은 부차적 문제여야 한다. 문화와 윤리, 사회적 가치는 인간의 경험에 근거하여 지속적으로 갱신되어야 한다. 가장 취약한 사람의 고통을 볼모로 기존 통념을 수호하려는 것은 인간이 지닌 최고의 악마성이다. 당위적인 윤리는 없다. 목적은 변화를 통해서만 성취되어야 한다.

현대 의학은 인간을 고통에서 구원하기도 했지만 생명의 범위를 모호하게 만들었다. 생명보다 가치 있는 것은 없다? 문제는 어떤 생명인가이고 생명이 삶을 의미하는 것도 아니라는 점이다.

죽음은 삶의 끝일 뿐 존재하지 않는다. 죽음에 대한 공포가 있을 뿐이다. 사후 세계에 다녀온 사람은 없다. 죽음이 어떤 것인지는 아무도 모른다. 이에 비해 삶의 고통은 너무나 생생하다. 바로 우리 곁에서 경험하고 잘 아는 것이다.

그런데도 우리는 구체적인 고통보다 관념적인 죽음의 공포에 압도된다. 타인의 상황을 이해하고 공감하는 것은 피하고 싶은 엄청난 노동이다. 체제는 이러한 현실을 "신의 뜻", "생명의 소중함", "남은 사람의 고통" 등 엉뚱한 언어로 포장한다.

2014년 2월에 일어난 '송파 세 모녀 사건'에 대한 사회적 공감은 그 고통이 이해되었기 때문이다. 삶과 죽음의 대립 대신, 고통에 대한 이해로 논의의 초점이 옮겨져야 한다. 삶의 반대편에 죽음을 상정하여 '없는 죽음'이 '있는 삶'을 통제하고 있는 것이다. 전쟁과 죽음의 공포를 통해 일상을 협박하는 국가 안보 이데올로기가 대표적이다.

신은 감당할 수 있는 고통만을 주신다? 그러시겠지. 그런데 왜 감당해야 할까? "물질아, 어디 가니?/ 의미를 찾아가는 중이야/ 그

럼 왜 의미 없는 고통을/ 그냥 받아들이니?"(라몬이 남긴 시, 〈어디 가니?〉 중에서)

2장
—
주변과
중심

"악은 간단하다. 어떤 '나쁜' 일을 하고 싶었는데 할 수 있어서 한 것뿐이다. 악은 의도가 없다. 의지가 있을 뿐이다. 왜 죽였니? 왜 때렸니? 왜 그랬니? 악이 답한다. '그냥 그러고 싶었는데, 마침 그럴 수 있어서, 그때 그랬을 뿐.'"

"약자는 자신이 약자라는 인식과 더불어 자각이 다른 앎으로 전환되어야 한다. 이것이 약자의 인식론적 특권이다. 강자는 자기 생각을 약자에게 투사하지만, 똑똑한 약자는 두 가지 이상의 시각에서 자신과 상대방을 모두 파악한다."

나의 육체여, 나로 하여금
항상 물음을 던지는 인간이 되게 하소서

검은 피부 하얀 가면 _ 프란츠 파농

—

평화 혹은 민주주의를 추구한다는 것은 '얼룩진' 옷을
벗지 않는 상태를 의미한다. 소외를 일상으로 받아들이는 것.
행복보다 괴로움이 안전하다. 행복은 지켜야 하는, 피곤한 것이다.

—

"누구에게나 이뤄지지 못한 약속의 땅에 사랑하는 사람을 묻는
일이 한번쯤은 찾아오리라…… 사랑하는 사람을 묻을 땅을 파느
라 더러워진 옷, 아니 얼룩진 옷…… 옷이야 갈아입으면 되지만,
얼룩진 마음은 기억에서 잊혀질지언정 완전히 지워지지는 않는다."
고레에다 히로카즈 감독의 영화 〈아무도 모른다〉(2005년)의 마지
막 장면, 비행기를 보여주겠다는 약속을 지키지 못한 소년이 죽은
여동생을 공항 부근에 묻고 돌아오는 장면을 소설가 김연수는 이
렇게 썼다.(〈씨네21〉 934호)

며칠을 이 문장과 함께 살았다. '얼룩진(때론 피 묻은) 옷'을 입고
살아가는 것에 대한 끊임없는 질문. 내가 약자의 삶을 '선택'하면,
즉 '일부러' 얼룩진 옷을 입으면 얻게 되는 인식론적 자원이 있다.
한편 그즈음 누군가 내게 요구한 삶의 태도, "쿨 앤 나이스" 하게
보이고 싶은 욕망도 있다.

하지만 나는 당연히 얼룩을 안고 살아갈 것이다. 정의로워서가 아니다. 남에게 우아하게 보이는 것? 이런 것은 타자성이 주는 지적 쾌락에 비하면 비교할 저울에도 오르지 못한다. 문제는 그게 아니다. 얼룩으로 인해 감당해야 할 삶이 있다. 얼룩의 이물감, 분노 조절 실패, 사회적 시선과의 싸움……

정신과 의사였던 프란츠 파농(Frantz Fanon, 1925~1961)은 "직장을 잃지 않으면서 죄책감 없이 고문하는 방법"을 알려 달라는, 알제리 독립군을 고문하는 프랑스 경찰을 상담했다. 그들은 이를테면, 지적이고 싶지만 잃는 것은 없었으면 하는, 내가 자주 만나는 유형으로는 페미니즘 관점이 주는 힘과 다양한 지식은 갖추고 싶지만 세상과 갈등은 피하면서 기득권은 간직하고 싶은 사람들이다. 다행스러운 것은 이런 식의 앎은 불가능하다는 사실이다.

평화 혹은 민주주의를 추구한다는 것은 '얼룩진' 옷을 벗지 않는 상태를 의미한다. 소외를 일상으로 받아들이는 것. 사람들은 고통에 대해 잘못 알고 있다. 행복보다 괴로움이 안전하다. 행복은 지켜야 하는, 피곤한 것이다.

'오해된 사상가'라는 말을 나는 자주(?) 하는데, 파농도 그에 속한다. 오해는 오독일 뿐이다. 오해와 재해석은 다르다. 전자는 발신자와 수신자의 맥락을 삭제한 채 글자만 가져온다. 재해석은 상호 역사를 모두 고려하는 개입이요, 생각하는 노동이다.

다른 사회로 이행을 꿈꾸던 파농의 탈식민주의는 민족 해방으로, 폭력을 두려워하는 주체가 해체되는 과정은 폭력의 정당성 논쟁으로, 백인과 동일시하는 흑인은 흑백 대칭으로 오독되었다. 파농의 사상은 백인과 유색 인종의 대립에 관한 것이 아니다. 흑인의 백인에 대한 동일시 욕망과 타자의 범주에 갇힌 이들의 자아를 탐구하는 데 있었다. 헤겔의 노예는 주인으로부터 등을 돌려 대상을 지향하지만, 흑인은 대상을 포기하고 주인을 지향한다. 따라서 변증은 쉽게 일어나지 않는다.

《검은 피부 하얀 가면》은 36살에 죽은 파농이 27살에 쓴 책이다. 이런 책은 지식만으로 쓰여지지 않는다. 1970년 미국의 급진주의 페미니스트 슐라미스 파이어스톤(Shulamith Firestone)이 《성의 변증법》을 25살에 썼듯이 자기 위치성에 대한 정치적 자각 없이는 가능하지 않은 걸작이다.

파농은 자신의 이미지와 영원한 전투를 벌였고, 그것을 썼고, 소통하고자 했다. 그는 자신의 정체성을 고정시키려는 세상에 맞서 투쟁했지만, 동시에 자신의 피부색을 잊지 않게 해 달라고 기도했다. 영원히 얼룩진 옷을 입음으로써 얼룩을 인식의 동기와 가치로 만들고자 했다. "타자를 만지고 느끼며 동시에 그 타자를 내 자신에게 설명하려는 노력을 왜 그대는 하지 않는가?" 이 글의 제목은 책의 마지막 문장이다.

사족. 마음이 굳은 사람이라도 〈아무도 모른다〉는 두 번 보기 힘든 영화다. 여러 번 보면 김연수 같은 통찰이 가능했을까. 내 감상은 초라하다. 내가 좋아하는 장면은 소년이 자판기마다 거스름돈 출구에서 동전을 찾는 모습이다. 나도 가끔(?) 그런다. 500원짜리를 주운 적도 있다.

여자가 되는 것은
사자와 사는 일인가

고정희 시전집 1·2 _고정희

―

'사자'의 자신감은 자기들은 칼자루를, 여자는 칼날을 쥐고 있다는
사실을 알고 있기 때문이다. 여성이 변할 수밖에 없는데, 여기서 시인은
고뇌한다. 이때 변화는 저항이 아니라 자기 채찍질이다.

―

이 글의 제목에서 '여자'를 '○○'로 바꾸고 싶은 마음이 간절했
다. '사자'를 남성으로 생각할까 걱정돼서다. 이 시구는 여성 피해
자, 남성 가해자라는 의미가 아니다. 〈여자가 되는 것은 사자와 사
는 일인가〉는 고정희(1948~1991)의 시 제목 그대로다. 이 시는 시
인이 자본주의 모순과 여성주의에 대해 치열하게 고민했던 시기에
쓴 것이다. 그녀의 시 세계를 대표한다고 볼 수는 없지만 민중시
든, 연시든 언어의 아름다움에는 차이가 없다.

"……그리하여 여자가 되는 것은/ 한 마리 살진 사자와 사는 일
이다?/ 여자가 되는 것은/ 두 마리 으르렁거리는 사자 옆에 잠들
고/ 여자가 되는 것은/ 세 마리 네 마리 으르렁거리는 사자의 새끼
를 낳는 일이다?……"

구조와 개별 남성이 변해야 하는데, 남성성으로 조직된 가족, 사
회, 국가, 시민사회가 먼저 변할 리 없다. 누리는 자 입장에서는 지

금 상태가 좋고 성 차별은 어디서나 '상식'과 '미풍양속'으로 합의되기 때문이다. '사자'의 자신감은 자기들은 칼자루를, 여자는 칼날을 쥐고 있다는 사실을 알고 있기 때문이다. 여성이 변할 수밖에 없는데, 여기서 시인은 고뇌한다. 이때 변화는 저항이 아니라 자기 채찍질이다.

'사자'의 요구, 무례, 폭력, 게으름은 꿈쩍하지 않으므로, 살아남기 위해 여자는 끊임없이 자신을 교정한다. 그들은 작은 침대를 바꾸지 못하고 자기 발을 스스로 잘라야 하는 처지다. 가벼운 예는, 연애를 시작할 때 여성이 외모 관리를 필두로 해서 대대적인 자아 구조 조정에 들어가는 경우다. 이처럼 여자가 되는 것은 사자에게 길들여지는 것이다. 문제는 한없이 복잡하다. 가정 폭력처럼 사자에게 맞춰 산다고 해서 뜯어 먹히지 않는 것도 아니기 때문이다. "사자의 발톱은 평화."

"당신을 내 핏줄에 실어버리고, 너의 참담한 정돈을 흔들어버리자."라는 요지의 다른 작품이 있는데 이루지 못할 사랑의 시인 듯하다. 그런데 내겐 아찔한 전복성이 느껴진다. 권력 관계가 지배자의 성찰로 뒤바뀌는 경우는 없다. 이 글이 성별 문제만으로 해석되지 않기를 바란다. 이것은 모든 권력 관계에 해당한다. 인간은 요구나 투쟁이 아니라 상대방이 기존과는 다른 반작용(re/action)을 행사할 때 변화한다.

간단히 말해, 구조는 개인에게 미치는 작용이고 그 구조에 대한 개인의 행위성을 반작용이라고 할 때, 구조에 편승한 이들의 변화는 약자의 예상치 못한 행동을 통해서만 가능하다. '그들'이 기대하는 익숙한 패턴을 파괴하는 것이다.

이 책은 시선집이 아니라 시전집이다. 그런데 한 사람의 전집이 아니라 마치 '한국 명시선' '한국 현대 시인선'처럼 연애 편지에 인용하기 좋은 시부터 신학, 민중, 자연에 이르기까지 인생과 시대를 아우르는 주제가 망라돼 있다. 이 책은 2011년 시인의 죽음 20주기를 맞이하여 '고정희 시전집 발간을 위한 기부 릴레이'에 참가한 이들의 성금으로 만들어졌다. 발문, 연보는 물론이고 그녀를 주제로 한 석박사 논문, 연구서까지 수록돼 있다. 전 2권. 각 644, 573쪽. 그녀의 우주가 후세대 여성들의 노력으로 재림한 것이다. '또하나의문화' 동인을 주축으로 한 '고정희기념사업회'는 "작가로서 운동가로서 한국 사회에 탁월한 전범을 남긴 그녀를 기리고 젊은 문학인을 양성하기 위해" 2004년부터 '고정희 청소년 문학상'을 운영해오고 있다.

섣부른 생각이지만 고정희 같은 인물이 다시 나올까 싶다. 시집을 뒤적이다가 〈사랑법 첫째〉라는 시에 연필을 꽂아 둔다. 관계, 즉 권력의 본질을 아는 순정한 사람은 사랑에도 통달하는 법이다. 시의 전문. "그대 향한 내 기대 높으면 높을수록 그 기대보다 더 큰 돌덩이를 매달아놓습니다 부질없는 내 기대 높이가 그대보다 높아서는 아니 되겠기에 기대 높이가 자라는 쪽으로 커다란 돌덩이 매달아놓습니다// 그대를 기대와 바꾸지 않기 위해서 기대 따라 행여 그대 잃지 않기 위하여 내 외롬 짓무른 밤일수록 제 설움 넘치는 밤일수록 크고 무거운 돌덩이 가슴 한복판에 매달아놓습니다"

"내게 설명해줘!"

이별의 기술 _ 프랑코 라 세쿨라

상대에게 떠난 이유를 따지는 것은 전혀 효과가 없다.
사랑이 되돌아오지 않는다는 실리 측면에서도 그렇고, 사실 진짜로
이유가 없기 때문이다. 관계에 의미를 부여하는 쪽이 약자가 될 뿐이다.

나의 소원은 인류 멸망이다. 내 소원에 동의하지 않더라도 '즉사'는 모든 사람의 희망일 것이다. 두 소원의 공통점은 시간 차가 없다는 것, 즉 고통이 없다. 사랑하는 사람과 내가 동시에 사라져야 이별을 피할 수 있다. 한창 연애할 때 '손 잡고 같이 죽자'는 맹세는 얼마나 흔한가. 고통 없이 죽고 싶은 마음은 말할 것도 없다. 모든 비극은 경험의 시간 차에서 온다.

시간 차 비극의 제일은 무엇일까. 며칠 전 "사랑의 반대말은 사랑이다. 사람들마다 각자 사랑의 개념, 방법이 다르기 때문에 부모 자식 간에 사제 간에 연인 간에 갈등이……." 이런 하나 마나 한 장광설을 늘어놓던 내게 친구가 말했다. "너는 아직도 그러고 사는구나, 사랑은 그런 게 아냐. 사랑한다, 사랑했다. 이게 서로 반대야." 꽝! 나는 아는 것도, 한 일도 없구나.

그렇다. 과거와 현재의 상황이 반대인 것, 사랑만큼 극명한 경우가 있겠는가. 이별 즈음에 상대방은 전혀 다른 사람이 되어 있고

그런 상대를 사랑한 자신조차 누군지 알 수 없는 지경에 이른다. 그래서 연애는 자기 모멸로 끝나지만 않아도 성공이다. '사랑은 타이밍'이 아니다. 타이밍 자체가 사랑이다. 삼라만상 중에 가장 강력한 것은 시간. 시간은 모든 것을 완전히 변질시킨다. 성장, 배신, 실망, 발각, 권태, 공의존(codependency), 착각…… 연애 중에 이 모든 일이 일어난다. 사랑에 삶을 더하면, 이별이다.

미시적이면서 거시적인 관점의 책을 좋아하는데 《이별의 기술》이 그렇다. 이별 와중에 의문에 시달리고 있는 사람에게 권하고 싶다. 부제는 '인류학자가 바라본 만남과 헤어짐의 열 가지 풍경'이지만 내용은 이보다 흥미롭고 참혹하다. 개인적으로는 이와이 순지의 영화 〈릴리슈슈의 모든 것〉을 본 후의 심정과 비슷했다. 나는 분노에 차서 소리쳤다. 우주에서 가장 과장된 것은 인간의 지성이야!

17세기 뉴턴의 과학혁명 이후 인과론은 인간의 인식론에서 과도한 위치를 차지하게 되었다. 사회는 '원인과 대책' 식의 사고에 익숙하고 마치 모든 현상에는 원인이 있는 것처럼 말한다. 하지만 원인은 투명한 균질성이 아니라 이질적인 것들의 복합이다.(하이브리드!) 원인 자체가 관찰 이전부터 이미 운동하고 있다. 복잡한 현실을 단순화하려는 노력, 이것이 흔히 말하는 근대성의 폭력이다.

"내게 설명해줘!"는, 책의 6장 "'유기(遺棄)'에 공통적으로 드러나는 특징들" 중 소제목으로 나온다. "왜 나를 버렸는지, 이유를 알고 싶어!" 이에 대한 상대방의 태도는 다음 중 하나다. "나도 몰라, 나도 그게 알고 싶어." 혹은 "이유는 네가 더 잘 알잖아."

"내게 설명해줘!"는 탈식민 정신분석에서 매우 중요한 이슈인

'피해자의 정체성' 콤플렉스를 요약하는 문구이다. 피식민자는 이 질문에 시달리기 마련인데, 이 패러다임을 바꿔야 한다. 지금의 나는 상대방으로 인한 결과(피해자)만은 아니기 때문이다.

상대에게 떠난 이유를 따지는 것은 전혀 효과가 없다. 사랑이 되돌아오지 않는다는 실리 측면에서도 그렇고, 사실 진짜로 이유가 없기 때문이다. 그들은 심오하지 않다. '피해자'에게 관심도 없다. 관계에 의미를 부여하는 쪽이 약자가 될 뿐이다. 그들은 단지 할 수 있으니까 그런 것이다.(They do because they can.) 인간은 누구나 그들이 될 수 있다.

이 질문은 고통뿐인 권력 관계의 지속을 보장할 뿐이다. 학대당하면서 스토커가 되는 것이다. 대부분의 인간관계는 끝내는 것이 아니라 끝나는 것이다. 그런데 원인을 찾고 싶은 심리에서는 누군가가 '끝냈다'고 생각한다. 왜 나를 때릴까? 왜 나를 떠났을까? 왜 내가 아닌 그(그녀)지? 이건 우문도, 문장도, 질문도 아니다. 그냥 잘못된 진술, 나를 괴롭히는 지배 담론이다. 트라우마는 '가해자' 때문이 아니라 '가해자'를 이해하려는 순간 시작된다. 이별에 대처하는 자세 같은 것은 필요 없다. 전직 연인들은 그저, 이별이 한 인간의 정치학과 윤리학을 정확히 보여주는 지표일 뿐임을 인식하면 된다.

숨자 살아남으려면 숨자

페미니즘, 왼쪽 날개를 펴다 _ 낸시 홈스트롬 엮음

—

주변인에 대한 차별과 혐오가 끔찍한 이유는 자기 가족과 공동체의
안녕이 타인을 억압하는 데 달려 있다는 사회적·개인적 믿음 때문이다.
누군가 유복하려면 누군가는 야만적으로 살아야 한다는 것이다.

—

"살해된 통영 초등생, 홀로 늘 배곯는 아이였다"(《한겨레》 2012년
7월 24일자 1면)와 정치학자 이성형 교수의 영면. 두 사건은 내가 사
는 세상을 요약하는 듯하다. 충격과 슬픔도 컸지만 열패감이 더했
다. 아, 세상이 세구나.

소녀의 외롭고 허기졌을 10년의 생애. 하루하루를 어떻게 살았
을까를 생각하면, 죽음보다 삶이 더 슬프다. 이성형 교수와는 일면
식도 없지만 내가 읽고 아는 범위에서, 그는 한국의 남성 학자 중
가장 공부를 좋아하고 잘하고 많이 한 사람이다. 우리는 공공재를
잃었다. '주류 스펙'이 아니었던 그가 학계에서 겪었을 일들을 상상
해본다.(《한겨레》 2012년 8월 6일 23면 서성철 교수의 글 참조)

사설이 길다는 것도 개인적 감상이 지나치다는 것도 안다. 하지
만 고민을 피할 수 없다. 나는 뭐하는 사람이고, 뭘 하며 살고 있는
가. 너무 오래 살았다. 갖가지 번잡한 생각에, 더위에, 종일 굉음을
뿜어대는 터지기 직전의 옆집 에어컨까지. 기력이 없다. 원래 오늘

은 기타 잇키 평전에 대해 쓸 생각으로 약간 들떠 있었으나 사연과 처지는 다르지만 두 사람의 죽음을 접한 이후 마음이 바뀌었다.

그래서 최근 읽은 책 중에서 내용, 번역, 편집 다방면으로 뛰어나지만(특히, 번역!) 많이 알려지지 않은 책에 대해 쓰기로 했다. 이런 책이 베스트셀러가 되기 힘들다는 현실은 인정하지만, 그걸 당연시한다면 이 사회가 희망이 없다는 것 역시 확실하다.

《페미니즘, 왼쪽 날개를 펴다》 서평은 인터넷 매체 〈프레시안〉에 쓴 적이 있다. 한 책의 서평을 두 번 쓴 적은 없다. 이번만 예외다. 부제는 '사회주의 페미니스트 35인의 여성/노동/계급 이야기'다. 35편의 논문이 실려 있고 707쪽 분량이다. 섹슈얼리티부터 공공정책, 인종, 군사주의까지 다루지 않은 분야가 없다. 이 책은 내가 접한 페미니즘 입문서 중에서 가장 우수하며 가장 '충분'하다. 또한 가슴 죄는 명언들이 즐비하다.

여성주의는 양성 평등이 아니라 사회 정의를 위한 것이다. 그중 사회주의 페미니즘의 임무는 섹슈얼리티를 정치경제화하고 마르크스주의를 성별화(gendered)하는 것이다.

서문을 제외하고 책의 첫 논문은 영화 〈돈 크라이 마미〉의 원작자인 도로시 앨리슨(Dorothy Alison)이 쓴 〈계급의 문제〉다. 레즈비언인 그는 중학교 1학년을 중퇴한 미혼모의 사생아로 태어났다. 근친 성폭력과 가정폭력의 피해자였던 저자, 그녀의 엄마, 이모 등 가족들은 모두 '흑인이나 하는 일'에 종사한 최하층 백인이었다.

논문은 태어날 때부터 사회로부터 '그들'이라고 불린 이들의 분노, 수치심, 각성을 계급 의식과 심리 양 측면에서 분석한다. 그 여정에서 도로시 앨리슨은 계급, 섹슈얼리티, 자아가 어떻게 욕망과 부정에 의해 형성되는지를 설명하지 못하는 중산층 이성애 페미니즘의 한계를 밝혀내는 레즈비언 페미니스트 이론가이자 작가로 성장한다.

"너 자신을 파괴하고 눈에 띄지 말라."는 사회의 메시지, 아니, 협박을 받으며 살아가는 주변인(여기서는 계급과 성 정체성)에게 가장 중요한 생존 전략은 자기 부정이다. "숨자, 살아남으려면 숨자, 라고 생각했다. 내 삶, 내 가족, 내 성적 욕망, 내 역사에 관한 진실을 말하면 저 미지의 영토로, 그들의 땅으로 넘어가서 나 자신의 삶을 명명할 기회를, 즉 내 삶을 이해하고 권리를 주장할 기회를 영영 놓칠 수밖에 없음을 알았기 때문이다." 이 글귀는 자기 부정이 아니라 경계에 선 자신과의 협상, 자아의 매복이다.

주변인에 대한 차별과 혐오가 끔찍한 이유는 자기 가족과 공동체의 안녕이 타인을 억압하는 데 달려 있다는 사회적, 개인적 믿음 때문이다. 누군가 유복하려면 누군가는 야만적으로 살아야 한다는 것이다. 자기 혐오로 괴로워하는 타인의 존재는 자신이 정상임을 증명한다. 자신의 안위는 타인의 파멸 위에서 가능하다는 사고방식이다.

파멸이 '약자' 스스로에 의해 저질러진다면 권력자들은 더없이 좋을 것이다. 그러므로 누구나 '그들'인 우리는 자신을 사랑해야 한다. 사회는 어려운 조건에 놓인 어린이를 보호하는 데 총력을 쏟아야 하며, 선하고 재능 있는 이가 53살에 세상을 떠나서는 안 되는 것이다.

악인에게 맞서지 마라

신약성서

—

악은 간단하다. 어떤 '나쁜' 일을 하고 싶었는데 할 수 있어서 한 것뿐이다.
악은 의도가 없다. 의지가 있을 뿐이다. 왜 죽였니? 왜 때렸니? 왜 그랬니?
악이 답한다. "그냥 그러고 싶었는데, 마침 그럴 수 있어서, 그때 그랬을 뿐."

—

평일 대낮인데도 예술전용관은 만석이었다. 광고 문구를 내 멋
대로 편집하자면, 〈케빈에 대하여〉는 "'악마'의 엄마로 살아간다는
것"에 관한 영화. 고립된 노동, 여성에게서 개인의 지위를 박탈
하는 모성 제도를 논하지 않고는 접근하기 힘든 작품이다. 영화는
별 다섯 개 만점의 걸작이었지만, 마지막 장면에 실망한 나는 '엄
마'보다 마태복음의 '악인'에 대해 생각하게 되었다.

성서는 중역(重譯)의 연속인 해석 행위다. 모든 성서는 외전(外傳,
外典, 外轉)이다. 성서는 비어 있는 기호를 둘러싼 투쟁의 역사였고
특히 최근에는 여성주의, 민중신학, 퀴어 정치학의 열정적인 도전
을 받아 왔다. '태초에 말씀이 있었다'(요한복음 1:1)? 태초에 목소
리가 있었다, 태초에 관계가 있었다! 성경은 언제나 원본 없는 개
정판이었고 또 그래야만 한다.

정치적(신학적) 해석 말고 표현상으로도 바이블은 없다. "악인
에게 맞서지 마라."의 앞 구절은 '눈에는 눈, 이에는 이'에 반대하

는 하느님이다. 따라서 보복하지 말라, 저항하지 말라, 앙갚음하지 말라, 대적하지 말라 등이 널리 알려져 있으나 나는 "악인에게 맞서지 마라."가 가장 맘에 든다. 영어도 다양하다.(resist, rise up, against, oppose) 겨우 해독 가능한 이 단어들도 셈족(族)의 언어(히브리어, 아랍어)에서 그리스어와 라틴어를 거쳐 루터(Martin Luther)의 독일어까지 수천 년 역사의 모래알이다.

"악인에게 맞서지 마라."에 이어지는 마태복음 5장 40절 "오른뺨을 치거든 왼뺨마저 돌려 대고⋯⋯."는 성서에서 가장 유명한 구절 중 하나다. 원수를 사랑하라에 대한 전통적 해석은 두 가지다. "정의롭고 지혜로우신 하느님께서 판단하실 문제다."와 "복수심이 아니라 연대와 정의감으로 압제에 항거하자."이다.

성서는 투쟁을 먼저 가르치고 그다음에 용서를 가르쳤다. '하느님께 맡기자'는, 방관이나 굴종이 아니다. 악과 싸우는 것은 일단은 '반(反)악'일 뿐 그것이 곧 선이 되는 것은 아니기 때문이다.(인간이 혁명을 믿지 않는 이유가 무엇이겠는가?) "악인에 맞서지 마라."는 악인과 상대하지 말라는 의미가 아닐까.

악에는 두 가지 단계가 있다. 첫째는 발생하는 악 자체로, 누구도 피할 수 없다. 문제는 가장 벗어나기 힘든 악, 피해자가 악을 치열하게 사랑하게 만드는 악이다. 바로 영화에서처럼 "왜 그랬니?"라고 묻게 하는 것이다. 이것이 진짜 악이다. 이유에 대한 질문은 죽음, 상처, 상실, 모욕과 같은 악의 피해가 지나간 후에도, 악의 지배를 지속시키는 장치다. 악이 만든 공간에 살면서 악을 평생의 주제로 삼게 하는 것이다.

구조, 즉 가해자와 피해자의 사회적 위치성에 대한 분석을 제외하면 악에는 이유가 없다. 악은 간단하다. 어떤 '나쁜' 일을 하고 싶었는데 할 수 있어서 한 것뿐이다. 이는 보통 사람들이 행하는 소소한 악도 설명해준다. 사이코패스의 존재나 '어린 시절 학대' 같은 원인은 없다. 반례가 훨씬 많기 때문이다.

악은 의도가 없다. 의지가 있을 뿐이다. 왜 죽였니? 왜 때렸니? 왜 그랬니? 악이 답한다. "그냥 그러고 싶었는데, 마침 그럴 수 있어서, 그때 그랬을 뿐." 이 영화의 경우 소년의 아버지와 모성 신화가 그럴 수 있게 했다.

인과론은 원인을 규명하여 문제를 개선하는 데 목적이 있다. 악의 정치에서 인과론은 잠시 피해자를 위로해준다. 원인을 알고 상대를 파악하면 덜 상처받고 미치지 않을 수 있(을 것 같)다. 그러나 애초부터 원인은 없을뿐더러 있다 해도 대단히 복합적이다. 혹 인과 관계가 밝혀졌다 치자. 하지만 그 뒤에는 "왜 하필 나지?"라는 더 치명적인 의문이 기다리고 있다.

악의 활동, 피해가 발생하는 시간은 짧다. 그러나 악의 이유를 묻게 되면 영원히 피해자가 된다. "왜?"라고 질문하는 그 순간부터 '피해자 됨'의 진정한 의미, 불행감과 트라우마에 시달리게 된다. 당하는 것을 넘어 사로잡히는 것이다. 악의 이유에 대한 궁금증은 피해자의 자아 존중감을 파괴하는 악의 본질이다. 악인에게 맞서지 마라. 무관심으로 악의 기능을 중단시키자. 그럼, 누가 악과 싸우나? 그건 악 자신이 할 일이다.

근친상간 금기는
가족의 보존을 위해서만 필요하다

성의 변증법 _ 슐라미스 파이어스톤

—

가족은 계급 우월과 인생 성패의 기준으로 절대시되고 있다.
가족 제도가 만악의 근원이라거나 인간이 발명한 가장 폭력적인
행위(둘째는 전쟁)라고 말하고 싶지는 않다. 필요한 것은,
가족은 자연스러운 것이 아니라 가장 인위적인 제도라는 인식이다.

—

이 책에 따르면 박사학위를 뜻하는 Ph. D.의 '여성형'은 Ph.
T.(Putting husband through)다. 남편 뒷바라지를 비꼬는 말이라고 한
다. 하지만 이것은 슐라미스 파이어스톤이 활동했던 1960~1970년
대 이야기고 박사가 넘쳐나는 지금 여성들은 바깥일과 집안일, 두
개 '학위'가 요구되는 시대에 살고 있다. 결혼 제도가 지속되는 한
여성 해방은 여성의 이중 노동일 뿐이라는 얘기다. 비혼이나 저출
산 같은, 당시(1970년 출간) 파이어스톤이 제시했던 대안은 여성들
의 생존 전략이 된 지 오래다.

"근친상간 금기는 가족을 보존하기 위해서만 필요하다." 오해하
기 쉬운 아니, 이해하기 어려운 이 '변태적' 구절은 다른 페미니즘
사상들까지 몰상식으로 몰고 갈 만하다. 이 문장은 3장 '프로이트
주의: 오도된 여성해방론' 중 정신분석의 한계와 가능성을 논하는

과정에서 등장하는데, 맥락 이해가 필요하다.

대개 가족 내 성폭력 가해자들은 근친 '강간(强姦)'을 '상간(相姦)'이라고 강변하지만, 프로이트 입장에서 보면 반대다. 그에 의하면 전자는 '도착(倒錯)'이고 후자는 '본능'이다. 파이어스톤은 프로이트 입장에 부분적으로 동의하지만, 그의 이론이 진단, 즉 현실 묘사에 그쳤다고 본다. 결정적으로 프로이트는 아동의 사랑 대상, 즉 부모의 사회적 위치(성 차별)에 대해서는 고려하지 않았다. 근친 강간 중 아버지가 가해자인 경우가 어머니보다 압도적으로 많은 것은 성이 사랑의 감정에서 권력 관계로 변질된 결과다.

물론 이런 주장은 《성의 변증법》이 처음은 아니다. 가족, 국가 등 사회 단위가 인간의 성 활동에 기초해 만들어진다는 원리는 프로이트, 뒤르켐(Émile Durkheim), 마르쿠제(Herbert Marcuse) 이론의 출발점이다. 파이어스톤은 남성 이론의 모순을 해명하고 발전시켰을 뿐이다. 여성운동에 헌신하면서 25살의 나이에 말이다. 《성의 변증법》을 급진주의 페미니즘의 대표작, 여성학의 고전이라고 소개하는 것은 부정의하다. 이 책은 그냥 인류의 고전이다.(남성이 쓴 고전도 특정 분야의 것이긴 마찬가지다.)

급진주의(radical) 페미니즘에서 '급진'은 '지나치게 앞선' '센 진보'라는 뜻이 아니다. 오히려 과거 인류의 경험으로 돌아가 문제에 대한 근본적 고찰을 의미하는 '발본색원(拔本塞源)'의 그 발본이다. 이 책은 근친상간에 대한 급진적 시각이 아니라 단지 발본적으로 접근했을 뿐이다.

"근친상간 금기는 가족을 보존하기 위해서만 필요하다."라는 말은, 근친상간과 근친 강간이 같다거나 인간의 본능이라거나 심지어 가족 제도 비판을 위해 근친상간을 실천해야 한다는 의미가 아니다. 이 구절의 관심사는 근친상간이 아니라 가족이다. 가족은 여성의 노동 착취를 미화하는 표현인 성별 분업과 세대 개념, 두 가지를 통해 구성된다. 부부 외 가족 구성원 간에 성과 사랑이 발생하면 계급 재생산, 군사주의, 사회복지 무용론, 남성 연대, 여성 혐오 등 사회가 원하는 가족의 모든 기능이 정지된다.

부모 사랑 금기는 오이디푸스/엘렉트라 콤플렉스, 동성애 혐오를 낳았다. 파이어스톤은 이 세 가지 억압이 가부장제와 자본주의의 기본 장치이며 가족 폐지를 통한 근친상간 금기의 종식은 성, 계급, 자아 개념을 바꾸는 인류의 혁명을 가져올 것으로 보았다. 현재 가족은 계급 우월과 인생 성패의 기준으로 절대시되고 있다. 가족 제도가 만악의 근원이라거나 인간이 발명한 가장 폭력적인 행위(둘째는 전쟁)라고 말하고 싶지는 않다. 필요한 것은, 가족은 자연스러운 것이 아니라 가장 인위적인 제도라는 인식이다.

지금 접촉하고 있는 사람

세 가지 물음 _ L. N. 톨스토이

—

인간이 옆에 있는 사람을 '함부로 하는' 이유는, 시간(미래나 과거)을
매개로 한 권력욕 때문이다. "지금, 여기"를 살면
소유 관념에 휘둘리지 않고 삶 자체를 누릴 수 있다.

—

영화 〈광해-왕이 된 남자〉의 초반, 극중 도승지가 말한다. "그
는 충신이옵니다. 죽이면 아니 되옵니다." 그러자 광해군이 이렇게
말한다. "누가 그걸 모르는가, 충신 중의 충신이지. 하지만 내가 그
정도는 내줘야(죽여야) 저들이 나를 믿을 것이네." 이 대사에 충격
받은 나는 이후 영화 감상을 망쳤다.

나 자신을 그 충신과 동일시하여 내 인생의 실패 원인을 깨달은
것이다. 물론 그것은 사실이 아니었다. 나는 영화를 너무 많이 봤다.
하지만 나의 피해망상 시나리오에 따르면, 나는 광해군 같은 약한
리더가 적에게 던진 시체였다. 약자와 강자의 판세는 번복되는 법이
지만, 게임의 법칙 중에 상대 리더의 소중한 사람을 죽이라는 전법
(?)이 있다.(현대 사회라면 사임이나 사법 처리 요구) 당사자는 잘못이
없지만 힘겨루기 차원에서 강자가 약자에게 요구하는 것이다.

강자는 자기 사람을 감싸는데 약자는 동지를 내쳐야 한다. 약
자 진영이라도 똑똑한 리더는 강자의 요구를 거부한다. 자기 사람

을 보호하여 내부 단결을 도모하고 구성원의 신뢰와 존경을 얻는다. 그리고 이를 기반으로 삼아 힘을 키운다. 영화에서는 '가짜 왕'이 그런 리더십을 발휘한다.(왕의 호위 무사가 '광대'에게 목숨을 바치는 것을 보라.) 훌륭한 리더는 내부 사람을 존중한다.

이 간단한 관계 원리를 모르는, 멍청하고 겁만 많은 부류가 의외로 많다. 자기 사람보다 강자에게 인정받고 싶은 리더는 '미래를 위해 하나 주고 하나 받는다.'고 생각한다. 천만의 말씀. 이것은 강자의 전술이다. 이 전술을 따르면 약자는 두 배를 잃는다.(이렇게 살지 말자는 게, 탈식민주의다.) 이는 우리의 일상이다. '경상도(남성, 백인, 기타 기득권층……)' 리더가 경상도 사람을 중용했을 때와 '비경상도' 출신이 동향 사람을 기용했을 때, 여론은 천지 차이다. 후자의 경우 마치 '남침'이라도 당한 것처럼 난을 일으킨다.

정체성의 정치란 이런 것이다. 강자가 자기 사람 챙기는 것은 도리요 의리고, 약자의 그것은 비리다. 약자의 단결, 동료애를 좌시할 수 없는 것이다. 강자의 일이란 '경제 성장' '정치 개혁' 따위의 거창한 말과 달리 간단하다. 약자가 열등감, 자기 혐오, 자기 검열에 시달리게 만드는 것이다. 남들이 보기에도 '이상'할 정도여야 성공이다.

며칠 전 어떤 사람이 내게 물었다. "당신에게 가장 소중한 사람은 누구입니까?" 나는 주저 없이 "엄마."라고 대답했다. 그는 '답'이 아니라고 했다. "그럼, 나 자신?" "아니면 통찰을 주는 예술가?" 나는 계속 틀렸다. 답은 "지금 접촉하고 있는 사람."이다. 톨스토이의 우화 〈세 가지 물음〉에 나오는 질문 중 하나다. 이 장편

(掌篇)은 지혜를 찾는 왕이 각계 전문가들에게 세 가지 질문을 하는 이야기다. 가장 소중한 때는? 가장 소중한 사람은? 가장 소중한 사람에게 지금 할 일은? 아무도 답하지 못했으나 왕이 체험함으로써 결국 스스로 깨우친다.

사람들에게 가장 소중한 사람이 누구냐고 물으면 대개 자기 자신, 가족, 연인……이라고 말한다. 그러나 그들은 "지금, 여기"에 있지 않은 경우가 많다. 내게 무슨 문제가 생기면 연락해줄 사람은 거리에서 처음 만난 이라도 지금 접촉하고 있는 사람이다. 아무리 사랑해도 '여기 없는 이'는 소용이 없다. 그런데 심지어 나는 돌아가신 엄마, 죽은 사람이 가장 소중하다고 답한 것이다.

인간이 옆에 있는 사람을 '함부로 하는' 이유는, 시간(미래나 과거)을 매개로 한 권력욕 때문이다. 오지 않을 미래의 권력을 위해 현재 소중한 사람을 버리는 영화 속의 광해군이나 존재하지 않는 엄마와 과거에 살고 있는 나나, 어리석기가 한량이 없다. "지금, 여기"를 살면 소유 관념에 휘둘리지 않고 삶 자체를 누릴 수 있다. 톨스토이는 이 작품을 1904년에 썼다. 그는 지금(present)이라는 불분명한 시대에 근대적 시간관의 불행을 이미 알았나 보다.

톨스토이의 단편은 그의 지혜만큼이나 넘치게 출간되어 있다. 최근 국내 최대 47편을 수록한 책이 나와서 사고 싶었지만, 참았다. "지금 접촉하고 있는" 책부터 읽기로.

공포는 존재하였기 '때문에'
지금 존재한다

경제적 공포 _ 비비안느 포레스테

—

공포는 반응이지 현실이 아니다. 공포는 겁먹은 자에게만 효과가 있다.
공포는 가장 강력한 인간의 행위 동기여서
오랫동안 편리한 통치 수단으로 쓰였다.

아직도 '예수천당 불신지옥'을 외치는 이들을 만난다. 이 헌신적
인 사도들에 대한 내 감상은 세 가지다. '아, 저 열정이 부럽다.' '천
당이 그렇게 좋으면 먼저 가시지.' '여기가 지옥인데 뭘 벌써부터 걱
정을⋯⋯.' 삶이 지옥이라 사후 지옥이 안 무서운 사람이 나쁜일까.

《경제적 공포 – 노동의 소멸과 잉여 존재》의 저자 비비안 포레스
테(Viviane Forrester)는 그의 다른 명저 《고요함의 폭력》에서 이 상
황을 요약한다. "지옥은 비어 있고 악마들은 다 여기 있다."

《경제적 공포》는 《자본론》 이후 가장 많이 팔린 경제학서라고
한다. 1996년 프랑스에서 출간된 후 17개 언어로 번역되었다. 책
내용은 매일 실감하면서도 받아들이기 힘든 현실("경제가 성장할수
록 고용은 줄어든다.")과 이 현실이 인류에게 끼칠 영향을 분석한다.
저자는 묻는다. "살아갈 권리를 갖기 위해서는 살아남을 수 있는
'자격'(강조는 저자)이 필요한가?"

'똑똑한' 한 명이 십만 명을 먹여 살린다는 '인재 경영' 시대. 몇 년 전 어떤 신문사는 "산업화는 늦었지만 정보화는 앞서 가자"며 '우리가 나아갈 길'을 제시하기도 했다. 산업화 시대에 100만 원 상당의 자원을 생산하려면 100일 동안 100명의 노동이 필요했다. 지금은 1명이 하루에 가능하다. 그렇다면 나머지 99명은 99일 동안 무얼 하고 살아야 하는가. 일자리는 바닥났다. 10대들은 공부를 하기 싫은 게 아니라 할 필요가 없다는 걸 안다.

소설가이자 비평가인 저자는 자본주의가 지구를 삼켜버리고 인간은 인간성 밖으로 추방된 시대의 인간의 조건을 탐구한다. 돈 앞의 인간, 특히 계급 심리 분석이 뛰어나다. 지성과 입장(당파성)을 겸비한 자의 글쓰기란 이런 것이다. 문장은 빼어나고 정치적 입장은 올바르다. 학문 간 경계 지키기에 문지기(gate keeper) 역할을 하면서 앎에 겁먹은 '지식인'에게 다학제 연구의 모범이 되는 책이다.

전제가 있다. 책이 재미있으려면 어느 정도는 독자가 자신을 '쓸모없는 존재, 잉여 인간'과 동일시해야 한다. 그런 성숙한 자세가 없다면, 아니 성숙할 필요까지도 없고 현실을 직시하지 않으면, 비참하고 심란하고 놀라워서 도중에 책을 덮을 확률이 높다. 가장 문제적인 독자는 '남 얘기'로 치부하고 안도하면서 타인을 불쌍하게 생각하는 유형이다.

기약할 수 없는 인생은 이 시대의 패러다임이다. 저출산이 가장 뚜렷한 징표다. 저출산은 양육의 어려움 때문이 아니라 책보다 현실 인식이 빠른 여성들의 지혜(결혼 기피와 만혼)의 결과다. 주지하다시피 저출산은 프랑스와 일본에서 1970년대부터 시작된 인류의 자구책이었다. 데이비드 핀처도 영화 〈세븐〉(1995년)에서 모건 프리먼을 통해 브래드 피트에게 말하지 않았던가. "이런 시대에 아기를 낳는 것은 아이에 대한 죄악이야." 고용과 노동의 시대는 끝났다. 이제 대다수 인류는 착취당할 기회마저 박탈당한, 빼앗기는 것 외에는 할 일이 없는 "귀찮고 성가신 존재"가 되었다. 저자는 말한다. "공포는 태초부터 있었다. …… 공포는 모든 것을 영원히 지배할 것이다. 공포의 지칠 줄 모르는 현실성, 즉 인간이 매 순간 공포를 느끼는 이유는 그것의 속성이 과거완료이기 때문이다. 과거에 공포가 존재하였기 '때문에'(강조는 저자) 지금 공포가 존재하는 것이다. …… 관습은 정당성을 갖는다. 과거에 받아들여졌다는 단 한 가지 이유로 권위를 갖는다."

그러나 공포는 반응이지 현실이 아니다. 공포는 겁먹은 자에게만 효과가 있다. 공포는 가장 강력한 인간의 행위 동기여서 오랫동안 편리한 통치 수단으로 쓰였다. 인간의 과거는 다양하다. 그중 어떤 경험에 정당성을 부여할 것인지는 인간 스스로의 선택에 달려 있다. "세계화를 겪는 훈련이 아니라 '세계화로부터 빠져나오는' 훈련을 함으로써 세계화에 부응할 수는 없는 것일까?"

지금 이 체제에 시너를 부을 것인가? 폭탄을 설치할 것인가? 자폭할 것인가? 필요한 것은 앎이다. '무능한 잉여'의 유일한 자원은 생각하는 능력뿐이다. 필독을 권한다. 어떻게 살 것인가. 인생, 자녀 교육, 투표에 대한 생각이 근본적으로 달라질 것이다.

그는 당신에게 반하지 않았다

그는 당신에게 반하지 않았다 _ 그렉 버렌트 외

—

희망은 마음의 욕망이다. 현실이 아니다. 사람은 희망 없이 못 산다고
하지만 착각 없이, 이데올로기 없이, 통념 없이 못 살 뿐이다.
희망보다는 신앙을 갖는 게 낫다. 희망은 관념론이고 신앙은 유물론이다.

—

워낙 유명한 책이라 설명이 필요할까마는 이런 소개는 어떨까.
지금 누군가 ─ 20대 전후 여성일 가능성이 99.9퍼센트 ─ 이 책을
사고자 한다면 결사적으로 말리겠다. 2004년에 출간돼 1년 만에
10쇄를 찍었으니 지금까지 얼마나 많이 팔렸겠는가. 물론 많이 팔
려서는 아니고 이런 책을 사려고 망설이는 상태라면 이미 연애가
깨졌거나 시작하지도 않은 것이다. 남자가 신뢰를 준다면 이 책의
존재를 알 리 없다. 책을 읽고 진실을 직면한 치료 효과가 없진 않
겠지만, 자신에 대한 분노로 최소 며칠간은 미칠 가능성이 있다.
  이런 논리와 비슷하다. 가끔 학부모를 대상으로 대안 교육 콘텐
츠 강의를 하는데, 내가 가장 강조하는 이슈는 '공부해라'의 의미
다. 이 말 들으면 공부하기 더 싫어진다는, 누구나 아는 이유도 있
지만 입시 공부는 동기, 몸의 훈육, 목표 의식이 체화된 '당사자만'
가능하기 때문이다. 공부하라는 말을 듣는 학생이라면, 이미 공부
가 자기 일이 아니라는 얘기다.

'사랑하라'면 하고, 하지 말라면 안 하는 게 사랑인가? 공부도 마찬가지다. 하라고 해서 하게 되는 게 아니다. 사랑과 공부 모두 아무도 대신할 수 없는 '양도 불가능한' 한 사람, 개체의 몸에서 일어나는 작용이기 때문이다.

이 책은 시중에 넘치는 '밀당' 연애 지침서와 차원이 다르다. 오히려 밀당을 비판하는 성숙한 책이다. 남자 자신도 인식하지 못한 사소한 행동에 엄청난 의미를 부여하고 사랑의 희망 속에 역병(疫病)을 자청하는 여성. 상대는 전화도 만남도 원치 않는데, 온갖 상상력으로 그 상황을 이해(조작)하며 남자가 자기에게 관심 있다고 믿는 여자. 남자가 헷갈리게 행동한 게 아니라 여자가 희망을 품고 있는 거다. 교육 정도, 계층, 여성 의식과 무관하게 빈발하는 사회 문제다.

이 지옥을 경험한 여성은 알리라. 비참함, 수치심, 정신 가출, 기다림으로 인한 탈진, 끊임없이 흐르는 눈물, 분노로 실신, 박살난 자존심, 내가 왜 그랬을까? 떠나지 않는 의문의 트라우마…… 무엇보다, 어이없음! 희망이 초래한 비극이다.

이 희비극. 개인적 차원에서 남자는 죄가 없다. 단지 남자는 남성성을 획득하는 구조 속에 살고 있다. 이 책이 반복적으로 강조하는 것은 사랑도, 남자도 단순하다는 것이다. 단순한 사람을 가리키는 '단세포'는 글자 그대로 뇌가 없다. 반대로 여자는 뇌가 몇 개인지, 너무 많이 생각한다.

심화 학습을 원한다면 자본주의의 고전인 재클린 사스비(Jacqueline Sarsby)의 《낭만적 사랑과 사회》를 읽으면 된다. 자본주의는 사랑과 가족 문제를 여성의 일, 성 역할로 할당했기 때문에 가능했다.

성별 이슈를 떠나 오랜(?) 세월을 이런 관계 연구에 매진한(?) 나의 관심사는 인식과 희망의 관계다. 인간이 평생 동안 가장 많이 생각하는 주제는 자기 합리화라고 한다. 이는 부정적인 것이 아니다. 지나치면 문제겠지만 인간의 중요한 생존 기제다. 동시에 인생고는 여기서부터 시작된다.

'희망'보다 '원망(願望)'이 더 적합하다. 인간의 모든 인식은 자기이익을 중심으로 구조화되어 있다. 때로 간절히 원하면 '드림스 컴트루' 같은 인디언 서머(늦가을의 일시적 여름 날씨)가 나타나기도 하지만 항상 있는 일은 아니다. 지성이면 감천? 하늘도 하느님도 존재하지 않는데 누가 감동하고 무엇을 베푼단 말인가.

희망은 마음의 욕망이다. 현실이 아니다. 사람은 희망 없이 못산다고 하지만 착각 없이, 이데올로기 없이, 통념 없이 못 살 뿐이다. 희망보다는 신앙을 갖는 게 낫다. 희망은 관념론이고 신앙은 유물론이다. 희망에는 더 큰 욕망과 실망이 따르지만, 신앙은 겸손의 미덕과 포기의 위안을 준다.

여자를 사랑하지 않는 것은 잘못이 아니다. 다만, 가장 추잡한 남자는 헤어지면서 좋은 인상으로 기억되고 싶어 '희망 고문'을 지속하는 자, 두 번째 저질 남자는 거절 못(안) 하고 질질 끌면서 여자의 감정과 자원을 착취하는 부류다. 이런 분들은 '코끼리에게 밟혀 죽어야 한다.'(저자의 표현을 편집한 것임.)

'그것'

보스턴 결혼 _ 에스터 D. 로스블룸 외 엮음

—

로맨틱하고 헌신적이지만 섹스가 필수적이지 않은 동성 결혼은,
진부한 질문을 근본적인 질문으로 바꿔 놓는다. 사랑이란 무엇인가,
섹스, 금욕, 육아, 친밀성, 가족이란 무엇인가.

—

　원래 뜻은 다양하겠지만, 현재 우리 사회에서 통용되는 이른바 힐링과 자기계발은 상호 모순이다. 자기계발에 매진하다 보면 자연히 힐링이 필요하게 된다. 우리는 "개인의 초능력으로 신자유주의를 돌파하라.", 동시에 "욕심부리지 말고 멈춰라."라는 '스승들'의 가르침에 우왕좌왕하고 있다. 나는 멘토와 멘티가 개인적으로 조용히 만났으면 한다. '힐링'과 '계발'의 콘텐츠도 점검해야 할 이슈지만, 일단 출판 시장에서 이들의 요란한 만남은 바람직하지 않다고 본다.

　섹스 생활 없는 여성 동성 결혼을 다룬 《보스턴 결혼》을 읽으며 행복해하다가, 새삼 베스트셀러에 문제의식을 품게 되었다. 여성주의나 동성애는 '그들'에 대한 이슈가 아니라 사회에 대한 담론이다. 하지만 지식 사회, 시민운동, 국가 정책 등 모든 분야에서 여성이나 레즈비언 이슈는 사소하거나 소수의 문제로 취급된다.

　깊이 있는 지식과 통찰력, 편집, 번역에서 뛰어난 완성도를 보여

주는 책(이 책!)이 '여성', '레즈비언'이라는 레터르가 붙어 '특수' 분야의 서적으로만 여겨진다면, 공동체 전체의 손실이 아닐 수 없다.

헨리 제임스(Henry James)의 소설 《보스턴 사람들》(1885년)에서 유래한 '보스턴 결혼'은 19세기부터 20세기 초까지 미국 도시 지역에서 경제적으로 독립한 여성들 간의 동거 관계를 말한다. 보스턴 결혼은 여성에게 돌봄, 연대감, 로맨스(모든 경우는 아니지만 일부에서는, 섹스)를 가능하게 해주었다. 현대 여성들처럼 임금 노동과 가사 노동이라는 이중 노동에 시달리지 않으면서도 사랑하는 이와 함께 사는 이점을 누릴 수 있다. 보스턴 결혼은 많은 여성에게 합리적 선택이었다.

포르노에서든 현실에서든 섹스는 '이성 간에 이루어지는 남성의 사정(射精)'으로 간주된다. 사정은 섹스의 한 단위(unit)로서 지위를 가진다. 사정 후에는 다음 장면, 다른 관계로 넘어간다. 수천 년 동안 인간의 성 활동(sexuality)은 남성의 삽입 섹스가, 인간관계는 이성애 결혼 제도가 최상위 규범으로 군림해 왔다. 삽입 섹스의 정치경제학은 엥겔스(Friedrich Engels)부터 고찰되어 온 계급과 전쟁이 작동하는 기본 원리이다.

하지만 삽입 섹스와 이성애, 그 이데올로기를 그대로 수용하면서 의문과 혼란 없이 살아가는 사람은 없다. 전문화된 연애 상담 시장이 가장 쉬운 증거다. 누구나 동성 간이든 이성 간이든 애정과 우정의 경계, 섹스의 범위("어디까지 갔냐."), 친밀성과 성적 행동의 연관성을 고민한다.

폭력의 개념이자 폭력이 실현되는 양식의 하나는 인간관계와 감정을 제도화하는 것이다. 《보스턴 결혼》의 매력과 성취는 인류사 전반에 대한 상상력과 모색에 있다. 로맨틱하고 헌신적이지만 섹스가 필수적이지 않은(asexual) 동성 결혼은, 진부한 질문을 근본적인 질문으로 바꿔놓는다. 사랑이란 무엇인가, 섹스, 금욕, 육아, 친밀성, 가족이란 무엇인가. 이 모든 것이 이제까지와 다른 방식으로 상호 작용할 때 드러날 인류의 '완전한 혁명'에 대한 상상.

인간의 행위는 언어의 제약을 받는다. 특정 규범이 엄청난 권력과 숨 막히는 강제력을 행사하는 사회에서, 규범 밖에서 혹은 규범을 넘나들며 살아가는 사람들의 삶을 어떻게 접근하고 정의할 수 있을까. 이것은 보편적인 인식론적 질문이다. 여성을 비하하는 사회에서 섹스는 '그것', '그 짓', '자빠뜨리기'다. 다 적을 수 없어서 '안타깝지만', '그 짓'은 점잖은 편에 속한다. 명확하지만 떳떳하지 못한 지칭인 '그것'이 있고, 무한대로 열려 있는 가능성이기에 정의할 수 없어서 사용하는 '그것'이 있다.

《보스턴 결혼》에는 지시대명사가 많다. "그것 하기", "우리가 뭐였든 하여간 그거였을 때, 우리에게 있었던 그게 무엇이었든 간에", "그 여자는 결코 모를, 그 사람 전부를 알 길", "소녀가 소녀를 만나고, 소녀가 소녀를 잃고(또는 잃을 뻔하고), 소녀가 소녀를 얻는다." 이 책에서 섹스는 '그것(it)'이다. 섹스는 미지의 것이기 때문이다.

님의 침묵

님의 침묵 _ 한용운

—

우리는 혼자 말을 한다. 절대자에게, 돌아가신 부모님께, 반려 동물에게,
나무, 바람, 돌에게. 그들은 내 말에 토를 달지 않는다.
기도, 명상, 일기, 중독도 독백의 일종이다.
침묵은 님의 조건이다. 님은 실재하지 않음으로써 존재한다.

—

시인에게 교과서에 작품이 실리는 것이 영광이기만 할까. 사람마
다 다르겠지만 졸업 후 '국어책에서 봤다'고 시를 찾아 읽는 경우
는 드문 것 같다. 게다가 입시를 상정하므로 '바람직한' 그러나 예
술로서는 치명적인, 감상의 정답을 머릿속에 주입당하게 된다.

'님의 침묵'에서 '님'은? 답: 조국. 단골 시험 문제다. 사실, 민족
과 조국은 입시용으로도 틀린 답이다. 침묵은 침략당하기 전이고,
식민지 조국에는 신음하거나 저항하는 목소리가 있다. 침묵 상태
가 아닌 것이다.

고교 시절, 선택 문항 중에 '애인'이 있었다. 사지선다형 시험 문
제에는 출제자의 피로가 묻어나는 황당한 선택지가 있기 마련인데,
'애인이라고 찍은 애도 있을까.' 싶어 웃던 기억이 난다. 하지만 지
금은 밝힐 수 없는, 설명할 수 없는 연인이 진짜 답일지도 모른다
는 생각이 든다.

시집 《님의 침묵》(1926년 최초 발간)은 처음부터 끝까지 걷잡을 수 없는 '사랑 타령'이다. 그것도 "나의 가슴은 말굽에 밟힌 낙화가 될지언정……"(〈거문고 탈 때〉)에서처럼 피학적이고, 님은 듣거나 말거나 일방적인 사랑이다. '애국 시 님의 침묵'만 생각하다가 시집 《님의 침묵》을 읽으면 당황할지도 모른다.

《님의 침묵》은 절절하지만 연애편지용 연시는 아니다. 이런 시를 받으면 겁날 것 같다. "그칠 줄을 모르고 타는 나의 가슴은 누구의 밤을 지키는 약한 등불입니까."(〈알 수 없어요〉), "나는 영원의 시간에서 당신 가신 때를 끊어내겠습니다."(〈당신 가신 때〉), "당신의 사랑의 동아줄에 휘감기는 체형(體刑)도 사양치 않겠습니다."(〈의심하지 마셔요〉)

이 작품의 전통적인 논점은 입시 패러다임대로 '님'이 누구냐는 것이다. 해설자(문덕수)처럼 "불타(佛陀), 본체, 자연, 진실, 조국, 절대자, 무한자, 민족, 깨달음 등 여러 가지로 해석이 가능하므로 작품 하나하나를 통해 님의 정체를 파악해야 할 것이다." 그런데 "님의 정체를 파악"해서, 시인의 본심을 알아서 무엇할까. 시인 자신도 모를 텐데.

나의 관심은 '님이 누구냐'가 아니라 '님'과 '침묵'의 의미다. 모든 예술은 남겨진 자의 고통에서 시작된다. 떠나는 사람이 "나는 너를 버렸노라."라고 읊는 경우는 없다. 떠난 자는 말이 없다. 대단한 이유에서가 아니라 부재하니까 침묵인 것이다. 반면 남겨진 자의 눈물은 마를 길이 없다. 그리움, 슬픔, 체념, 자책, 희망, "십 리도 못 가 발병 난다."는 저주까지. 그래서 예술은 고통받는 사람의 필수품이요, 특권이다.

왜 같이 살까 싶은, 죽음만이 그들을 갈라놓을 수 있을 것처럼 맹렬히 싸우는 커플도 있고 대화만으로 오르가슴을 느끼는 사람들도 있다. 말을 섞는 것은 살을 섞는 것보다 훨씬 육체적인 행위다. 대화는 상대의 몸에 삼투압을 일으키고 화학은 인간을 변화시킨다. 이러한 몸의 변용이 인생이고, 삶이 고해인 이유다. 말이 통하는 사람이 몇이나 되며 그런 이를 만나기는 얼마나 어려운가.

드물게 '그 사람'을 만났다 해도 사랑과 제도는 상극이다. 이성애, 가족, 계급은 최고의 제도 권력으로서 진정한 사랑을 방해한다. 대화 이전에 이미 각종 갑을로 설정된 관계 자체가 스트레스다.

사정이 이러하니 우리는 혼자 말을 한다. 절대자에게, 돌아가신 부모님께, 반려 동물에게, 나무, 바람, 돌에게. 그들은 내 말에 토를 달지 않는다. 기도, 명상, 일기, 중독도 독백의 일종이다. 침묵은 님의 조건이다. 님은 실재하지 않음으로써 존재한다. 책 《님의 침묵》에서 님이 아닌 이는 실제 인물인 논개(論介) 정도다. 논개는 "애인", "그대"이지 님이 아니다.

그렇다면 '님의 침묵'의 의미는? 절대자에 대한 사랑일까. 유물론자는 동의하지 않는다. 절대자는 없다. 인생에서 유일하게 절대적인 것은 죽음뿐. 절대자(絶對者)는 인간의 인식 속에서만 존재한다. 사람마다 절대자가 다른 것은 이 때문이다.

님은 자기 자신이 아닐까. 즉, 님은 대상이 아니라 자아이다. 침묵하는 자아인 동시에 침묵을 뿜으며 더 깊은 침묵을 만들어내는 자아. 마지막, 님의 사랑과 침묵은 범람한다. "제 곡조를 못 이기는 사랑의 노래는 님의 침묵을 휩싸고 돕니다".

진보운동과 성 평등, 함께 갈 수 있을까?

하늘을 덮다, 민주노총 성폭력 사건의 진실_

민주노총 김○○ 성폭력 사건 피해자 지지모임

한국 사회에서 진보와 보수, 좌파와 우파는 적대하거나
논쟁하는 세력이 아니다. 정상적인 국가 건설이라는 동일한 목표를
추구하되 방법이 다를 뿐이다. 공통점은 성 차별과 주류 지향이고,
차이는 '종북'이라는 기이한 용어에서 보듯 제대로 된 국가를 만드는 일에
통일을 포함하는가 여부와 그 방식일 것이다.

결론부터 말하면, 나는 책에 나오는 이 질문을 질문한다. "왜 함께 가야 하나요?", "함께 어디를……?", "역사상 함께였던 사례가 있나요?"

'우리'는 성폭력을 모른다. 딸이 7살이었을 때, 당시 내가 일하던 여성단체의 지침대로 성폭력 예방 교육을 했다. "싫어요, 내 몸에 손대지 마세요! 이렇게 네 의사를 분명히 밝혀야 해." 옆에서 듣고 있던 엄마가 "애를 죽일 작정이냐."며 반박했다. "지금 네 엄마(나) 말대로 하면 절대 안 돼. 가만히 있어라. 아저씨 얼굴 보지 말고. 소리 지르면 그 아저씨가 너를 죽일 수도 있어. 목숨이 중요하지 그까짓 게(성폭력) 뭐이 대수냐." 엄마는 지혜로웠다. 많은 여성들이 이런 '자세'로 일상을 산다.

이 책은 권김현영의 표현대로 백서가 아니라 보라색 책, 자서(紫

書)다. 긴 부제, '잊고 싶은, 그러나 잊혀지지 않는 1639일 생존과 지지의 기록'. 이 책은 2008년 12월에 발생한 민주노총 내 성폭력 사건을 통해 드러난 통합진보당, 민주노총, 전교조 소속 일부 간부들(이 글에서 '진보 진영'은 이들을 가리킨다)의 손바닥으로도 하늘을 덮을 수 있는 약자에 대한 횡포, 관료주의, 무능과 무식에 대한 보고에서 멈추지 않는다. 이 책은 한국 사회가 어떻게 작동하는가에 대한 정밀 진단서이다. 청소년에게 가장 권하고 싶다. 나는 이 책이 진보 진영의 성폭력과 은폐, 이에 대한 투쟁의 기록으로만 읽히지 않기를, 간절히 바란다.

1960년대 미국 시민운동 내에서도 좌파 남성이 동료 여성을 구타하고 강간하는 사례는 비일비재했다. 작가 앤드리아 드워킨(Andrea Dworkin)은 그 모든 경험을 작품으로 남겼다. 1979년 경제학자 하이디 하트먼(Heidi Hartmann)은 〈마르크스주의와 여성주의의 불행한 결혼〉이라는 유명한 논문을 발표한다. 결혼 비유가 불편하지만, 논문의 결론은 '이혼'에 가깝다.

나는 진보 진영을 옹호한다. 기존 진보의 범위를 폐기하면 된다. 애국, 민주화, 일신 영달, 성폭력, 종파주의…… 뭐든 좋다. 각자 자기 욕망에 충실하면 되지, 진보의 의미를 독점해서 '과도한' 비판을 자초할 필요가 있을까?

진보와 성 평등은 지향하는 바와 인식 기반이 다른 별개의 정치학이다. 이 사실을 상호 인정해야 한다. 연대나 협상은 가능하지만 그것도 쉽지 않다. 남녀 모두 "진보는 전체 운동, 여성운동은 부분 운동"으로 생각하기 때문이다. 그러므로 진보 세력에게 성 평등 의

식이 있다고 당연시하는 것은 적절치 않다. 역설적으로 그런 기대
는 성별 제도에 대한 안일한 인식에서 나온 것이다.

진보 진영은 여성의 참여를 통해 외연을 넓히고 싶지만 자체 무
능 때문에 실패한다. 여성을 동원하려면 평등까지는 아니더라도 최
소한 인간적 존중이 전략적으로라도 필요한데, 그들의 정세는 언
제나 '급박'하고 '엄중'해서 그럴 겨를이 없다. '불행한 결혼'은 이
러한 현실을 상기시킨다.

우리 사회에서 통용되는 진보 개념은 근대화 시각에서 발전주의
(progress)를 의미한다. 민주주의가 아니다. 한국 사회에서 진보와
보수, 좌파와 우파는 적대하거나 논쟁하는 세력이 아니다. 정상적
인 국가 건설이라는 동일한 목표를 추구하되 방법이 다를 뿐이다.
공통점은 성 차별과 주류 지향이고, 차이는 '종북'이라는 기이한 용
어에서 보듯 제대로 된 국가를 만드는 일에 통일을 포함하는가 여
부와 그 방식일 것이다.

사건의 가해자는 5년 구형에 3년 실형을 받았다. 진보 진영이 '일
반 사회'보다 성폭력이 더 빈번한지는 알 수 없다. 하지만 조직 보
호를 내세운 이들의 사후 대응 방식은 유별나다. '공작 정치(social
rape)'라는 표현이 무색할 정도다. 진짜 피해와 무서움은 이것이다.
남성은 물론 많은 여성 활동가들이 사건 은폐, 축소를 주도하고 가
담했다. 진보라는 과도한 자의식에 비해, 기본적인 인권 개념은 물
론 자신이 남성인지 여성인지 인식조차 없는 이들에게 사회생활의
목적을 묻고 싶다.

사족. 내가 피해 당사자라면, 영화 〈황해〉에도 인용된 두치핑(杜

琪峰) 감독의 방식대로 할 것 같다.(궁금한 이들은 영화를 보라.) 책 제목이 적절하고 아름답다. 투쟁 과정의 절실함 그대로일 것이다. 《하늘을 덮다⋯⋯》. 하지만 그들은 덮지 못했다.

싸우지 않고 굴복시키는 것이 최상이다
不戰而屈人之兵, 善之善者也

손자병법_손무

—

약자는 자신이 약자라는 인식과 더불어 자각이 다른 앎으로
전환되어야 한다. 이것이 약자의 인식론적 특권이다.
강자는 자기 생각을 약자에게 투사하지만, 똑똑한 약자는
두 가지 이상의 시각에서 자신과 상대방을 모두 파악한다.

—

위 구절은 《손자병법》에서 가장 유명한 문장일 것이다. 13편 중
세 번째, 〈모공(謨攻)〉 편에 나온다. 대개, 이 구절을 "싸우지 않고
이긴다."라고 알고 있는데, 이기는 게 아니라 굴복시키는 것이다.
승(勝)과 굴(屈)은 다르다. 적을 알고 나를 알면 백 번 싸워도 위태
롭지 않다. 역시, 백 번 이긴다가 아니라 위태롭지 않다(百戰不殆)이
다. 손자는 바로 위 구절에 "백전백승이 최선은 아니다(百戰百勝, 非
善之善者也)."라고 말한다. 상호 출혈이 많기 때문이다. 온전한 승
리(勝乃可全)의 조건은 〈지형(地形)〉 편에 다시 언급된다.

지식의 영역에서 《손자병법》은 군사학(軍事學)의 특성을 잘 보여
준다. 군사학은 여성학, 지역학, 문화 연구처럼 간(間)학문, 다(多)
학제 학문이다. 얕은 경험이지만 이 매력적인 숲에서 길을 잃고 본
래 목적을 잊은 채(찾아야 할 책은 안 찾고) 도서관에 주저앉은 적이

한두 번이 아니다.

'모공'은 글자 그대로 전략과 공격에 관한 것이다. 전통적인 해석은 물리력보다 전략의 중요성을 강조한다. 적을 멸(滅)하는 것만이 승리가 아니다. 상대를 상하게 하지 않고 항복을 받아내는 장수가 명장이다.

《손자병법》은 리더십, 인간관계, 삶의 지혜를 다룬 책으로 널리 읽히지만 나는 평화학으로 읽는다. "오래 끄는 싸움은 좋지 않다(兵貴勝不貴久)."(《작전》 편) 그는 이기는 것만큼 병사를 소중히 여겼다. 사람을 함부로 대하는 사람들, 지금 우리 사회의 지도자들, 내가 경험한 리더들이 생각났다. 그런데 그들은 언제나 《손자병법》을 읽는다고 말한다.

흔히 카를 폰 클라우제비츠(Carl von Clausewitz)의 《전쟁론》과 비교하면서 동양고전의 '우월성'을 말하지만(내가 읽기에도 그렇지만) 역사적 맥락의 차이가 있다. 손자는 2500여 년 전 중국 춘추시대 말, 오(吳)나라에서 활약한 인물이다. 지금 우리가 생각하는 전쟁, 《전쟁론》이 다루는 전쟁은 근대 국가 출범 이후의 전면전을 말한다. 이전 시대의 전쟁은 부분 전쟁(limited war)이었다. 단순 비교가 불가능하다.

굴복(屈伏), 허리를 엎드리고 무릎을 꿇다. 신체적 비유가 불편하긴 하지만 "싸우지 않고 굴복시킨다."는 전략은 약자에게 유리한 것이다. 권력과 자원, 물리력 모든 면에서 열세인 약자는 머리를 쓰는 수밖에 없다. 전략, 논리, 나아가 인간적 감화로 상대방을 자기 모순에 빠뜨리는 것이다.

싸우지 않고 이기는 가장 효과적인 방법은 서로 당연하게 설정하고 있던 전선(戰線) 자체를 해체하는 것이다. 기존의 사고방식, 싸움 주제를 생소한 것으로 만들어 적을 인식 분열('멘붕') 상태로 만든다. 그러기 위해서 약자는 자신이 약자라는 인식과 더불어 자각이 다른 앎으로 전환되어야 한다. 이것이 약자의 인식론적 특권이다. 강자는 자기 생각을 약자에게 투사하지만, 똑똑한 약자는 두 가지 이상의 시각에서 자신과 상대방을 모두 파악한다.

전선을 구획하는 자가 이긴다. 누가 먼저 어떤 선을 긋느냐. 누가 먼저 생각하는 방법을 창조하느냐. 기존 전선에 걸려 넘어질 것인가, 내가 룰을 만들 것인가. "다르게 생각하라." 강자가 다르게 생각하면 양극화를 만들고, 약자가 다르게 생각하면 세상을 이롭게 한다. 기존의 틀에서는 아무리 좋은 전략도 필패다. 내가 '쉽고 익숙한' 말을 경계하는 이유다.

나는 양성 평등을 주장하지 않는다. 가부장제 사회에서 남자는 여자랑 평등해지는 것을 수치스럽게 생각한다. 여성이 남성과 평등해지려면 이중 노동을 해야 한다. 이것이 평등인가? 다문화 가정의 한국 사회 적응? 왜 그들이 우리에게 동화되어야 하는가. 한국은 가만히 있어도 되는 제정신인 사회인가. 권김현영과 서동진이 지적한 대로, 자본은 자기가 100퍼센트(보편)라고 주장하는데 왜 없는 사람들은 자신을 99퍼센트라고 정의하는가?

완전한 승리는 적의 언어를 통제하는 것이다. 문제는 표현의 자유가 없는 것이 아니다. 표현할 언어(생각)가 없는 것이다. '일베'와 '할 말은 하는 신문'이 만끽하는 것은 표현의 자유가 아니라 표현의 권력이다.

　나의 진짜 상대가 누구인지 알고 어떻게 대처할 것인지, 발상의 전환으로 매복하고 있어야 한다. 쉽지 않다. 여성은 '적'을 사랑하고, 가난한 사람은 '적'처럼 살고 싶어 한다. 탈식민 병법이 필요하다.

월간 비범죄화月刊 非犯罪化

월간 비범죄화 _ 성판매여성비범죄화추진연합 발행

—

어떤 글을 읽고 즐거움, 의문, 성찰을 경험했다면
글의 소속(?)은 중요하지 않다. 논문은 칼럼보다 우월하고 논픽션은 픽션보다
사실에 가까운가? 혹은 그 반대인가? 문제는 글의 내용과 정신이다.

—

　며칠 전 만난 출판 관계자와의 대화. "선생님(나)은 소설 안 좋
아하시죠?" "아뇨, 저 은근히 장르 문학 팬인데요." "보통 사회과
학 하는 분(나?)들은 픽션보다 논픽션을 주로 읽지 않나요?" "아
니, 왜 그렇게 생각하세요?" 종종 비슷한 이야기를 듣는지라 본의
아니게 방어적이 되었다. "저는 픽션, 논픽션 구별하지 않거든요.
다 담론이지. 좋은 소설은 좋은 논문이고 좋은 기사는 좋은 정치학
이죠."

　전통적으로는 글의 형식(그릇의 형태)이 내용을 강제한다고 본다.
형식이 곧 내용이다. 논쟁적인 문제지만, 이와 다른 차원에서 읽을
거리로서 가치 있는 글은 어떤 글일까. 나는 모든 글은 질적 차이
가 있을 뿐이지 예술과 외설, 논문과 잡글, 사실과 허구, 본격소설
과 통속소설(심지어 참여문학과 순수문학!), 문학과 사회과학 따위의
구분은 의미가 없다고 생각한다. 물론 짧은 인터넷 댓글과 《죄와
벌》을 비교할 수는 없겠지만 어떤 글을 읽고 즐거움, 의문, 성찰을

경험했다면 글의 소속(?)은 중요하지 않다. 논문은 칼럼보다 우월하고 논픽션은 픽션보다 사실에 가까운가? 혹은 그 반대인가? 문제는 글의 내용과 정신이다.

지식인은 다른 노동자와 마찬가지로 생각하는 노동자고, 글은 소비재다. 읽는 사람은 독자가 아니라 사용자다. 글은 다른 상품에 비해 불량품이 많지만 지식이라는 아우라 때문에 판별이 어렵다는 게 다를 뿐이다. 내용은 없고 기성성(既成性)만 생산하는 군림하는 글들. 이런 글들 때문에 자기 검열에 시달리다가 글쓰기를 포기하는 사람도 많고, 예술가로서 극심한 좌절에 이르러 글과 인생(목숨)을 맞바꾸는 이도 있다.

흔히 찌라시를 형식의 말석(末席), 아니 지위 자체가 없다고 생각할지 모른다. 일본어인 '찌라시'는 흩뿌리다(散らす)의 명사형이다. 책의 기본은 권(卷)인데, 찌라시는 묶인 것도 아니고 '뿌리는 것'이다. 그런데 최근 내가 읽은 글 중 가장 재미있고, 유익하고, 공동선을 위한 글은 찌라시였다.

전자 우편으로 받은 독자도 있을 것이다. 내용을 전재한다. 이 찌라시의 맞춤법 오류, 비속어는 고의적 형식이므로 원문 그대로 옮긴다. 지적이고 유쾌하다. 매달 발행되며 아래는 창간호다. 참여 단체명을 자세히 읽기 바란다.

성판매 여성을 비범죄화하라!

우리 성판매여성비범죄화추진연합은 오늘, 성판매 여성에 대해 전면적으로 비범죄화할 것을 엄숙하고 거룩하게 선포하는 바이다. 다만 선언하고 선포할 뿐, 설득하지 않을 것이다. 원래 선언은 그런 거니까.

1. 우리는 자본주의, 가부장제, 젠더 권력의 문제인 성매매를 성판매 여성 개인의 문제로만 취급하는 것에 반대한다.

2. 성판매자를 범죄자와 피해자로 나눌 수 있다는 착각 속에 법을 만들고 집행하는 자들을 규탄한다.

3. 가능하지도 않을 강제냐 자발이냐 기준 세우기는 그만하고, 성판매 여성의 노동 조건에 대한 문제 제기와 사회적 지원에 대한 논의에 힘써야 할 것이다.

4. 성판매자를 성적으로 타락한 자, 더럽혀진 자, 비난받아 마땅한 자로 낙인찍어 차별하는 자들을 낙인찍을란다.

5. 치사하게 구매하는 입장이면서 판매하는 사람 비난하기 없기.

더 이상 이 땅의 모든 성판매 여성들이 성판매를 한다는 이유로 맞거나, 죽거나, 차별받거나 범죄자가 되어서는 안 된다. 그 첫걸음으로 성판매자에 대해 전면적인 비범죄화를 주장하는 바이다.

2013년 4월 어느 봄날에.

성판매여성비범죄화추진연합(이하 소속단체)

곰팡이와싸우는세입자연대, 남성연대반대하는남성모임, 도우미안쓰는노래방협회, 딸자식이뻘하고돌아다녀도지지할부모회, 목소리작고아름다운꼴페미연대, 목소리크고못생긴꼴페미연대, 명절날엄마의파업을꿈꾸는일안돕는딸년모임, 반성매매인권행동[이룸], 反야근칼퇴근직장문화확립추진위원회, 서로비난안하는부모자식연합, 성구매할생각없는한줌의남성모임, 성욕의총량을측정계량중인연구자(개인), 시급만오천원시대를꿈꾸는알바인연합, 애국국민이기싫은국민연합, 여가부하는일별로맘에안드는여성주의자모임, 한국에와서여성우월주의로변질된페미니즘연구회(우리 졸라 많지?). 월간 비범죄화 정기구독 메일링 신청 http://goo.gl/KkFik

탁월한 성매매 담론이다. 내 소속은 남성 모임 빼고 다다.

이 남자들의 공통점

남과 여에 관한 우울하고 슬픈 결론 _ 잉에 슈테판

—

여성 저자가 "내가 책을 쓰는 동안 설거지, 청소, 식사를 도맡아준
남편에게 감사한다."라고 쓴 서문은 아직 읽은 적이 없다.
외조든 내조든 모두 이성애 제도의 '비리'다.

—

이 남자들이란 아인슈타인, 피츠제럴드, 로댕, 톨스토이, 슈만,
마르크스, 릴케, 헤세…… 등을 말한다.(아, 백인도 공통점이다.)
 "저기…… 좀 부탁드립니다. 다른 손님들이(항의를)……." 종업
원이 주의를 주고 간다. 친구들이 다들 목소리가 큰 데다 우리만
떠들고 있었다. 대화를 나누다 하고 싶은 말이 일치할 때 자신도
모르게 큰 소리를 내는 경우가 있다. "맞아, 맞아! 너도 봤구나!"
 사연은 이러하다. 어떤 남성이 자기(?) 책 서문에 "내가 글을 쓸
수 있도록 가사를 도맡아준 아내에게 감사한다."라고 썼다. 거짓말
이다. 우리가 '아는 한', 이 지식인 부부는 여성이 똑똑해서 남편 글
을 대필하다시피 살아왔다. 그가 "대신 써준 아내가 고맙다."고 말
할 수는 없었겠지만, 상투적인 성별 분업 논리로 진실을 입막음하
는 방식은 '지식인답다'는 생각이 든다.
 여성 저자가 "내가 책을 쓰는 동안 설거지, 청소, 식사를 도맡아
준 남편에게 감사한다."라고 쓴 서문은 아직 읽은 적이 없다. 외조

든 내조든 모두 이성애 제도의 '비리'다. 개인적 차원에서는 여성이 원한 희생, 사랑, '자아 실현'이고 불가피한 선택일지 모르지만, 이는 성 차별 체제의 핵심 구조다.

그래도 최소한 빌 클린턴 정도의 태도는 갖춰야 하지 않을까. 그는 힐러리를 뛰어난 동료로 대하지 "도와줘서 고맙다."라는 식으로 말하지 않는다. 자기가 아내보다 못하다는 사실만 인정해도 '대통령이 된다.'

글은 사회적 산물이지만 쓰는 일은 철저히 개인의 작업이다. 왜 부부, 연인 간 대필은 문제가 되지 않는가? 노력도 재능도 없는 사람이 남자라는 사실 + 약간의 간판 + 여성의 헌신으로 출세하고 잘난 척까지 하는 현실. 새삼스럽진 않다.

《남과 여에 관한 우울하고 슬픈 결론》은 《재능 있는 여자의 운명》, 《천재를 키운 여자들》로도 출간되어 있다. 20대에 읽었을 땐 내용 자체가 충격이었다. 나는 절대 저렇게 살지 말아야지! 이런 불필요한 결심을 한 기억이 난다. 나는 "유명한 남자의 그늘에 가려진 재능 있는 여자의 운명(부제)"과 무관하게, 유명한 파트너도 없고 재능 있는 여자도 아니어서 다행이 아닐 수 없다.

인류, 특히 핵가족 출현 이후 역사는 주인공 남성을 보조하는 여성 혹은 백설 공주(비장애인)를 돕는 일곱 난쟁이(장애인)가 '짝'이 되어 유지되어 왔다. 성별 관계에서 이 착취와 보상(에 대한 기대)은 아내다움, 내조라는 고상한 이름으로 이루어진다. 계급, 인종, 성별, 비장애인 중심주의는 모두 신분 제도로서 '돕다'라는 표현은 틀린 말이다.

책 내용은 뛰어난 재능을 갖춘 여성들이 남성을 헌신적으로 사랑하고(혹은 경쟁하거나), 남자들이 그녀들의 사랑을 백분 활용하는 이야기다. '천재 남성'이 자기 업적이 아니라 사랑하는 여자의 노동과 아이디어를 어떻게 훔치고 억압하고 '뒤처리'했는지를 보여주는 실화다.

특히 밀레바 마리치(Mileva Marić, 아인슈타인의 첫 부인)는 뛰어난 수학자로서 스위스연방공과대학의 홍일점 입학생이었다. 상대성 이론, 광양자 이론, 통일장 이론의 공동 연구자였고, 남편의 노벨 물리학상 수상에 절대적인 역할을 했다. 아인슈타인이 아내와 자녀를 '버린 후' 30여 년간 업적 없이 과거의 후광으로 연명한 것은 우연이 아니다. 이는 학계에서도 정설이다.(조숙경, 〈과학동아〉 2002년 5월호 참조)

그렇다고 이들이 파트너를 존중했나? 여성들이 갈구한 사랑을 주었나? 사실이 밝혀질까 봐 두려워했고 정신병원에 입원시켰다. 책에 등장하는 11명 '여자의 일생'은 지나치게 '흥미'로워 진이 빠질 지경이다.

인간에 대한 착취가 인류 문명의 기초라는 점은 상식이지만, 그것이 사랑과 가족의 이름으로 벌어질 때 구체적인 개인의 인생은 참혹하다. 하지만 이 책은 여자가 남자 때문에 고통, 가난, 질병으로 죽어서 억울하다는 이야기가 아니다. 세상에 억울한 일은 이런 일 말고도 수두룩하다. 내가 생각하는 이 책의 주제는 사회 구성 원리로서 성별 분석이자 관계의 윤리에 관한 질문이다. 문제는, 그래도 되는 사회와 남자다. 남을 억압하는 사람은 자신을 해방시킬 수 없다. 모든 이들이 하루를 되돌아보는 말이길 바란다.

물고기 밥을 훔친 죄

운현궁의 봄 _ 김동인

—

자원을 아끼고 나누는 데는, 노동이 요구된다.
나는 이 노동이 자본주의를 구제한다고 생각한다. 우리 몸이 이미 체제다.
변화는 다른 세상을 만드는 것이 아니라 망가진 세상을 수선하는 일이다.

—

동화책과 위인전을 제외하면 내가 생애 처음으로 읽은 책은《상록수》다. 그것도 학교 공부를 잘하기 위한 것이었다. 중학교 1학년 3월, 국어 교과서에 등장한 첫 필자가 심훈이었다. 모범생이었던 나는 교과서 필자가 쓴 글을 모두 '정복'해야 한다는 생각에, 세로쓰기에 깨알 반만 한 글씨의 삼중당 문고판을 읽었다. 채영신과 박동혁! 감동의 물결이 일렁일 때, 바로 다음에 읽은《운현궁의 봄》이 내 꿈을 정해주었다. 내용과 주제는 전혀 다른데, 상승 작용을 일으킨 것이다.

집에 굴러다니던 낡은 책이었는데 다른 기억은 없고 표지에 있던 서울시 종로구 운니동 소재의 실제 운현궁 사진이 생각난다. 이 장편소설은 흥선 대원군 이하응의 권토중래기다. '순수문학파' 김동인의 묘사 때문에 내가 '의식화'가 되었으니, 역시 정치는 문장에 있는 것이지 주장에 있는 게 아닌가 보다.

힘없는 대원군의 처지를 묘사하는 부분에서, 당시 세도가 김좌

근의 첩 양씨가 선배(?)를 흉내 내는 장면이 나온다. 명종 때 윤원형의 소실 정난정을 따라하는 시반선(施飯船) 행사다. 한강 하류에 밥을 쏟아 물고기에게 자선을 베푸는 것이다.('慈善'이라는 표현이 그대로 나온다.) 구경 나온 배고픈 백성들에게 "물고기가 밥을 잘 먹는지 강물 속을 굽어보라."고 말한다.

몇몇은 강으로 뛰어든다. 물고기 밥을 훔친 죄로 한 사람은 죽고, 한 사람은 엉덩이 뼈가 부서지도록 맞는다. 가족은 그 밥을 '바란 죄'로 오십 대씩 태형에 처해진다. 그 장면이 중학교 1학년에겐 얼마나 충격이었는지 나의 정치 의식과 공권력에 대한 분노는 그때 고정되었다.

지금은 밥해 먹을 기운도 없는, 상록수는커녕 회색도 못되는 인생이지만, 심훈과 김동인 덕분에 내 장래 희망은 '주님만이 내 거처를 아시는 이름 모를 헌신적인 수녀'가 되는 것이었다. 테레사 수녀 관련 책도 열심히 읽었다. 영어 선생님한테 이런 질문도 해댔다. "수녀는 영어로 시스터인데, 왜 테레사 수녀님은 마더라고 하나요?" 선생님이 말씀하셨다. "아주 훌륭한 수녀님은 마더라고 한단다."

나중에 미국 대공황 당시 수요와 공급을 맞추기 위해 남아도는 쌀을 캘리포니아 연안에 버려 푸른 바다가 뿌옇게 될 정도였다는, 자본주의의 모순에 관한 책을 읽었을 때 한강 물속 하얀 쌀밥의 이미지가 또렷이 살아났다.

요지가 한참 늦었는데, 현재 내 고민은 대폭 소박해져서 이 글은 '남는 음식'에 관한 것이다. 엄청난 맥락의 차이가 있지만 물고기를 반려동물로 기르는 이들의 입장에서는 《운현궁의 봄》의 묘사가 불편할 수도 있겠다. 그리고 미국 농민의 입장에서는 남는 쌀을 버리는 것이, 배추밭을 갈아엎듯 가격 폭락을 막는 길이다. 이런 상황은 개인의 힘으로 바꿀 수 없다.

그러나 개인은 다르게 행동할 수 있다. 《운현궁의 봄》에서 생각 있는 관리라면 쌀의 일부를 숨겼다가 나중에 나눠줄 수도 있고, 태평양이 쌀뜨물이 되도록 하지 말고 수급 법칙이 미치지 않는 아주 먼 지역의 굶는 이들에게 보낼 수도 있다. 어리석은 인간이 만든 어이없는 현실에 대한 대응이 지금도 계속되고 있는 '때리고' '버리는' 일뿐일까?

재활용 운동을 하는 시민단체의 포스터가 있는데 그 단체를 지지하지만, 볼 때마다 불편하다. "두면 고물, 주면 보물." 매우 잘못된 말이다. 노동, 특히 대개 여성들이 하는 노동을 무시하고, 비가시화하는 말이다. 남에게 줄 선물 고르는 일도 상당한 노동인데 중고품을 나누는 것은 말할 것도 없다. 그대로 기증하는 게 아니다. 정리, 청소, 수선은 필수. 드라이클리닝, 다림질까지. 남은 음식은 그냥 주기 미안해서 새로 음식을 더하기도 한다.

고물이 보물이 되려면 사람의 마음과 일이 필수적이다. 내게 별로 득이 되지 않으면서 '주고 욕먹을' 가능성이 많은 일이다. 그게 귀찮아서 다들 그냥 버리는 것이다. 웬만한 사람들에겐 물건을 새로 사는 게 재활용보다 편하다. 자원을 아끼고 나누는 데는, 노동이 요구된다. 나는 이 노동이 자본주의를 구제한다고 생각한다. 우리 몸이 이미 체제다. 변화는 다른 세상을 만드는 것이 아니라 망가진 세상을 수선하는 일이다.

마음 솟는 대로 지껄이는

문장강화 _ 이태준

—

언젠가 친구가 "너는 죽어도 내 고통을 모를 것"이라 했을 때 상처받았지만,
중요한 것은 무지가 아니라 무지를 깨달아 가는 삶이라고 생각한다.
자기가 뭘 모르는지 모르는 사람. 이런 사람이 활발한 사회 활동을 할 때,
'걸어 다니는 재앙'이 따로 없다.

—

글을 잘 쓰려면 좋은 글을 많이 읽으라고들 하는데, 나는 이도
저도 아니고 괴롭기만 하다. 글을 잘 쓰는 방법은 모르겠으나 못
쓰는 방법은 안다. 일종의 '눈 버리기'다. 기가 막힌 표현으로 삶에
자극과 도전을 주는, 정치적으로 치열한 글을 주로 읽으면 된다.
그러면 눈만 높아져서 내 글은 눈 뜨고 볼 수가 없게 된다. 내가 하
도 몸부림치니 친구가 말한다. "그냥 독자로 살아."

내 직업 중 하나는 글쓰기 강사인데, "어떻게 하면 글을 잘 쓸
수 있나요?"보다 "어떻게 하면 선생님처럼 (이상하게) 쓸 수 있나
요?"라는 질문을 더 많이 받는다. 이 역시 스트레스지만 좋게 생각
하려고 노력한다.

작가를 꿈꾸지 않더라도 글쓰기와 말하기는 자신을 재현하는
것, 인생의 전부다. 이태준의 1939년작 《문장강화》는 반복해서 읽
기 즐거운 실속 있는 책이다. 임형택이 쓴 해제의 훌륭함도 감안해

야겠지만, 70여 년 전 책이 요즘 나오는 글쓰기 책보다 깊이 있고 세련되었다. 이태준이 동시대 인물처럼 느껴진다. 행복하다.

이 책은 "이렇게 써라."라고 일러주기보다 좋은 글을 많이 보여준다. 우리 문장이 이렇게 풍요로웠구나, 글 잘 쓰는 사람이 이렇게 많았구나, 감탄사를 연발하게 된다.

한 줄 한 줄에 내 소견을 달고 싶지만, 한 가지에 집중하고자 한다. 이 글의 제목은 제2강 '문장과 언어의 제문제'에서 박태원의《천변풍경》에 대한 이태준의 설명에서 나오는 말이다. "……목적에 급해 토가 나올 새 없이 단어만 연달아 나오는 말을 하는 것은, 무엇이나 전참후고(前參後考)할 새 없이, 돌발적으로 마음 솟는 대로 지껄이는, 아직도 소녀성이 가시지 않은, 젊은 여인의 성격이 훌륭히 보이는 말들이요, …… 말 자체로만 성격까지 훌륭히 드러난다."

한마디로, 인물의 성격이 잘 표현된 좋은 글이라는 것이다. 여기서 당연히 "앞뒤 생각 없이 마음대로 지껄이는"은 좋은 뜻이다. 인물의 의지, 감정, 성격을 드러내는 표현력, 인물의 풍모를 음영(陰影)까지 묘사한다. 자유롭게 말하는 인물, 말의 밀도, 리듬을 타는 문장. 부럽다.

잠시 나는 완전히 엉뚱한 방향에서 생각해본다. 위 인용문의 발화처럼 약자가 마음대로 말하는 것과 강자의 그것은 다르다. 수천 년 동안 약자에게는 발언의 기회도 자유도 권력도 없었다. 그러다 최근 여성, 장애인, 성적 소수자의 목소리가 가시화되자 이들을 두고 "마음껏 지껄였던" 표현과 비유가 인권 차원에서 문제화되기 시작했다. "그믐달은 너무 요염하여…… 어여쁜 계집 같은 달……"

(나도향, 〈그믐달〉) 이 정도는 귀여운(?) 축에 속한다.

대개 남성 지식인이 사고를 친다. 이들의 입장에서는 그간 누려 온 줄도 모르고 맘껏 누려 왔던 '표현의 자유'를 빼앗긴 것이다. 한 번쯤 평소 좋게 생각했던 지식인이 사회적 약자에 대해 '부적절한' 발언을 했을 때, 누구나 사람 보는 자기 안목을 탓하며 실망한다. 그들의 인격은 고사하고 지성이 의심스럽다. 부지런한 이들은 크고 작은 '규탄 대회'를 열기도 한다.

얼마 전 어떤 남성이 '창녀', '여신'이라는 비유를 써서 문제가 되었다. 이 말의 의미를 아는 남성이 얼마나 될까. 이 정도는 '가벼운' 사건이다.

누구나 피할 수 없는 문제다. 나도 장애인 비하와 서울 중심적 표현을 써서 지적받고 사과한 적이 한두 번이 아니다. '나'는 여성, 장애인, 흑인이 아닌 데다 '그들'이라 할지라도 우리는 모두 기존 언어의 앞잡이, 무지의 포로이기 때문이다.

언젠가 친구가 "너는 죽어도 내 고통을 모를 것"이라 했을 때 상처받았지만, 중요한 것은 무지가 아니라 무지를 깨달아 가는 삶이라고 생각한다. 자기가 뭘 모르는지 모르는 사람. 이런 사람이 활발한 사회 활동을 할 때, '걸어 다니는 재앙'이 따로 없다.

특히, 남성은 결핍을 결핍한 완전한 존재다. 자기 위치를 알기 어렵다. 물이 흐르는 것을 어떻게 아는가. 포말이 일 때다. 큰 물줄기라는 것을 어떻게 아는가. 포말이 클 때다.

그나마 대안은 24시간 긴장, 타인 존중, 말 줄이고 경청, 자기 몸을 작게 하기, 중단 없는 주제 파악…… 나부터.

2교대

돈 잘 버는 여자 밥 잘 하는 남자 _ 알리 러셀 혹실드

그래서 남성은 혼자일 때 더 외롭고 더 스트레스를 받는다.
그들은 독립, 자립, 씩씩함 같은 '우월한' 남성성에 대한 통념과 다르게,
실제로는 같이 놀아줄 이성을 필요로 한다.

새벽 1시. 전화벨이 울렸다. 밤잠 없으신 아버지인 줄 알고 받았
는데 '큰 실례라는 것을 안다, 죄송하다'고 말을 꺼낸 이는 어중간
하게 아는 지인이었다. 휴대 전화를 안 쓰는 대신 집 전화번호를
남발한 탓이다. 나도 가끔 이런 전화로 남을 괴롭히는 사람이라,
우주에 돌고 도는 빚을 갚는 심정으로 성의를 다해 경청했다. 실은
내가 이런 전화를 했을 때 상대방 기분은 어떨까를 경험함으로써,
다시는 그러지 말아야지 다짐하기 위한 이유가 더 컸다.

그가 한 말의 요지는 소위 '기러기 아빠'의 고독. "집에 오면 아
무도 없는 컴컴한 방에 들어가 고단한 몸을 누이는데, 아무리 재충
전을 해도 속일 수 없는 세월의 피로와 외로움의 연속인 삶"이라는
것이다. 나는 충분히 공감했다.

그런데 아침에 일어나자마자 갑자기 삭이기 힘든 이견이 생각났
다. 그에게 메일을 썼다. "선생님은 퇴근 후 집에 가족이 있으면 덜
외로운가요? 저는 그 반대거든요. 저처럼 '아내'가 없는 사람은 종

일 일하고 집에 들어갈 때 누군가 있는 것이 완전 공포거든요. 녹초가 된 몸으로 또 집안일을 해야 하니까. 여관이라도 가고 싶은 심정이에요. 제겐 가족이 외로움을 덜어준다기보다 일거리예요. 저는 혼자 있을 때 안 외로워요."

남성에게 집은 쉼터지만 여성에게는 노동의 공간이다. 물론 예외도 있지만 중요한 것은 규범이다. 그래서 남성은 혼자일 때 더 외롭고 더 스트레스를 받는다. 그들은 독립, 자립, 씩씩함 같은 '우월한' 남성성에 대한 통념과 다르게, 실제로는 같이 놀아줄 이성을 필요로 한다. 여주인이 '호스티스'로 둔갑하고 '위안부', '접대부'는 남성 문화를 상징한다.

얼마 전 '좋은 마을 만들기' 프로그램에 강의를 갔다. 거기서 만난 전직 직장 여성은 뼈 있는 농담 겸 하소연으로 "회사일, 집안일, 노조 대의원에 이제 마을 활동까지 하라고 해서 아예 직장을 그만뒀어요."라고 말했다. 한국 사회에서 직장 일과 육아, 가사를 병행하는 여성은 슈퍼우먼 콤플렉스에 걸린 게 아니라 실제로 울트라 슈퍼우먼이다.

여성 상위? 여성의 지위가 높아진 것이 아니라 역할(노동량)이 많아진 것이다. 100퍼센트 주부로만 사는 전업주부도 없지만, 상황이 이러하니 이들도 재테크부터 인형에 단추 달기까지 부업을 하거나 해야 한다는 압력을 받는다. 여성의 사회 진출이 남성의 가사 노동으로 이어지지 않는다면, 여성의 취업은 평등이 아니라 이중 노동이다.

이 책은 내가 많이 권하는 책 중 하나다. 감정 노동(emotional

labour) 개념으로 유명한 저자가 부부 50쌍을 인터뷰하고 일부는 같이 생활하면서 맞벌이 부부의 가사 분담을 분석한 책이다. 기존 이론을 현실에 적용하는 것이 아니라, 현실로부터 새로운 이론을 주조하는 질적 연구의 모범으로도 유명한 책이다. 학술적이면서도 삶의 이면이 켜켜이 세밀하다.

번역은 훌륭하다. 역시 제목이 문제다. 덕분에 책을 권할 때마다 긴 설명을 해야 한다. 이 책에 돈 버는 여자는 나와도, 밥하는 남자는 안 나온다. 원제는 '2교대(The Second Shift)'. 여성은 직장 업무를 마치고 집에 와서 전임 교대자 없는 근무를 또 해야 한다는 뜻이다. 압축적이고 지적인 표현이 아닐 수 없다.

현재 번역서 제목은 '화성 남자, 금성 여자' 식으로 현실을 왜곡한다. 성별은 노동과 자본, 흑인과 백인의 관계와 같다. 적대적 모순이지 '짝꿍'이나 대칭 관계가 아니다. 이런 제목 때문에 여성주의가 남녀 대항으로 오해받는 것이다.

사례 중 압권. 남편과 싸우다가 기진맥진한 아내가 결국 평등한 '분담'에 합의한다. 아내는 위층(거실, 식당, 주방, 침실 두 개, 욕실 두 개)을 맡고, 남편은 아래층(창고와 차고)을 '책임'지기로 한 것이다.('슈퍼우먼 신화로 도망친 페미니스트') 남성이 여성만큼 가사 노동을 하지 않는 한, 그 노동과 의미를 깨닫지 못하는 한, 인류의 모든 민주주의는 실패한다.

사족. 이런 글을 쓰면 꼭 "나는 안 그렇다."라는, 인정 욕구인지 자랑인지 항의인지 모를 남성의 편지를 받는다. 나는 이렇게 답장을 한다. "반갑습니다. 다른 남성들도 선생님처럼 변화시켜주세요."

최후의 만찬은 누가 차렸을까

최후의 만찬은 누가 차렸을까?_로잘린드 마일스

—

여성이든 남성이든 세상 그 누가, 이 권력을 포기하겠는가.
식사 준비의 번거로움, 귀찮음, 먹는 사람의 평가, 남은 음식과 치우기
걱정은커녕 아예 그런 발상 자체와 무관한 삶. 누가 이 자연스러워 보이는
권리와 '마음의 평화', 자유를 포기하겠는가.

—

얼마 전 처음으로 혼자 제주에 갔다. 이전에는 동생, 부모님과
같이 갔었다. 아침밥이 제공되는 민박집에 묵었다. 일어나자마자
밥상이 들어왔다. 잠에서 깨어 한 걸음도 움직이지 않았는데 밥이
있었다! 나는 평생 입맛 까다로운 식구들의 식사 담당이기 때문에
집에서도 밖에서도 늘 끼니 걱정이 떠나지 않는다.

그러다가 전날 밤 감탄했던 제주도 구좌읍 하도리의 별들이 밥상
으로 떨어지는 듯한 충격과 깨달음이 왔다. 24시간 타인의 끼니 생
각이 머릿속에서 떠나지 않는 일상. 왜 세상은 가사 노동자를 존중
하지 않는지, 나는 왜 평생 '초월적'이지 못하고 반찬거리 걱정에서
자유롭지 못한지, 왜 사람들은 내 글이 사소한 이슈를 다루는데도
어렵다고 '강조'하는지…… 크고 작은 수수께끼들이 해명되었다.

여성이든 남성이든 세상 그 누가, 이 권력을 포기하겠는가. 식사
준비의 번거로움, 귀찮음, 먹는 사람의 평가, 남은 음식과 치우기

걱정은커녕 아예 그런 발상 자체와 무관한 삶. 누가 이 자연스러워 보이는 권리와 '마음의 평화', 자유를 포기하겠는가.

나 같아도 목숨 아니, 그 이상의 가치를 걸고 이 권력을 지키리라. 이 질서에 문제를 제기하는 한 줌도 안 되는 '꼴통 페미'들을 사냥하리라. 그들이 쓰는 글에 악플을 다는 데 인생을 바치리라. 남이 해주는 밥을 먹고 평가만 하면 되는, 인간 최고의 안락을 절대로 놓치지 않으리라. 게다가, 세상은 완전 내 편(밥 안 해도 되는 사람)이 아닌가!

이런 망상에서 깨어나 정신을 차려보니, 나는 원래 이 사실을 아주 잘 알고 있었다. 여성들에게 강의할 때 밥하기/먹기의 정치학을 논하면 혼연일체가 되어 열광한다. 다만 내 인생 최초(?)로 밥상이 '저절로' 놓여 있으니 그 감격이 새로웠다. 이렇게 편하구나. 이 홀가분함. 평생 민박을 전전하며 살자.

지금은 1인 가구도 많고 극소수지만 남성 전업주부도 있다. 남성은 한 분야에 종사하는 반면 여성은 양 영역에서 일한다. 가정에 소속된 여성치고 임금 노동에 종사하든 안 하든 끼니 스트레스에서 자유로운 여성은 거의 없다.

그때 이 책이 생각났다. 《최후의 만찬은 누가 차렸을까?–세계 여성의 역사(Who Cooked the Last Supper–The Women's History of the World)》. 물론 밥에 국한된 이야기가 아니라 동서양에 걸친 세계 여성의 역사다. 기존 역사에서 여성 역할의 중요성을 드러내는 것이 목적이다. 여성의 노동 없이 인류 역사는 단 하루도 가능하지 않았다. 이야기는 '어이없고' 동시에 흥미진진하다. 어떻게 이런 일이…… 아, 이런 일도 있었구나……를 연발하게 된다.

"혁명 전의 중국에서는 매일 자기 아내를 때리라는 아버지의 명령을 거역하는 남자는 누구든 지하 감옥에 갇힐 수 있었다. 혁명은 구타를 금지했다. 남편들은 금지령에 기분이 상해서 불평했다.", "……내 친구들은 모두 자기 아내를 때렸다. 나도 그런 관습을 지켰을 뿐이다. 하지만 해방 직후부터 여자를 때리기 힘들어졌다. 내가 울화통을 터뜨리면서 아내를 때리려고 하면 아내는 마오 주석이 그런 짓을 허용하지 않음을 상기시켰다. 참을 수 없는 일이다." 물론 전적으로 마오쩌둥 덕분은 아니다. 중국여성연맹의 힘이었다.

수많은 이야기 중 이 장면이 인상적이었던 것은, 조선공산당은? 하는 궁금증과 함께, 대개 불가능하다고 생각하는 아내에 대한 폭력 '근절'이 당의 호소로 가능했다는, 인간의 이성에 대한 신뢰가 조금은 회복되었기 때문이다. 남자들은 잠시나마 마오의 명령에 순종했다. 남녀 권력 관계는 이렇게 '쉽고 간단하게' 변화할 수도 있는 것이다. 기초 교양과 시각 확장을 위한 필독서다.

하지만 나는 저자의 시선과 약간 다르다. 그녀가 이 책을 쓰게 된 계기는 "최후의 만찬은 누가 차렸을까? 만일 남자 요리사였다면 열광하는 추종자를 거느린 성인이 되어 그를 기념하는 축일이 생겼지 않았을까?"였다. 물론 스타 요리사의 성별도 중요하다. 하지만 내가 궁금한 것은, '그 많은 설거지는 누가 했을까?'이다.

3장
—
권력

"평화에 대한 욕망은 반(反)평화다. 평화를 둘러싼 경합이 평화다. '모든 이(平)가 사이좋은 상태(和)'는 존재할 수 없다. 이 불가능한 상태를 약자가 인내함으로써 가능한 것처럼 착각하게 하는 것이 평화다. 강자의 양보로 평화가 실현된 경우는 없다."

"무관심은 강력한 당파다. '선호 정당이 없다'라는 말은 논리적으로도 성립할 수 없다. 우주의 진공 상태라도 그런 상황은 불가능하다. 문제는 지지 정당이 있다/없다가 아니라 무관심의 결과가 무엇인가이다."

(살인) 그것은 상상할 수 없는 쾌감입니다

슬픔의 노래 _ 정찬

—

'정치신학자' 정찬의 주제는, 권력과 폭력 앞에 선 인간의 선택이다.
가해자든 피해자든 그들의 모습은 작가를 통해 예술과 신학의 이유가 된다.
그는 권력과 폭력을 비판하거나 혐오하기보다, 사유한다.

—

영화 〈남영동 1985〉의 배우 이경영이 전하는 고(故) 김근태 의원
의 부인 인재근 의원의 이야기다. "영화에서 (명)계남이 형이 고문
할 때는 '아이고 저러다 죽지' 하는 생각에 너무 불안불안한데, 고
문 기술자인 내가 전문가처럼 굉장히 능숙하게 고문을 하니까 너
무 안심이 되고 고맙더래. '탁치니 억하고 죽었다'는 박종철 열사
때와 달리 '저 사람이 고문을 했으니까 우리 남편이 살아남았다'는
거지."

배우 자신도 그랬다지만 나 역시 영화를 보고 '만 가지 슬픔'(이
라는 책이 있다)이 쏟아졌다. 인류는 폭력 피해자 가족의 이런 '희망
과 안도'를 개념화한 적이 있는가? 나의 무식 탓이기를 바란다. 이
런 심정은 프리모 레비(Primo Levi)의 책이나 로만 폴란스키(Roman
Polanski)의 영화 〈죽음과 소녀(Death and the Maiden)〉 같은 '전형
적인' 고문의 서사에서는 언급되지 않는다.

한국 소설 중 나만의 '3부작'이 있다. 〈슬픔의 노래〉〈얼음의 집〉〈새〉.

모두 한 작가의 작품이다. 우연이다. 우리 사회에서 인생은 생잔(生殘, 살아'남기'), 권력은 폭력, 슬픔은 실패를 의미한다. 이런 현실에서 폭력과 권력 탐구를 짊어지는 작가는 흔치 않다. 어쨌든 정찬 같은 '캐릭터'의 지식인이 많아야 한다고 절실히 주장한다. 내가 만일 대통령 후보라면 이런 공약을 하겠다. "치열하게 생각하는 인간이 대우받는 세상을 만들겠습니다!"

내가 이해하는 '정치신학자' 정찬의 주제는, 권력과 폭력 앞에 선 인간의 선택이다. 가해자든 피해자든 그들의 모습은 작가를 통해 예술과 신학의 이유가 된다. 그는 권력과 폭력을 비판하거나 혐오하기보다, 사유한다. 그의 작품은 '남영동'을 경험하지 않은 사람들에게 제시하는 윤리학이다.

〈얼음의 집〉의 주인공은 고문 기술자다. 그는 사정(射精)에 버금가는 쾌감이라는 권력 행사(피해자를 죽음에 이르게 하는 것)를 자제하면서, 진실(자백)을 만들어내는 임무를 수행한다. 쾌락을 통제하는 것, 자신에게 주어진 권력을 사용하지 않는 것. 어떤 인간에게도 쉽지 않은 일이다. 나는 20여 년간 가정 폭력 상담을 하면서 열 대를 때릴 수 있는데 여덟 대에서 멈추는 남자를 만난 적이 없다.

개념 없이 권력을 휘두르면서도 분노와 피해의식을 표출하는 이가 얼마나 많은가. 자기 권력을 자각하기가 매우 어렵기 때문에 성찰이라는 어울리지 않는 '고급' 표현까지 동원된다. 정찬의 주인공들은 타인의 신체적 고통으로부터 획득되는 권력의 전능함을 알고 있다. 권력의 경험을 사유하는 그들은 '기술자'가 아니라 '예술가', 최소한 '방황하는 영혼'이다. 〈슬픔의 노래〉(26회 동인문학상 수상작)

에 등장하는 '80년 광주' 가해자의 고백. "칼이 몸속으로 파고들 때 칼날을 통해 생명의 경련이 손안 가득 들어오지요. …… 생명의 모든 에너지가 압축된 움직임. …… 한 인간의 생명이 이 작은 손안에 쥐어져 있다는 것이죠. …… 그것은 상상할 수 없는 쾌감입니다." 이후 그는 무대 위에서 죄의식의 갑옷을 벗는 배우가 되었다. 그가 연기를 계속하는 이유는 살인자의 쾌락을 즐기기 위해서다. "그럼, 죽는 자 역할은 못하겠군요." 소설 속 화자가 묻자 "그렇지 않습니다."라고 말한다.(궁금한 이들은 작품을 읽기를.)

권력과 맞서는 "사랑의 승리라는 상상"을 비웃는 주인공은 말한다. "강을 건너는 방법은 두 가지가 있지요. 배를 타는 것과 스스로 강이 되는 것. 대부분 작가들은 배를 타더군요. 작고 가볍고 날렵한 상상의 배를."〈슬픔의 노래〉에는 진부한 논리나 묘사가 없다. 우리의 모습이되 대상화된 가해자의 세계를 그리기 때문이다. 권력, 폭력, 예술, 양심, 아름다움, 쾌락은 서로를 배반하고 이용하고 보완한다. 선악과 미추가 뚜렷하다면 고문의 정치는 가능하지 않다. 정찬의 작품을 읽을 땐 머리와 심장의 분간이 사라진다. 독자의 몸은 무간(無間) 지옥에 빠진다. 작가가 먼저 부서져 강이 된 까닭이다.

정말 사족. 박정희 체제의 공과를 논할 때 "공은 경제 성장, 과는 인권 탄압"이라는데, 무슨 말인지 모르겠다. 고문은 정권의 흠이 아니다. 통치 자체가 이루어지지 않았다는 뜻이다.

기혼녀의 정조 유린은
미혼녀의 그것보다 더 큰 범죄다

리바이어던 _ 토머스 홉스

자연 상태가 국가의 탄생과 시민사회로 넘어오면서
결혼 제도를 통해 여성은 '개인'이었다가 '개인의 여자'로 강등되었다.
성차는 당위가 아니라 인위적 제도라는 것이다. 홉스는 남성 중심주의를
당연시하지 않고 의문과 분석 대상으로 삼은 드문 사상가였다.

이 책은 "만인에 대한 만인의 투쟁(all against all)"의 출처지만 생각만큼 책에 많이 등장하지는 않는다. 책 제목을 모르는 사람도 이 말은 자주 쓴다. 동시에 역사상 가장 독점적으로 오독된 글귀 중 하나일 것이다. 나는 이 말을 인용하는 사람들이 생각하는 만인(萬人)의 개념이 늘 궁금했다. 만인은 모든 사람을 의미할까?

'만인에 대한 만인의 투쟁'의 전통적 해석은 국가 안보 논리다. 국가를 제도가 아니라 실체로 인식하게 하는 가장 손쉬운 방식은 국가를 의인화하는 것이다. 주권은 '혼', 관리는 '관절', 화폐는 '혈액', 범죄는 '발작'이다. 이렇게 의인화된 국가의 모임이 국제 사회이고 이곳은 무정부 상태다. 자연 상태는 약육강식의 정글이다. 만인은 생존을 위해 만인에 대항해서 싸우고 살아남아야 한다. 힘의 공백이 생기면 전쟁이 불가피하다. 이것이 기존 현실주의 국제정

치학의 출발이다. 이 논리는 국가, 무정부 상태, 인간 본성 등 전제 자체가 '가상 현실'이어서, 페미니즘을 비롯한 대안적 국제관계학파의 거센 도전을 받고 있다.

토머스 홉스(Thomas Hobbes, 1588~1679)의 《리바이어던》(1651년)은 인간 해방에 국가가 어떤 의미를 지니며 어떻게 운영되어야 하는가에 대한 '매뉴얼' 수준의 규범과 철학을 제시한다. 홉스는 중세가 저물고 원자화된 개인의 개념이 본격적으로 등장한 시대에 살았으며, 정신도 미세한 물질로 구성되었다고 생각할 정도로 유물론자였다.

그는 자연 상태에서는 남녀가 평등하다고 믿었다. "자연은 인간을 신체와 정신 능력에 있어서 평등하게 창조했다." 그의 관심사는 자연 상태가 어떻게 가부장제 사회가 되었는가였다. 가부장제가 자연(스런) 상태라는 통념과 반대로 사유한 것이다.

홉스가 분석한 원인은 "이기적인 남성들의 집단적 동의에 의한 시민법의 일종인 결혼법" 때문이다. 자연 상태가 국가의 탄생과 시민사회로 넘어오면서 결혼 제도를 통해 여성은 '개인'이었다가 '개인의 여자'로 강등되었다. 성차는 당위가 아니라 인위적 제도라는 것이다. 홉스는 남성 중심주의를 당연시하지 않고 의문과 분석 대상으로 삼은 드문 사상가였다. 내 의문은 풀렸다. 자연 상태에서는 모든 인간이 인간이었지만, 이후 인간의 범위는 '보호자' 백인 남성으로 축소되었다.

홉스에게 결혼은 여성을 인간의 범주에서 제외시킨 결정적 사건이었으므로 개인 간 범죄의 경중을 비교할 때(11장), "기혼녀의 정조 유린(violation of chastity by force)은 미혼녀의 그것보다 더 큰 범죄다." 현대 사회의 인식과는 반대다. 성폭력은 다른 범죄와 달리 피해자의 전력(sexual history)이 가해자의 그것보다 범죄 구성에 더 큰 영향을 미친다. 가해자보다 피해자가 더 문제화되는 것이다. 피해자가 중산층 미혼 여성일 때와 성 산업 종사 여성일 경우 시선 자체가 다르다. 미혼 여성과 미성년자의 피해를 기혼 여성보다 더 심각하게 인식하는 경향은, 여성의 가치가 섹스 경험 여부에 있다고 생각하기 때문이다.

그러나 홉스는 기혼 여성에 대한 성폭력이 더 큰 범죄라고 보았다. 책에 상술하지는 않았으나 기혼 여성을 존중해서라기보다는 "동일한 범행에 대해 느끼는 감성이 사람에 따라 다르다."라는 구절로 보아, 소유권을 침해당한 기혼 남성의 불쾌감을 고려한 듯하다. 홉스나 현대 남성이나 여성의 존재를 성(sexuality)으로 환원한다는 점에서 차이는 없지만 그 이유는 달랐던 것이다.

사족. 대영제국의 지식인 홉스에게 "식민지는 국가의 번식으로서 국가가 출산한 자녀"였다. 그럼, 우리는 일본의 자녀였다가 미국이 출산한 나라인가? 틀린 말도 아니다. 인조 인간 로봇은 서양 고전을 맨 정신으로 읽을 수 있는 사람이다.

'謂語助者 焉哉乎也' 뜻은 없으나
말을 잇는 글자가 있으니……

천자문_주흥사

—

무의미는 모든 의미다. 뜻의 무게를 진 자(字)는 사용이 한정되지만,
조사는 자유로운 영혼이면서 문자를 배치하고 지배한다.
의미(권력) 없음이 의미를 통제하는 것이다.

—

진심으로 한글 전용을 지지한다. 하지만 한자의 경제성은 여전히
유혹적이다. 상형(그림) 문자인 까닭에 한 글자만 써도 필담 수준의
의사소통이 가능하다. 조어력(造語力)도 좋다. 일본에 갔을 때 뉴스
를 보다가 '근소인'(近所人, 근처를 지나다 사고를 목격한 사람)이라는
단어의 간결성에 감탄했다. 그러다가 신사(神社)의 쓰레기통 이름이
'호미옥'(護美屋, 아름다움을 지키는 집)인 걸 보고 그들 특유의 과잉
제작성(포이에시스)에 여행하는 기분이 확 달아나긴 했지만.

'하늘 천 따지'밖에 모르다가 '수면용'으로 《천자문》을 집었는데,
밤을 새웠다. 내가 읽은 책 중 최고의 라스트신이 《천자문》일 줄이
야. 역시 고전은 고전이다. 《천자문》의 마지막 문장은 '위어조자 언
재호야(謂語助者 焉哉乎也)'이다. "뜻은 없지만 말을 잇는 조사(助辭)
가 있는데, '언'(焉)은 앞 문장을 가리켜 '이에' '여기에서'라는 뜻이
다. '호'(乎)와 '재'(哉)는 탄식할 때, 의심할 때 혹은 반어(反語)적으

로 사용('~그런가?')한다. '야'(也)는 대개 끝내는 말('~이다')로 쓴다." 한자에는 조사가 매우 많지만 대표적으로 네 자만 적은 것이다. 조사(助詞)가 아니라 조사(助辭)임에 유의해야 한다.

《천자문》을 처음 지은 사람은 중국 양(梁)나라 때 선비 주흥사(周興嗣)로 알려져 있으나 정설은 아니다. 그전부터 '원서'가 있었고 이후에도 수없이 첨삭되었기 때문이다. 한자 문화권인 한국, 일본, 베트남에도 여러 본의 천자문이 있다. 한글 주해도 열 권 넘게 출간되어 있다. 어쨌든 무제(武帝) 임금이 주흥사에게 같은 글자가 겹치지 않게 글자 1000개로 시를 지으라고 명했다. 그는 하룻밤에 네 자씩 250개를 만들었다. 덕분에 그의 머리가 하얗게 세어 《천자문》을 백수문(白首文)이라고도 한다.

'뗀다'는 표현처럼(그런 어린이도 있겠지만), 대개 《천자문》을 '교육용 기본 한자'로 알고 있다. 하지만 막상 펼치면 괵(虢, 괵나라, 제후국 이름), 계상(稽顙, 엎드려 땅에 이마를 댔다가 천천히 다시 드는 것), 사연(肆筵, 잔치를 베풂) 같은 어려운 문자가 즐비하다. 실용성보다는 고대 중국 사회사를 이해하는 데 더 적합한 책이다. 교육용으로 쓰려면 당대 우리만의 천자문이 필요하다.

250개 시구의 내용은 인간의 도리, 공부의 필요성, 자연과 우주의 섭리, 관리의 덕목 따위이다. 그런데 예나 지금이나 변함없는 현상인 공부하는 남자들의 수준이 반영된 글귀들이 있다. 예를 들면, '모시숙자 공빈연소(毛施淑姿 工嚬妍笑, 모장과 서시 같은 미인은 찡그려도 예쁘기만 하다).' 더한 문장도 수두룩하나, 문자가 아까워 생략한다. 개인적으로는, '유배당한 처지가 속 편하다'는 '색거한처 침

묵적요(索居閑處 沈默寂廖, 한가한 곳을 찾아 사니 조용하다).'가 제일
좋았다.

'위어조자 언재호야.' 996자를 알아도 마지막 네 글자 조사를 모
르면 글을 쓸 수 없다. 문장의 성립은 조사로만 가능하니, 문장은
결국 조사의 기술(art)이다. 글자와 조사의 관계를 실과 바늘, 나사
와 볼트처럼 짝 개념으로 볼 수도 있다. 둘의 위치는 동등하고 불
가분이다. 하나가 없으면 나머지도 소용없다.

그러나 이들은 동등하지 않다. 사실은 조사가 더 '우월'하다. 글
자들의 관계, 즉 문장의 내용을 결정하는 것은 뜻이 있는 글자가
아니라 뜻이 없는 글자, 조사다. 무의미는 모든 의미다. 뜻의 무게
를 진 자(字)는 사용이 한정되지만, 조사는 자유로운 영혼이면서
문자를 배치하고 지배한다. 의미(권력) 없음이 의미를 통제하는 것
이다.

"아버지가방에들어가신다."라는 문장처럼 우리말은 띄어쓰기
가 의미를 결정하기도 한다. 마침표와 물음표도 마찬가지다. 어렸
을 때 프랑수아즈 사강(Françoise Sagan)의 소설 《슬픔이여 안녕》
이 "안녕?"인지 "안녕~"인지 늘 궁금했다. 다 읽은 후에도 구분하
지 못했다. 문장의 의미와 수준은 동사, 명사, 형용사가 아니라 돕
는 자(者)가 좌우한다. 글이든 삶이든 '진정한' 힘이 존재하는 원리
는 비슷한 법.

실은, 좋은 글귀 말고 갖고(?) 싶은 문장이 있었다. '탐독완시 우
목낭상(耽讀翫市 寓目囊箱).' "돈 없이 책방에 가도, 한 번 읽으면 머
릿속에 책 내용이 다 들어온다."

무솔리니가 집권하자
기차가 정시에 도착했다

극단의 시대_에릭 홉스봄

—

지구 자체의 몰락 앞에서 살길은 "뭉치면 죽고 흩어지면 산다"인데,
"우리는 하나"를 선포하고 단결을 강조하는 파시즘과
국민국가는 인간과 자연의 공멸을 부르는 시스템이다.

—

내가 평소 좋아하는 글귀가 두 개 있다. 하나는 "사랑(관계)은
아무나 하나, 그 누가 쉽다고 했나."이고 하나는 이 글 제목이다.
전자는 인간을, 후자는 세상을 요약한다. 고민의 순간마다 상기되
면서 할 말을 잃게 하는 매혹이 있다. 이 매혹의 정체는 인간(나)의
무능과 이중성.

원래는 "무솔리니가 기차를 정시에 달리게 했다.(Mussolini made
the trains run on time.)"인데, 내가 조금 고쳤다. 《혁명의 시대》
《자본의 시대》《제국의 시대》를 쓴 에릭 홉스봄(Eric Hobsbawm,
1917~2012)은 당대를 대표하는 비판적 지식인으로서 '라이벌' 에드
워드 톰슨(《영국 노동계급의 형성》)과 함께 영국 지성의 자부심이다.

원제는 '1914~1991'이라고 시기가 표기되어 있다. 자본주의가
지구를 목 죄기 시작한 1990년대까지 포함했다면 저자는 '극단의
시대'를 넘어 '종말론의 시대'를 분석해야 했을 것이다. 20세기 들

어 인류는 7천 년에서 8천 년 걸릴 변화를 70여 년 동안 겪었다. 옮긴이의 전언대로, 이 책은 "20세기의 자서전"이다.

20세기는 상반되는 가치의 갈등과 협력과 길항의 연속이었다. 홉스봄은 20세기의 결정적 시기를 파시즘에 맞선 자본주의와 공산주의 동맹, 1930~1940년대라고 본다. 20세기에 독일, 이탈리아, 에스파냐를 휩쓴 파시즘은 상황이 다양해 한마디로 정의하기 어렵지만 '자유주의 체제에 실망한 대중의 지지를 기반으로 삼아 권력을 잡은 급진적 우파 운동'이라 말할 수 있다.(한국의 군사 독재정권은 파시즘이 아니다.)

중세의 어둠을 뚫고 자유주의가 가져올 계몽과 발전, 자유를 낙관했던 19세기 유럽의 '평범한 남자'들은 페미니즘, 마르크스주의, 파시즘처럼 자유주의 안에서 태동했으나 동시에 자유주의를 내파하는 '돌연변이'들이 줄줄이 출현할 줄은 꿈에도 몰랐을 것이다.

"무솔리니가 집권하자 기차가 정시에 도착했다." 히틀러의 스승이자 변절한 사회주의 언론인 베니토 무솔리니가 파시즘의 우월성을 시위하기 위해 만든 프로파간다였다. 이 말은 널리 퍼졌고 무질서를 응징하는 파시즘의 에너지와 능력을 증명하는 상징이 되었다. 어느 누가, 사회적 약자일수록, 이 효율성에 안도하지 않을 수 있으랴.

하지만 이는 실제가 아니라 담론의 효과였다. 이탈리아 기차는 무솔리니가 등장한 1922년 이전부터 1차 세계대전 피해에서 복구되어 이미 잘 달렸고, 당시 시민들의 증언에 의하면 무솔리니 집권 후에도 기차는 시간표대로 정확히 운행되지 않았다고 한다.

자주 언급되지 않지만 근대 자본주의의 가장 심각한 문제는 이전 시대와 비교할 수 없는 기하급수적 인구 증가다. 계급, 젠더, 인종 문제는 인구 증가의 원인이자 결과이면서 '부수적 피해'에 불과할지도 모른다. 지구 자체의 몰락 앞에서 살길은 "뭉치면 죽고 흩어지면 산다."인데, '우리는 하나'라는 구호 아래 단결을 강조하는 파시즘과 국민국가는 인간과 자연의 공멸을 부르는 시스템이다.

나를 포함하여 사람들이 폭력을 선택하는 이유는 저항과 자유를 포함한 '무질서'에 대한 공포 때문이다. 비인간적 규정, 억압적 관료주의, 무신경, 군기, 일벌백계는 무질서에 대한 매력적인 대응책들이다. 체벌은 교실의 '평화'를 위해 교사가 이 편의성의 매력에 굴복할 때 발생한다. 나는 그들의 선택을 충분히 이해한다. 인간에 대한 존중은 집단이 아니라 구체적인 개별자일 때만 가능하다.

파시즘을 향한 대중의 지지는 질서의 효능에 대한 믿음 때문이다. 현행 '주폭(酒暴)' 단속이 좋은 예다.(물론 이는 '적정선'에서 규제되어야 한다.) 싹쓸이! 질서(order)는 글자 뜻 그대로, 대중의 주문이자 지배자의 명령이다. 통치자의 입장에서는 편리하고, 나만 희생자가 아니라면 대중은 '기차가 정시에 도착'하리라는 환상에 동의한다. 지금 집권당과 대통령이 강조하는 사회 안정과 법질서가 실현되면 얼마나 좋겠는가. 하지만 무솔리니처럼 질서의 불가능성, 이 복잡한 역사에 무지하다면 이는 거짓일 수밖에 없다. 그들은 "정권 교체를 넘은 시대 교체(패러다임의 변화)"의 의미를 알고 주장한 것일까. 몰랐다면, 가정만으로도 소름끼치지만 이들의 '안정'은 '공안'이 될 가능성이 크다.

평화의 근원은 빈곤과 고립

군대를 버린 나라 _ 아다치 리카야

—

사람들의 바람과 달리 선함과 강함, 힘과 정의는 양립할 수 없다.
선과 정의는 객관적인 가치가 아니라 저마다 생각이 다른, 경쟁적인
담론이기 때문이다. 전쟁은 자신의 옳음을 증명하려는 대표적 행위다.

—

전쟁과 평화. 이 두 단어가 늘 붙어 다니는 이유는 둘 다 뜻이 모
호하기 때문이 아닐까. 같이 써놓으면 인식 가능할 것이라는 착각.
"전쟁은 안개와 같다.(Fog of War)" 카를 폰 클라우제비츠가 시작
해서 로버트 맥나마라(Robert McNamara)가 답한 전쟁의 의미다.
불확실하고 부정확한 정보 때문에 그 추이나 결과를 예측할 수 없
다는 뜻이다. 전쟁도 모르겠는데 평화는 얼마나 알기 어렵겠는가.

이 글의 제목은 저자가 코스타리카 여행 중 외교부 직원에게 들
은 말이다. 빈곤과 고립이 평화의 비밀이라니! 코스타리카는 실질
적, 합법적으로 군대가 없는 지구상 유일한 국가다. 사람들은 그럴
수 있는 이유를 알고 싶어 한다. 왜 그렇게 됐냐, 어떻게 그게 가능
하냐, 심지어 사실이냐? 책은 에스파냐 식민지 시대 이후 코스타리
카 역사와 문화를 성실히 설명하고 있지만, 아마 한국 사람들에게
는 대부분 지구 밖 세상처럼 느껴질 것이다.

나는 이유를 궁금해하는 대신 다른 방식으로 생각해보기로 했

다. 빈곤과 고립이 평화의 조건인 것은 자연스러운 일이다. 비(非)평화가 왜 발생하는가? "잘살아보세~" 사고방식 때문이 아닌가? 코스타리카 사람들은 영원한 경제 성장은 불가능하다고 생각한다.

군대가 없는 나라라고 해서 신기하거나 '좋은' 문화만 있는 것은 아니다. 다른 말로 하면, 어느 사회나 코스타리카처럼 될 수 있다는 얘기다. 남성성과 군사주의는 상호 지지한다는 것이 전통적 이론인데, 이 나라는 군사주의는 없지만 '마치스모(마초)' 문화의 원산지로서 남성의 폭력, 무책임, 우월의식이 유별난 곳이다. 2000년대에 태어난 유아 가운데 50퍼센트 이상이 부친이 없어, 빈곤 모자 가정 문제가 심각하다.('물론', 여성이 아버지를 지명하면 국가가 무료로 유전자 확인 검사를 해준다.)

그래도 모든 국민이 군대가 없다는 사실에 자부심을 품고 있으며 환경·인권·평화 선진국의 정책과 이미지를 전 세계에 선전하여 이를 방위력과 외교력으로 전환시켰다. 군대가 없기 때문에 오히려 침략당할 가능성이 적다. 유명한 비무장 국가를 침략한다면 국제 사회의 반응이 어떻겠는가. 이것이 바로 무기 없는 국방의 힘이다.

약자 혐오는 작금의 자본주의는 물론이고 이제까지 인류(서구) 역사를 유지시켜 온 기반이다. 빈곤과 고립이 평화의 본질에 가장 가까운 이유다. 사람들의 바람과 달리 선함과 강함, 힘과 정의는 양립할 수 없다. 선과 정의는 객관적인 가치가 아니라 저마다 생각이 다른, 경쟁적인 담론이기 때문이다. 전쟁은 자신의 옳음을 증명하려는 대표적 행위다.('정의의 전쟁', '성전'……) 그러니 "선한 자보

다 약한 자가 되어라."(니체)

　무력과 군대 비판은 평화의 관심사가 아니다. 다만 이는 특정한 사고방식 안에서만 설정 가능한 의제라는 것을 강조하고 싶다. 사회는 남성을 인간의 모델로 삼고 이들을 '보호자'로 상정하여 시민권의 위계를 만든다. 하지만 실제 폭력 행위자는 이들이다.

　보호자보다 피보호자인 '비(非)국민'—노인, 아픈 사람, 장애인, 어린이, 타인을 보살피는 이들—이 훨씬 많다. 이들의 주요 관심사가 대결, 경쟁, 전쟁일까? 어떤 인간을 보편적 인간으로 삼고 어떤 삶을 인간의 조건으로 상정하고 사유의 기반으로 삼을 것인가에 따라 평화의 개념은 달라진다.

　미국과 북한만 외국이 아니다. 지구상에는 다양한 사회가 있다. 책이 전하는 몇 가지 감동. 코스타리카 교도소에는 담장이 없다. '탈출 가능한 철조망'은 있다. 교도 행정의 목표는 수감자가 자신에게 어떤 권리가 있는지 알게 하는 것이다. 갱생의 첫걸음은 자기 인식, 자기 평가, 자기 긍정이기 때문이다. 그 결과 재범률은 20퍼센트에 불과하다. 보험료를 못 낸 사람이나 '불법 체류자'도 국립병원에서 무료로 치료해준다. 몬테베르데 자연보호 구역에는 포식자를 피해 움직이지 않는 나무늘보원숭이가 있다. 먹는 시간 외에는 정말 움직이지 않아서 '진화의 낙오자'로 불리지만, 움직이지 않음이 이 동물의 자연에 대한 적응이다. 참, 이 나라는 국회의원의 연속 재선도 금지하고 있다.

사랑과 외경 중 어느 것이 나은가

군주론 _ 마키아벨리

—

사진이 재현하는 중산층 여성성과 대통령 이미지의 정치학.
여성은 여성다움을 '연기'하면서 남성 사회에 적응하고 협상하며 이득을 취한다.
남들 앞에서 밥을 조금 먹고, 과일이나 꽃향기를 맡는 포즈를 취한다.

—

박근혜 대통령이 시장에서 감자를 사면서 냄새를 맡는 사진은 정치적, 미학적 충격이었다. 첫째는 이명박 전 대통령의 '김치 대신 양배추' 사건('배추가 비싸니 내 식탁에는 양배추 김치를 올리라'고 했단 다)의 기시감 때문이다. 나는 대통령들의 채소류에 대한 무지와 무시에 분노한다. 먹을거리는 민생의 기본이다. 만일 대통령이 2G와 3G의 차이를 모른다거나 순양함과 구축함을 구별하지 못한다면, 과학과 안보 위험 운운하며 자질을 의심하는 여론이 들끓었을 것이다. 대통령이라고 해서 모든 것을 알 수 없고 그럴 필요도 없다. 문제는 아는 사안과 모르는 사안의 위계다. 국민이 매일 먹는 식자재는 사소하고 증권, 무기, 컴퓨터 지식은 중대한가.

둘째, 이 사진이 재현하고 있는 중산층 여성성과 대통령 이미지의 정치학 때문이다. 여성은 여성다움을 연기하면서 남성 사회에 적응하고 협상하며 이득을 취한다. 남들 앞에서 밥을 조금 먹고, 과일이나 꽃향기를 맡는 포즈를 취한다. 손을 가리고 웃고, 어린이를 사랑스럽게 바라보는 것 따위가 그것이다.

냄새를 맡고 구입하는 식자재는 거의 없다. 생선조차 그럴 필요가 없다. 그런데 흙 묻은 감자를 코에 바짝 대고 과일 향기를 맡는 듯 포즈를 취한 여자 대통령의 모습은 그로테스크하다.(당황스러운 나머지 적당한 우리말을 찾을 수가 없다.) 대통령을 비판하려는 것이 아니다. 여성스러운 포즈의 진부함과 오브제의 야릇한 부조화는 비/웃음을 생산했다.

화훼시장에서 꽃향기를 맡는 사진이라도 곤란하다. 그는 힐러리 클린턴이나 콘돌리자 라이스처럼 남성과 분리되어 독립적 성취를 이룬 여성 지도자가 아니다. '공주' 출신 대통령의 지나친 여성성 재현은 주의를 요한다.

군주가 국민에게 "사랑받는 것과 외경(畏敬)받는 것 중 어느 것이 나은가." 마키아벨리(Niccolò Machiavelli, 1469~1527)는 둘 다 겸비하면 좋겠지만 이는 지극히 어려운 일이므로, 택일한다면 외경의 대상이 되는 편이 안전하다고 주장한다.《군주론》의 요약이자 유명한 구절이다.

마르크스주의자나 프로이트주의자는 사상의 내용과 그들을 지칭하는 표현('~주의자')이 일치한다. 마키아벨리스트는 억울한 경우다. 권모술수에 능하고 독선과 전횡을 일삼는 정치가를 마키아벨리스트라고 칭하지만 실제 마키아벨리는 조국의 미래를 걱정하고 유토피아를 꿈꾸던 청렴한 지식인이었다.《군주론》에 대한 주석은 사족이겠으나, 마키아벨리는 당시 외침과 내란에 시달리던 조국 이탈리아를 향한 구국의 사명감에서 강력한 국가를 열망했다. 그리고 그 실현은 일시적으로 폭군의 전제 정치로만 가능하다고 생각했다.

정치에서 도덕과 종교적 측면을 배제하고 합리성과 힘의 절대적 중요성을 강조한 《군주론》은, 중세의 국가관에서 국가 지상주의라는 근대적 국가관으로 넘어가는 현대정치학의 초석이 되었다. 이 책은 강력한 국가를 위한 군주의 개념과 조건을 다루고 있지만 시대를 초월한 인간관계학이기도 하다. 인간이 찬양받거나 비난받는 이유, 관대함과 인색함, 명성을 얻으려면 어떻게 해야 하는가, 간신을 어떻게 피할 것인가 등등 시대를 초월한 인간의 고민과 이에 대한 마키아벨리의 절박한 주장 ― 흔히 성악설이라고 알려진 ― 이 담겨 있다.(물론 동의하지는 않는다.)

'감자의 향기'는 사랑도 두려움의 대상도 아닌 웃음거리, 트러블 메이커, 국민을 당황스럽게 하는 지도자를 연상시킨다. 클린턴의 섹스 중독이나 부시 2세의 무식, "왜 나만 미워해!"라고 투정 부리면서 갑자기 사임한 후쿠다 전 일본 총리…… 이들은 바람직한 군주와 거리가 먼 것이 아니라 군주'론'에서 논외인 경우다.

《군주론》이 탄생한 국가 형성 초기와 글로벌 시대(후기 국민국가)의 지도자와 국민의 관계 역학은 다르다. 지금은 지도자를 사랑하든 무서워하든, 그것도 국민이 선택할 수 있는 시대다. 마키아벨리가 강조한 것은 마키아벨리즘이 아니다. 국가는 신의 섭리가 아니라 민중의 목소리에 근거해야 하며, 군주는 이러한 국가 실현의 수단이라는 것이다.

폭군 정치는 당연히 저항을 불러온다. 그러니, 크게 걱정할 일이

'아니다.' 나는 국민과 다른 세상에 사는, 현실에서 탈구(脫臼)된, 감자의 향기를 연출하는 여성 리더십이 더 무섭다.

글로벌 시티

경제의 세계화와 도시의 위기 _ 사스키아 사센

—

국적과 관계없이 부자는 글로벌 시티즌, 빈자는 난민인 시대다.
국가 내부의 빈부 격차는 말할 것도 없고,
글로벌 시티 내부의 양극화는 상상을 초월한다.
그러나 도시는 국가와 달리 빈곤을 구제할 규범적 의무가 없다.

—

정치를 정당 중심으로, 사회 분석 단위를 국가로 한정해서 사고하는 것이 언제까지 유효할까? 대의제? 한강에 국회의원과 쓰레기가 빠지면 수질 보호를 위해 국회의원부터 건져내야 한다는 오래된 농담이 있다. 지금 진보를 표방하는 정당을 포함해 정당이 민의를 대변한다고 생각하는 사람은 거의 없다. 한때는 시민단체가 대의제를 보완했지만 촛불시위 때 그마저 무너졌다. 당시 시민운동에 헌신하던 친구의 고뇌를 잊을 수 없다. "예전에는 우리가 조직해서 시민들이 나왔는데 지금은 그들 때문에 우리가 나온 형국이다. 왜 나왔는지, 왜 저렇게 열심인지 모르겠다." 주요 참여자가 여고생부터 주부까지 여성들이었고, 평화적이면서도 적극적이어서 전통적인 시위 양상과 달랐기 때문이다.

지난 '민주 정부' 10년 동안 두드러진 현상 중 하나는 '우익' 시민사회의 조직화와 영향력의 확대다. 이런 상황에서 시민사회도 정당만큼이나 존재 이유를 질문받고, 또 스스로 묻지 않을 수 없게 되었다. 이런 사태가 우리의 '잘못' 때문만은 아니다.

안토니오 네그리(Antonio Negri)와 마이클 하트(Michael Hardt)의 《제국》의 주된 논쟁점은 지구화 시대 국가의 역할이다. 저자들은 회의적이었지만, 나를 포함해 '애국자'가 많은 한국 사회는 우왕좌왕, 좌충우돌했다. 국가가 세계 자본의 침투로부터 우리를 지켜주길 바라면서도 한류와 민주화 운동 경험의 수출, 대기업의 해외 진출에는 자부심을 느낀다. 이 역시 우리가 '미성숙'하기 때문만은 아니다.

《경제의 세계화와 도시의 위기(Cities in a World Economy)》는 이런 상황에 대한 안내이자 자본주의의 특정 단계에 대한 빼어난 문제 제기다. 부제는 내용을 압축한다. '초국적 시장 공간으로서 세계 도시의 성장과 새로운 공간적·사회적 불평등'.

이 책은 정치경제학 전반에 걸쳐 국가와 정당 위주의 사고에 발상의 전환을 요구한다. 특히, 한국의 정당은 지역 정체성(지역 차별)에 기반을 두고 있다. 대의제 자체가 차별과 따돌림에서 시작되었는데도, 지역과 대의제의 관계에 대한 의문이 부재한 상태에서 "정당 정치의 정립이 중요하다."라는 말만 되풀이하고 있다.

지금 국제 사회의 주도권은 국가가 아니라 세계 도시(global cities)로 이동하고 있다. 이 책에 따르면, 세계 도시란 1) 세계 경제 조직의 조정·통제 중심지이며, 2) 금융과 생산자 서비스 활동의 입지 장소와 시장 지역이자, 3) 이러한 산업의 생산지이며 혁신의 창출 지역을 의미한다. 지금 국가 밖은 인터-내셔널, 국제(國際)가 아니라 글로벌이다. 세계의 중심은 메트로폴리탄들의 '연합 국가'다.

첨단 도시들 간의 연대는 국경을 재정의했다. 이른바 지리의 종말. 자본 축적으로 인한 교통과 커뮤니케이션 기술의 발달은 공간적, 시간적, 심리적 거리를 단축시켰다. 이 책에 의하면 글로벌 도시는 뉴욕, 런던, 도쿄, 파리, 프랑크푸르트, 취리히, 암스테르담, 시드니, 홍콩, 상파울루, 멕시코시티이다. 이 도시들은 자국 내 다른 지역과의 관계에서보다 이동 시간, 의식에서 훨씬 동질적이다. 서울의 부자들이 뉴요커와 자신을 동일시하는 식이다.

국적과 관계없이 부자는 글로벌 시티즌, 빈자는 난민인 시대다. 일국의 행정부와 정당의 무능력은, 부패와 낡은 인식과 겹쳐 불가피한 현상이 되었다. 글로벌 시티즌이 될 수 없는 절대 다수는 기존과는 다른 경로에서 대변자를 찾기 시작했고, 거리 시위는 지구촌의 일과가 되었다. 국가 내부의 빈부 격차는 말할 것도 없고, 글로벌 시티 내부의 양극화는 상상을 초월한다. 그러나 도시는 국가와 달리 빈곤을 구제할 규범적 의무가 없다.

경계 없는 세계? 이동통신 광고에서만 그렇다. 가난한 이들에겐 도처가 철조망인 세상이 도래했다. 론리 플래닛(여행 책자 이름), 지구는 더 외로워졌다.

第13의 兒孩도 무섭다고 그리오

이상문학전집 1·4 _ 이상

—

근대인들, 특히 지식인은 자신을 새와 동일시하고 조감(인식)의
주체라고 생각한다. 그 보편성이 구획한 세계에는 겁에 질린 민초가 있다.
초현실? 내가 보기엔 해석의 여지가 없을 만큼 현실적이다.

—

한국군이 가장 갖고 싶은 첨단 무기 중 하나는 에이왁스(AWACS,
Airborne Warning And Control System)일 것이다. 하늘을 날며 기상
정보를 제공하고 경계, 탐지, 전투가 가능하다. 수백 킬로미터 거
리 밖을 볼 수 있어 서울에서 평양 거리의 자동차 번호판이 잡힌다
고 한다. 물론 미국 거다. 하늘에 뜬 비행기가 모든 것을 내려다보
고 있다면 날씨 예보만 한다 해도 나는 무서울 것 같다. 머리만 볏
단에 숨기는 꼴이겠지만 창문을 닫고 커튼을 칠 것이다.

하늘을 날고 싶은 인간의 소망은 '바다가 육지라면' 날아가 님을
보고 싶은 이동의 자유에 대한 바람도 있겠지만 근본적으로 세상
을 장악하려는 의지다. 대상을 통제하려면 일단 시야에 들어와야
한다.

시는 모든 작가들의 욕망이다. 시가 언어의 제왕인 이유는 은유,
메타포(metaphor)이기 때문이다. 해석과 상징을 거느린 그 자체로
사전이다. 그러나 종종 메타포는 비윤리적이다. 인류의 언어는 여

성을 타자로 묘사하는 성별 메타포 없이는 불가능했다. 또한 병으로 죽어 가는 사람들에게 특정 질병에 대한 이미지 낙인은 인간의 가장 잔인한 면모다. 수전 손태그(Susan Sontag)는 암과 싸우는 자신과 에이즈로 죽어 가는 친구들을 보면서 몸의 고통뿐 아니라 병의 이미지와도 싸워야 했다. "질병은 그저 질병이며, 치료해야 할 그 무엇일 뿐이다."

손태그의 외침대로 글자 그대로 시를 읽으면 어떨까. 그것도 한국 문학 사상 가장 난해하고 해석이 분분하다는 〈오감도(烏瞰圖)〉를 말이다. 〈오감도〉는 15개로 이루어진 연작시인데, 이 글의 제목은 첫번째 작품 〈詩第一號〉의 15행이다. 〈오감도〉는 1934년 이태준이 추천하여 30제 예정으로 〈조선중앙일보〉에 게재를 시작했으나 독자들의 거센 항의로 중단되었다. 오감도가 조감도(鳥瞰圖)의 오타라고 생각한 이들도 많았다고 한다.

〈오감도〉에 대한 해석들. 초현실, 절망, 환상, 난해, 공포, 아방가르드, 심지어 민족 독립을 위한 병법까지……. 나는 공포 외에는 동의하지 않는다. 〈오감도〉는 현실적이며 직설적이다.

건축학도였던 이상의 공간 감각은 내용과 형식, 모든 면에서 3차원적 사유를 가능하게 했다. 조감도는 근대적 인식론, 원근법의 대표적 방식이다. 원근법은 한 사람의 시선만 허용한다. 그러므로 조감도는 온 세상을 볼 수 있다(고 간주되)는 신의 의자다. 조감은 불가능하지만 조감도는 존재한다. 그 의자에 앉고 싶은 인식자에게 세상의 영장(英將)이라는 착각을 주는 보물 지도 같은 것이다.

우리 문화에서는 흉조인 까마귀가 내려다보고 있다. 작가가 새와 자신을 동일시했다는 기존 해석은 비평가의 자기 욕망이다. 말이 안 되는 논리다. 시구 그대로 읽으면 그렇지 않다. 이상은 피사체와 동일시했다. 시인은 '에이왁스'의 하늘 아래, 막힌 골목을 질주하는 아이들의 모습을 관찰자의 시선에서 묘사한다. "(길은막다른골목이適當하오.)" 악명 높은 그의 붙여 쓰기는 이름 '箱(상)'과 함께 폐쇄 공포를 더한다.(일본어도 띄어쓰기가 없다.)

근대인들, 특히 지식인은 자신을 새와 동일시하고 조감(인식)의 주체라고 생각한다. 그 보편성이 구획한 세계에는 겁에 질린 민초가 있다. 초현실? 내가 보기엔 해석의 여지가 없을 만큼 현실적이다. 식민지 시대를 산 이상의 종속적 남성성은 새와 자신을 동일시하지 않는, 뛰어난 각도의 위치성과 정치학을 가능하게 했다.

이상에게 피사체와 인식 주체의 관계를 달리 설정하는 탈식민주의적 상상력이 있었는지는 모르겠다. 하지만 그는 누구도 전경을 볼 수 없다는 사실을 알았다. 그래서 〈오감도〉는 가능했다. 비정상 사회에서의 정신 분열과 예술가의 윤리가 낳은 걸작이다.

이상은 조감의 주체도 민초도 될 수 없었던 자기 한계에 솔직했다. 다만 건강이 좋지 않아 동경하던 도쿄에서 멜론과 레몬을 찾으며 27살에 죽었고, 신화화되었다. 1972년에 나온 〈문학사상〉 창간호 표지는 친구 구본웅이 그린 이상의 초상화다. 내 책상 앞에 있다. 나는 이 그림을 좋아한다. 예술가의 평범한 얼굴이다.

질서 잡힌 무정부 상태

국가에 대항하는 사회 _ 피에르 클라스트르

—

국가 있는 사회(문명 사회)와 국가 없는 사회(원시 사회)를 구분하는
가장 중요한 기준은 주권이나 관료 체계가 아니다.
권력이 사회에 의해 통제되는가 아니면 누군가에 의해 독점되는가이다.

—

"서구 지식이 한국에 잘못 소개되었다. 오독이다." 종종 이런 말
이 오가지만 나는 서구 사회 내부에서도 마찬가지일 것이라고 생
각한다. 서구에서도 찰스 다윈(Charles Darwin)이나 캐럴 길리건
(Carol Gilligan, 여성주의 평화학자)에 대한 오해는 엄청나다.

특히 동물 행동 분야와 관련해서는 우아한 표현은 아니지만, 간
혹 졸도할 만한 '지식(인)'을 만나게 된다.(물론 이는 내 입장이고 나
를 그렇게 생각하는 사람이 더 많겠지만.) 며칠 전 동물도 성매매를 한
다는 주장을 접했다. 동물 세계에도 성폭력이 있다는 주장은 유구
하다. 성=생물학이라는 통념인 듯한데, 당연히 둘 다 아니다. 이런
경우 나의 기운은 소중하므로 "이런 책을 읽어보세요." 하면 그만
인데, 반(反)성매매 운동가들이 내 의견을 물어왔다.

이 언설은 언어, 권력, 몸, 경제 개념이 백지인 상태에서 나올 수
있는 발상이다. 동물행동학은 이미 1970년대 초반부터 과학자들의
시각 자체가 문제가 되면서 '자연과학이 아니라' 가장 사회문화적

인 담론이 되었다. 인간 행동도 오해로 맨날 싸우는데, 동물 행동에 대한 확신은 어디서? 그들이 생존을 위해 경쟁을 하는지 협력을 하는지, 성폭력이 있는지 성매매(구매? 판매?)를 하는지 어떻게 아는가. 동물 행동의 진짜 의미가 무엇이든 결국 인간의 해석이라는 것이다. 주로 백인 남성인 관찰자의 인식이 반영될 수밖에 없고, 그들 자체가 연구 대상이다.

한편, 이런 주장의 목적이 뭘까. 평소에는 만물의 영장이라며 동물을 동물시하던 남성이, 성 문제는 동물도 그러니까 우리도 따라할 것이다? 동물도 자웅동체 어류부터 유인원까지 다양한데, 유독 포유류에 이런 논의가 집중된 것도 우연은 아닐 것이다. 성폭력과 성매매는 고도로 복잡한 정치경제학이다. 프랑스의 저명한 동물사회학자이자 민속학자이며 철학자인 J. W. 라피에르(J. W. Lapierre)는 단언한다. "동물 세계에는 어떤 형태의 정치 권력도 찾아볼 수 없다."

《폭력의 고고학》으로 먼저 소개된 정치인류학자 피에르 클라스트르(Pierre Clastres)의 《국가에 대항하는 사회》는 남아메리카의 53개 부족이 무대. 저자는 권력, 국가, 사회에 대한 문제의식이 빼어난, 사유 방식의 모범을 보여주는 학자다. 생각으로 현실을 판단하지 않고, 현실에서 생각을 만들어낸다. 내 능력 부족으로 이 책에 소개된 부족들의 지혜롭고 잔인하며 합리적이고 흥미진진한 다양한 권력 통제 방식을 자세히 소개하지 못해 안타깝다.

책의 요지는 인간이 만든 가장 진화한 형태의 사회 조직은 국가일까라는 질문이다. 국가 있는 사회(문명 사회)와 국가 없는 사회(원시 사회)를 구분하는 가장 중요한 기준은 주권이나 관료 체계가 아니다. 권력이 사회에 의해 통제되는가 아니면 누군가에 의해 독점되는가이다. 원시 사회에는 권력의 독점을 막기 위한 세밀한 장치와 철학이 작동하고 있다. 제목이 국가에 '저항'이 아니라 '대항하는 사회'라는 점에 주목해야 한다.

국가가 필요 없다는 얘기가 아니다. 이 책은 마르크스주의와 반대로, 국가가 계급을 만든다고 본다. 그러므로 국가가 없다면 우리는 "질서 잡힌 무정부 상태"를 상상할 수 있다!

이른바 국제 사회는 국가 단위의 삶을 정상화하는 가상의 공간이다. 인류가 모두 똑같은 공동체(국가)에서 살아야 할까. '국가 건설'만큼이나 '좋은 사회'를 만드는 데 힘쓰면 안 될까. 무의식까지 국가를 중심으로 정치를 사고하는 한국 사회에서는 이상적인, 아니 이상한 질문인가. 우리의 근본적 불행은 서구 강대국의 과거와 현재를 모델로 삼아 평생을 숨찬 추격자로 사는 삶이다.

일본처럼 '원본'을 초과한 발전 모델이 있긴 하다. 그들은 행복할까? 클라스트르는 바로 이런 질문이 문제라고 본다. 내부가 동질적인 국가는 없다. '하나'로서 국가가 모든 비극의 시작이라는 것이다. 현대 사회는 동물이나 원시 사회보다 발전한 형태인가. 동물은 성매매만 하는데 우리는 인신매매까지 해서? 국정원에다 인터넷 댓글 문화도 있어서?

《국가에 대항하는 사회》는 문명의 개념과 필요에 대한 근원적 질문이다. 한 사회의 문명화 여부는 무조건적인 발전이 아니라 그 사회의 필요를 얼마나 만족시켰는가에 따라 평가되어야 한다는 것이다.

세계는 한국을 중심으로 돌고 있다

조선/한국의 내셔널리즘과 소국 의식 _ 가무라 간

—

저자는 내셔널리즘은 대개 패권주의를 지향하는데
한국은 소국의식(小國意識)에서 출발했다고 본다.
여기서 한국은 강대국보다 도덕적으로 우월하다.
국제 사회에서 선악을 판단할 권리는 약자인 한국에게 있기 때문이다.

—

"천동설, 세계는 한국을 중심으로 돌고 있다." 이 글귀의 주인공은 이승만이다. 누가 이런 당황스러운 생각을 했느냐고 궁금해하는 독자가 있을 것 같아 미리 밝힌다.

5월과 8월은 민망한 계절이다. '감사의 달'의 상술과 '민족의 한'이, 때를 기다린다. 민족이 성찰과 논쟁의 대상이 아니라 피해의 기억으로만 한정될 때, 무슨 일이 일어날까. 누가 이득을 볼까. 나는 한국이 일본에게 좀 무관심하면 어떨까, 생각해본다. 가해자는 뻔뻔한데 한쪽의 지나친 '피해의식'은 좌절, 절망, 원한을 순환하는 나르시시즘으로 추락하기 쉽다.

우리 사회에는 미국을 이용하자는 입장과 자주적인 태도를 강조하는 세력이 대립하고 있다. 이들은 서로 '사대주의', '종북'이라며 자신의 이슈로 정치를 독점하는 적대적 공범 관계를 형성하고 있다. 결과는 둘 다, '국가는 하나'라는 내셔널리즘을 강화한다.(내셔널리즘은 번역하기 힘든 용어다. 이 책의 '내셔널리즘' 표기를 그대로 적는다.)

약자가 강자를 이용한다는 논리는 설득력도 없고 성공 확률도 낮다. 그러나 한국은 '성공'했다. 이 책은 일본인 연구자가 한국의 독특한 민족주의를 분석한 책인데, 특히 '친미' 세력의 사고방식 분석이 탁월하다. 유교 사회의 국제 관계 규범은 큰 나라는 작은 나라를 보호하고(자소) 작은 나라는 큰 나라를 섬긴다(사대)는, 사대자소(事大字小)이다. 베스트팔렌조약 이후 국제 사회는 신식민지 통치는 있을지라도, 독립적인 주권 국가들의 개별성을 전제로 삼는다. 사랑, 보호, 섬김 운운하는 사대자소의 원리와는 다르다.

그러나 남한의 지배 세력은 사대자소를 한미 동맹으로 응용(?)하여 해방 이후 유일한 대외 정책으로 삼아 왔다. 2004년 9월, 당시 크리스토퍼 힐 주한 미국 대사가 "미국은 한국과 수평적 관계를 맺을 의지와 준비가 되어 있는데 한국은 준비가 되었는가?"라고 발언하자, 〈조선일보〉 사설은 이렇게 반박한다. "강대국과 상대적 약소국 간의 동맹은 기본적으로 비대칭적이다. 주도하는 국가가 있으면 뒤따르는 국가도 있는 것이다. 이게 국제 정치의 현실이다. 우월적 지위에 있는 강대국은 동맹의 주도권을 행사하는 데 따른 대가(代價)를 치른다."

미국은 한국더러 '독립하라'는데, 우리는 '책임지라'고 요구한다. 심지어 용미(用美) 세력을 자처하는 이 중에는 불평등의 극치인(특히, 환경 파괴!) 한미 동맹을 남한의 공공재, 주한 미군을 우리의 인질이라고 주장하는 사람도 있다.

저자는 내셔널리즘은 대개 패권주의를 지향하는데 한국은 소국

의식(小國意識)에서 출발했다고 본다. 이승만은 대국에게 원조를 '간청'하지 않았다. 오히려 미국의 책임과 한국의 당연한 권리를 주장했다. 그는 뼛속까지 친미였지만 미국에 대한 당당한(?) 태도 때문에 존 하지(미군정 최고 책임자)가 "미국의 적"으로, 1954년 아이젠하워 대통령이 자신의 일기에 이승만을 "개자식(son of bitch)"이라고 쓸 만큼 골칫거리였다.

여기서 한국은 강대국보다 도덕적으로 우월하다. 국제 사회에서 선악을 판단할 권리는 약자인 한국에게 있기 때문이다. 이 원리를 모르는 강대국에게 할 일을 '가르치는 높은' 위치에 있다. 천동설(天動說), 세계가 한국을 중심으로 돌고 있으며 강대국은 불쌍한 한국을 도와주어야 한다는 논리다. 이것이 강자를 지도하는 자부심의 근거다.

이 책에 대한 독자의 반응은 다음 셋 중 하나일 것이다. 웃는 사람(사실, 웃기다), 절박하게 동의하는 사람, 나처럼 이 희비극 앞에 한숨 쉬는 사람. 더불어 이 책의 제목과 대구를 이루는 와다 하루키의 《북조선─유격대 국가에서 정규군 국가로》가 생각났다. 나는 '분단 조국의 국민으로서' 씁쓸했다.

비단과 여성을 바쳤던 고려 시대부터 이라크 파병과 고철(무기), 옥수수와 쇠고기 강매까지 사대는 결국 조공(朝貢), 자발적 종속이다. 이 책은 '친미'뿐 아니라 한국의 남성성을 이해하는 데 유용하다. 평등보다 사대자소(한미 동맹)가 더 현실적이라는 사고방식의 결과는? 일상에서 강자는 미국이 아니라 남성이다. 한국 사회는 사대할 뿐 자소에는 무능하고, 사대의 스트레스를 약자에게서 해소한다. 아닌가?

안보의 본질상,
합의된 정의는 있을 수 없다

세계화 시대의 국가 안보 _ 배리 부잔

—

안보처럼 정립되지도 다듬어지지도 않은 개념이 맹위를 떨치는 경우도
드물다. 한국 사회에서 안보는 단지 자신의 공포, 악심,
더러움을 타인에게 뒤집어씌우는 만능 무기다.

—

나는 이제까지 한국 현대사의 최대 사건을 한국 전쟁과 황우석
사태라고 생각해 왔다. 당시 황우석 씨 연구실 근처에서 자연과학
을 전공하는 친구가 있어서 사건의 전말을 상세히 들었는데, 처음
에는 너무 웃다가 나중엔 '우리(사회)는 미쳤구나.' 싶어 비애가 들
었다.

통합진보당 이석기 의원의 '내란 음모 사건'도 마찬가지다. 당원
중에 아니(?) 'RO' 중에 예비 음모를 구체화할, 레이더에 안 걸리는
스텔스(stealth) 기술자라도 있는지, 최소 오토매틱 자주포(自走砲)
라도 구비했는가?(물론, 너무 비싸서 불가능할 것이다.)

사극 드라마에 역모(逆謀)가 등장하면 줄거리가 필요 없다. 저런
시대를 어떻게 살았을까? 내가 지금 살고 있다. 이석기 의원의 정
체가 무엇이든 이번 사태와 무관하다. 극단적으로 타자화한다면,
그들은 한반도가 낳은 컬트 집단이다. 만일 〈한겨레〉를 포함한 '진

보' 진영 내부에 존재하는 그들에 대한 비호감이, 이번 국가정보원 작전에 자신감을 더했다면 희대의 통일 전선이 아닐 수 없다.

《세계화 시대의 국가 안보》는 여성학이나 평화학 계열의 책이 아니다. 정통 국제정치학 논의다. 저자 배리 부잔(Barry Buzan)은 안보(security) 연구를 '안보'에서 '안보 개념'으로 전환시킨 코펜하겐 학파를 대표하는 이론가다. 안보 개념에 합의란 있을 수 없다. 모든 언어에 합의된 정의는 없다. 당연한 말을 왜 하는가? 이 땅에서는 예외이기 때문이다. 안보는 대외 관계 용어지만 우리에겐 내부 통치용이었다. 말장난이 허락된다면, 내란의 '원뜻'은 사람들이 흔히 하는 말 "어지러운 세상, 세상이 어수선하다."이고 인간의 보편적 심리 상태가 바로 내란이다.

이 책은 안보의 당위성을 비판하고 개념화 과정의 정치학을 질문한다. 안보의 대상이 되는 인간과 국가의 관계는 무엇인가? 국가 안보의 주체는 정확히 무엇인가? 그것이 국가라면 국가란 무엇인가? 국가는 그 안에 사는 개인의 합인가 아니면 그 이상의 무엇인가? 개인은 국가 안보를 자기 이익과 어떻게 관련지어야 하는가?

안보는 본질적으로 논란의 대상이 될 수밖에 없기 때문에 답을 구할수록 의문이 제기된다. 국방과 안보 사이의 모순, 개인 안보와 국가 안보의 모순, 국가 안보와 국제 안보의 모순, 폭력적 수단과 평화적 목적 사이의 모순.

국가 안보 연구의 어려움은 국가와 안보 개념 자체의 모호성과 모순에서 출발한다. 집단 간에 완벽한 안전을 지향한다면 오히려 전쟁 확률이 높다는 안보 딜레마가 모순의 핵심이다. 원래 뜻이 모호하므로 증명은 부차적이다. 구체적인 행동이나 논단을 거치지 않아도, 모호한 상징성 자체가 위력을 발휘하게 된다.

언어학에서 말하는 언어 행위(speech act)가 그것이다. "너, 빨갱이지?" 이러면 끝이다. 말 한마디가 정치 행위가 되는 것이다. 이 질문을 받은 사람은 사실 여부에 상관없이 사회적, 법적 형(刑)을 지게 된다. 물론 나는 이렇게 대응하겠다. "당신이 빨간 안경을 썼으니 세상이 모두 그렇게 보이겠죠".

안보처럼 정립되지도 다듬어지지도 않은 개념이 맹위를 떨치는 경우도 드물다. 이 책에 의하면 안보는 "미흡한(underdeveloped)", 옮긴이의 표현으로는 "저개발된 개념"이다. 우리는 워낙 안보 타령 속에 살아서 국가 안보가 유구한 개념 같지만, 이 용어가 처음 등장한 것은 1951년 미국이며 1980년대 이후까지도 학파가 형성되지 않았다. 학문이 아니라 통제 규범이었던 것이다.

한국 사회에서 안보는 단지 자신의 공포, 악심, 더러움을 타인에게 뒤집어씌우는 만능 무기로 쓰일 뿐이다. 분노해야 할 것은 국정원의 만행이 아니라 이토록 간단한 무기에 한없이 취약한 한국 사회다.

이 책의 옮긴이는 이석기 사건과 관련해 모 일간지에 '종북 세력 제도권 진입, 누구 책임인가'라는 글을 기고했다. '민주당이 야권 연대로 종북 인사 끌어들여서 정권 잡겠다며 국가의 근간을 흔들었다'는 것이다. 내가 이해하는 배리 부잔은 이에 동의하지 않을 것이다. 저자와 역자의 생각이 같을 필요는 없지만, 역시 안보는 내 수용이다.

징병제는 차악의 선택

거짓의 사람들 _ M. 스콧 펙

—

평화는 평화로운 상태여서는 안 된다. 공동체의 문제가 공유되고
약자의 고통이 가시화, 공감, 분담되는 '시끄러운' 상황이 평화다.
지원병제는 특수한 경험을 한 사람들을 격리시키고 조용한 무관심을 조성한다.
징병제보다 무서운 것은 그것이다.

—

국가정보원이 자기 비리를 '이석기 사태'로 둔갑시키자 자칭 정
치 평론가인 친척 어른이 내게 엉뚱한 화풀이를 했다. 그는 국가정
보원을 맹비난하면서 "우리가 70만 대군에 예비군까지 있는데, 겨
우 그딴 사람들이 내란을 일으키겠느냐! 이건 국정원이 대한민국
을 우습게 본 사건"이라며 '날카로운' 비평을 쏟아냈다. "이 나라를
뭘로 보고!"를 반복하시는 바람에 끼어들 틈이 없었다.

65만은 너무 많다, 소수 정예 강군으로 가야 한다, 북한이 100만
이므로 흡수 통일하려면 지금도 모자란다, 여성도 군대 가자, 육군
을 줄이려고 해도 미국이 반대한다, 지원병제로 바꿔야 한다……
군사 전문가가 축구 전문가만큼이나 많다. 하지만 우리의 병력 증
감 정책은 '국가대계' 차원이 아니라 출산율과 군 복무 단축 선거
공약, 랜드연구소 같은 미국 민간 전문가의 의견 '따위'에 좌우된다.

한미 동맹은 미국 중심의 분업 구조다. 한국은 인력을, 미국은

무기와 전략을 제공한다. 한국(육군)은 '팔과 다리', 미국(공군과 해군)은 '눈과 머리'라는 얘기다. 이 분업 구조는 국방 종사자들의 오랜 대미 콤플렉스의 근원이자 육군 입장에서는 사병 감축을 둘러싼 첨예한 이해 갈등의 원인이다.

주지하다시피 한국은 국방부가 '육방부(陸防部)'로 불릴 만큼 육군 중심의 '후진국형' 전력 구조에다(육군 81퍼센트, 해군 9.8퍼센트, 공군 9.2퍼센트), 사병 대비 장교 비율이 전 세계에서 가장 높다. 사병을 줄이면 장교는 실업자가 된다. 군사 쿠데타 가능성은 없지만, 이들의 고용 안정이 깨지면 '군인 노동자'의 시위가 일어날지 모른다.

효율성을 강조하는 신자유주의 국방 전문가들은 현행 징병제 대신 미국처럼 100퍼센트 지원병제를 실시하자고 주장한다. 이들과 이유는 다르지만 일부 '진보적 지식인들' 중에서도 같은 논리를 제시하는 이들이 있다. 위험한 발상이다. 누가 지원하겠는가. 부유한 고학력 집안의 자녀가? 자기 자녀가? 지원병제는 계급 분업이다.

M. 스콧 펙(Morgan Scott Peck)의 《거짓의 사람들》은 《끝나지 않은 길》과 함께 상담 서적으로 널리 읽히는 책이다. 오늘 주제는 책의 주된 내용은 아니지만, 이 책은 평화에 대한 깊이 있는 성찰을 담고 있다. 군사주의에 찬성하는 것은 아니지만 그는 군대의 존재가 불가피하다면 모든 '국민'이 복무하는 국민 개병(皆兵), 징병제가 '차악'이라고 주장한다.(여성과 장애인은 배제되지만 이는 다른 차원의 논의다.)

미국 정부는 흑인, 여성, 빈곤층, 그 외 다양한 '문제' 집단이 지원병이 됨으로써 세 가지 문제를 한꺼번에 해결했다. 원래 지출해야 할 이들에 대한 사회복지 비용 절감, 소외 계층의 애국심 고취, 특히 사회의 일상을 탈(脫)군사화하는 데 성공했다.

군인이 특정한 계층만으로 구성되고 전문화될수록 그리고 첨단 무기가 발달할수록 군대는 사회와 멀어진다. 그들의 어려운 임무와 노동은 은폐되고 존재는 비가시화된다. 어느 사회나 지원병 제도는 계급화, 인종화된다. 여성 비율도 높아진다. 말이 '지원'이지 주로 가난한 사람들이 선택하는 구조적 징병제다. 우리의 경우 이주노동자나 특정 지역민이 지원한다면 더욱 그렇게 될 것이다.

지원병 제도는 전쟁과 군대로 인한 제반 논의가 특정 소수 집단의 문제로 축소되는 체제다. 이에 반해 보편적 의무로 운영되는 징병제는 어쩔 수 없이 전 사회적인 관심사가 된다. 아들을 군대에 보낸 가족들은 이들의 안전을 걱정하고 군사(軍事)가 자신의 문제가 된다. '바람직하지 않지만 불가피한 일'은 모두가 경험하는 것이 좋다는 역설이다.

군대는 중세 시대 용병에서 국민국가의 남성 징병제 그리고 다시 글로벌 기업의 경제 활동으로 변화하고 있다. '전쟁주식회사'의 등장이 그것이다. 전문화된 군대가 무엇을 의미하겠는가. 저자는 징병제가 군대의 민영화, 프로페셔널리즘을 피할 수 있는 효과적인 방법이자 '군대로부터 군대를' 지킬 수 있는 유일한 길이라고 주장한다.

평화는 평화로운 상태여서는 안 된다. 공동체의 문제가 공유되고 약자의 고통이 가시화, 공감, 분담되는 '시끄러운' 상황이 평화다. 지원병제는 특수한 경험을 한 사람들을 격리시키고 조용한 무관심을 조성한다. 징병제보다 무서운 것은 그것이다.

팍스 코리아나

팍스 코리아나 – 한국인 시대가 온다_설용수

—

평화에 대한 욕망은 반(反)평화적이다. 평화를 둘러싼 경합이 평화다.
'모든 이(戸)가 사이좋은 상태(和)'는 존재할 수 없다.
이 불가능한 상태를 약자가 인내함으로써 가능한 것처럼 착각하는
것이 평화다. 강자의 양보로 평화가 실현된 경우는 없다.

—

나는 '평화', '우아', '화해' 같은 안정(?) 계열의 단어를 좋아하지 않는다. 내 경험에 의하면, 이런 말을 자주 사용하는 이들의 특성은 다음과 같다. 남을 열 받게 함. 간혹 타인의 정신을 붕괴시킴. 권력자. 불성실과 무식을 '쿨함'으로 가장함.

평화(peace)의 어원은 로마 신화에 등장하는 평화의 여신, 팍스(pax)다. 한자로는 '범(汎)'에 가깝다. 그러니 무서운 말이다. 평화는 가장 당파적인 개념인데 보편적인 가치처럼 인식된다. 일단, '평(平)' 자체가 일반화의 폭력을 뜻하는 글자다. 평등(平等)도 마찬가지. 평등 실현보다 더 중요한 것은 평등의 기준이다.

평화는 수많은 재해석이 이루어지고 있고 의미도 다양하지만, 문자의 원뜻이 너무 강력해 논쟁적인 담론일 수밖에 없다. 아직까지 평화는 군사력에 의해 지켜지는 것, 전쟁의 동의어 혹은 하위 개념이다. 사람들이 바라는 평화는 선하고 강력한 통치자가 세상을

평정하는 것이다.(물론, 그런 일은 없다.) 중간 세력의 난립이나 무정부 상태는 혼란을 연상시킨다.

'팍스 로마나(Pax Romana)'도 로마 제국이 정복한 민족 통치 방식을 가리키는 말이었다. 이후 대영제국의 '팍스 브리타니카(Pax Britannica)', 미·소 냉전 체제의 '팍스 루소-아메리카나(Pax Russo-Americana)', '팍스 아메리카나(Pax Americana)'에 이어, 최근에는 중국의 부상으로 '팍스 시니카(Pax Sinica)'가 등장했다. 이처럼 팍스는 단일 세력에 의한 세계 제패를 의미한다. '단일 세력'. 이 말이 중요하다.

팍스 코리아나는 셋 중 하나다. 팍스의 의미를 모르거나 망상이거나 '강한 한국'의 수사학. 이 책에 의하면 팍스 코리아나의 근거는 다음과 같다. 성경과 불경에 그렇게 쓰여 있으며 《정감록》과 《격암유록》에 한반도에 정도령(正道令)이 나타나 세계 만민을 살린다고 했고, 오바마 미 대통령이 그렇게 말했다는 것이다.

또 다른 근거는 순환 법칙이다. "고대 이집트에서 발생한 대륙 문명이 로마의 반도(半島) 문명, 영국의 도서(島嶼) 문명, 미국의 대륙, 일본의 도서 다시 한국의 반도 문명으로 당도한다. 기후를 보더라도 한반도가 중심이다. 인류 문명은 봄 절기의 온대에서 출발하여 여름의 열대, 가을의 냉대(冷帶), 겨울의 한대(寒帶) 문명으로 순환한다. 그러나 인간이 하늘의 섭리를 거역하여 문명이 온대에서 시작하지 못하고 이집트가 속한 아프리카에서 시작했다. 하지만 원래 새롭게 출발할 때는 순리에 따라 온대 지방 한반도에서 이루어진다."

아프리카 비하도 당황스럽지만 팍스 코리아나의 근거가 겨우 자연 주기상 한국 차례라는 것이다. 이런 논리에 설득되기보다는 이런 책을 쓰는 사람의 정체가 궁금한 독자가 더 많을 것이다. 그런데 우리 사회에는 이런 '애국' 저술가들이 상당히 많다. 실은 내가 이 방면의 책을 매우 좋아한다. 일 주일에 하루는 종일 헌책방에 앉아 있다. 단, 이 책들은 의자에서 읽으면 위험하다.(웃다가 넘어진다.)

일종의 컬트, '장르 문학'으로 한국 남성성 연구에 이보다 좋은 교재는 없다. 다만, 내용이 비슷비슷하다는 게 아쉽다.

평화에 대한 욕망은 반(反)평화적이다. 평화를 둘러싼 경합이 평화다. '모든 이(平)가 사이좋은 상태(和)'는 존재할 수 없다. 이 불가능한 상태를 약자가 인내함으로써 가능한 것처럼 착각하는 것이 평화다. 강자의 양보로 평화가 실현된 경우는 없다. 양보했더라도 그것은 정의이지, 관용이나 배려가 아니다.

어떤 가치도 온 누리에 골고루 퍼지지 않는다. 미국 밖에서 전쟁이 없다면 미국 군수 노동자는 실업자가 된다. 뻔뻔한 이의 마음의 평화는 억울한 사람이 겪는 마음의 고통의 대가다. 관용은 개인의 인격이 아니라 사회가 쥐어준 권력에서 나온다. 때문에 '없는 자'의 관용은 비굴이나 아부로 간주되기 쉽다.

그러므로 상황에 따라 다르겠지만 힐링하려고 애쓸 필요 없다. 성숙한 사람은 마음의 평화를 추구하지 않는다. 마음의 평화는 스스로에게 잠시 속아주는 것. 삶이 우리를 속일지라도, 우리는 삶을 속여 봤자다.

사람은 누구나 두 나라를 갖고 있다

드레퓌스_니콜라스 할라즈

—

국가는 실체가 아니라 이질적인 이념들이 경합하는 제도다.
국론 통일은 가능하지도 않고 바람직하지도 않지만, 페어플레이는 중요하다.
간첩은 국내 정치의 필요이자 산물이다. 중요한 것은 진짜 간첩의
존재 여부가 아니라 간첩의 정치적 효과다.

—

출판사(史)에 무지한 탓이겠지만 이런 책이 '1978년 남한 사회'
에서 나왔다니 그 시절이 '중세'만은 아니었나 보다. 어릴 적부터
집에 굴러다니던 책인데 이렇게 의미 있는 책인지 몰랐다. 책날개
에는 송건호와 김동길의 추천사가 있다. '비교' 가능한 인물은 아
니지만, 여기서는 김동길의 글이 조금 더 울림이 있다. "진실만이
역사를 창조·발전시킨다."(송건호), "졸라 같은 양심적인 역할에서
우리 자신에 대한 절박한 질문을 던지지 않을 수 없다."(김동길) 이
의견들은 드레퓌스 사건에 대한 가장 일반적인 인식일 것이다. '진
실과 허위 그 대결의 역사'라는 한국어판 부제도 비슷한 맥락이다.

저자 니컬러스 헐러스(Nicholas Halasz)는 1895년 헝가리 태생
으로 유럽 여러 나라에서 공부하다 1941년에 미국으로 이주한 언
론인이다. 1957년에 출간된 이 책은 드레퓌스 사건의 전말과 그의
생애를 상세히 다루고 있다. 원제('Captain Dreyfus – The Story of a

Mass Hysteria')는 이 사건을 집단 히스테리로 분석한다.

드레퓌스는 역사상 가장 유명한 조작 간첩 사건의 주인공일 것이다. 이 사건의 승리가 프랑스혁명의 이념인 정의, 진실, 인권 존중이라는 근대 계몽주의의 미덕을 증명하였고, 인류는 여전히 이 가치를 추구하기 때문이다.

이 사건에는 간첩과 조작의 모든 요소가 등장한다. 자국이 파견한 간첩을 의심하는 국가, 범인이 유대인인 것이 아니라 유대인이어서 범인이 되는 현실, 그를 반역자로 몰기 위한 대화에서 "120밀리미터 포의 수압식 제동기라는 단어가 등장하자 드레퓌스가 갑자기 손을 멈춘 것은 뭔가 켕기는 것이 있어서다."라는 식의 유죄 추정, 사건의 또 다른 주인공인 에밀 졸라로 대표되는 지식인의 사명(그가 쓴 '나는 고발한다!'가 실린 신문은 하루에 30만 부가 팔렸다), 드레퓌스의 억울함에 재심을 요구하는 세력과 재심 반대파의 10년에 걸친 갈등과 투쟁……

한편 나는 이 사건이 역사의 모범으로서 지나치게 상기되는 것이 다소 불편하다. 드레퓌스의 12년, 아니 평생에 걸친 고통과 양심 세력의 투쟁 덕분에 '공화국 프랑스'는 한국 같은 '제3세계'가 본받아야 할 민주주의의 모델로 자리 잡았다. 그러나 그들의 자부심이 대외 정책에도 적용될 수 있을까. 프랑스가 알제리를 어떻게 다루었는지 보라. 그들의 정의는 국내용이지 다른 나라, 다른 인종에게는 해당되지 않는다.

내가 읽은 《드레퓌스》의 교훈은 진실의 승리라기보다는, 간첩이 만들어지는 조건과 방식에 대한 고찰이다. 간첩은 국가 단위의 적을 전제한다. 당시 프랑스는 1870년 프로이센과 전쟁에서 패한 뒤 독일에 알자스로렌 지방을 빼앗긴 직후였다. 복수와 국가 안보 이데올로기가 극에 달한 시기에 간첩 만들기는 너무 쉽다.

"사람은 누구나 두 나라를 갖고 있다. 자기의 모국과 프랑스다." 이 문구는 "프랑스가 이 나라 자체의 원칙(인권)에 의해 붕괴될지 모른다는 공포에 휩싸인" 사회주의자들과 르낭(Joseph Ernest Renan) 같은 유명 사상가를 포함한 은폐 세력에 맞서, 재심 요구파의 선두에 섰던 조르주 클레망소(Georges Clemenceou)가 쓴 감동적인 글의 일부다. 국가는 영토만으로 이루어진 것이 아니라 사람들의 마음을 한데 묶을 수 있는 정신으로도 구성된다는 의미에서, 클레망소는 후자의 문제, 즉 어떤 가치를 지닌 프랑스가 진정한 프랑스냐고 호소했다. 누구나 두 나라를 갖고 있다. 국가는 실체가 아니라 이질적인 이념들이 경합하는 제도다. 국론 통일은 가능하지도 않고 바람직하지도 않지만, 페어플레이는 중요하다.

간첩은 고도로 훈련된 '비공식 외교관'으로서 국경과 국가가 실재한다는 관념을 현실화하는 존재지만 국가 간에서뿐만 아니라 국가 내부에서도 얼마든지 만들어질 수 있다. '적'과의 관계가 아니라 국내 정치에 따라 영웅 혹은 배신자가 되는 경우도 많다.

조작 간첩으로 몰린 피해 당사자의 고통을 차치하고 말한다면, 진짜 간첩과 조작 간첩의 차이는 '크지 않다'. 오히려 조작이다 아니다가 주된 논쟁이 되면, 조작은 더 쉬워진다. "간첩은 있다"가 강조되기 때문이다. 간첩은 국내 정치의 필요이자 산물이다. 중요한 것은 진짜 간첩의 존재 여부가 아니라 간첩의 정치적 효과다.

제1당

행복하려면, 녹색 _ 서형원·하승수

—

물론, 무관심은 강력한 당파다. "선호 정당이 없다."라는 말은 논리적으로도
성립할 수 없다. 우주의 진공 상태라도 그런 상황은 불가능하다.
문제는 지지 정당이 있다/없다가 아니라 무관심의 결과가 무엇인가이다.

—

　지구상 인구가 70억 명이라면 70억 개의 당파성이 있지만, 대개
사람들은 객관성으로 간주되는 강자의 당파성과 동일시하며 살아
간다. 그래서 개인 특히 사회적 약자가 당파성을 드러내는 일은 뒷
감당을 할 수 있는 용기가 필요하다. 민망함, 책임감, 공부……. 실
천으로 자기 생각을 증명해야 하기에 삶이 치열해질 수밖에 없다.
게다가, 이건 내가 이민 가고 싶은 이유 중 하나인데, 우리 문화는
입장이 분명한 사람을 싫어한다.
　자기 입장이 분명해야만 살아갈 수 있는 사람들은—여성, 동성
애자, 장애인(운동가)—"나는 당신들과 다른 부분이 있고 이 차이
는 당신들이 만든 정치적 문제다."라고 주장한다. 당파적일 것 같
지만 의외로 일부 좌파 집단은 당파적이지 않다. 한국의 좌파는 정
치경제적 이해 경합 세력이라기보다는 보편성을 지향하는 지식인
으로 간주되는 경향이 있다. 또한 그들(남성)은 좌파든 우파든, 지
구상에서 가장 막강하지만 가시화되지 않은 권력인 남성 연대의

'영원한' 보호를 받는다. 통치 세력이 때리고 감옥에 집어넣고 죽음에 이르게 하는 이들은 좌파라기보다 민중들이다.(용산 참사, 쌍용차 사태, 강정 마을 투쟁……)

《행복하려면, 녹색》은 내가 이 지면에 연재를 시작한 이후 처음으로 저자가 현실 정치인이자 지인(서형원·하승수)인 책이다. 아니, 그들의 이름만 안다. 다른 정치인의 저서처럼 '살아온 길', '한반도 비전' 따위의 자기 자랑은 없다.

책은 환경 연구 입문서에 가깝다. 불편한 진실, 즉 좋은 정보로 빼곡하다. 한국은 경제협력개발기구(OECD) 회원국 중 빈부 격차 2위국이다.(1위는 멕시코.) 덴마크의 2011년 국회의원 선거 투표율은 81.83퍼센트였는데 2012년 한국은 54.3퍼센트였다. 우리나라는 원전 밀집도 세계 1위 국가다! 아직도 '성장=고용' 논리를 믿는 사람이 있을까. 수출이 10억 원 늘어서 창출되는 고용은 2005년 10.8명에서 2011년에는 7.3명으로 줄었다.

나도 환경 관련 현실은 알고 싶지가 않다. 진실은 불편한 정도가 아니라 불면을 불러온다. 하지만 진실 때문에 잠 못 드는 이들이 세력화되어야 이런 세상이나마 지속 가능할 것이다.

나는 "무관심한 당신께, 우리나라 제1당원께"라는 글이 인상적이었다. 우리 정치에서 50퍼센트 이상의 지분을 차지하는 최대 '정당'인 부동층에게 투표를 권하는 내용이다.

다 아는 이야기지만 새삼 흥미로웠다. 현재 원내 제1당은 새누리당이다. 반면 원외 제1당은 '무관심당'이다. 민주주의가 대의제에 기반해 있고 다수는 소수의 의견을 존중하고…… 이런 이야기는 이제 '공자님 말씀'처럼 들린다. 지금은 엔지오들(NGOs)도 시민을 대변하지 못하고 있다.

물론, 무관심은 강력한 당파다. "선호 정당이 없다."라는 말은 논리적으로도 성립할 수 없다. 우주의 진공 상태라도 그런 상황은 불가능하다. 문제는 지지 정당이 있다/없다가 아니라 무관심의 결과가 무엇인가이다.

며칠 전 투표하지 않겠다는 친구와 언쟁을 벌였는데 내가 이겼다(?). 그녀의 논리는 "보이콧도 존중해 달라. 그것도 선택이고 실천이다."라는 것이었다. 나는 이렇게 반박했다. "동의한다. 그렇다면 가만 있지 말고 보이콧 운동을 조직하라. 선거 자체를 무효로 만드는 현실 정치를 하라." 기권은 선택이 아니다. 개인이 기본적 권리마저 두려워하게 만든 권력의 승리다.

기성 정치(인)에 대한 혐오와 무관심은 일종의 집단 우울증 현상이다. 암의 증상이 암 자체가 아닌 것처럼, 우울증의 주요 증상은 우울이라기보다는 기운 없음과 인간 혐오다. 그래서 전문가들은 약물과 사랑이라는 '영적인 치료(상담 요법)'를 병행한다. 사람에 대한 신뢰 회복이 몸을 낫게 하는 것이다.

나도 좌절을 거듭하다 보니 희망이라는 말에 냉소를 넘어 분노하는 인간이 되었다. 시대의 반영이라고 변명해보지만 이 책을 읽고 부끄러웠다. 저자들이 부럽기도 했다. 나는 오랜만에 스스로 신나 하면서 공동체를 사랑하는 사람들을 만났다. 이념이 보편의 탈을 쓰고 이데올로기가 될 때 인간을 소외시키지만, 꿈과 고뇌는 우리를 연결시킨다. 녹색당의 당비는 월 3,000원부터다.

4장
—
안다는 것

"모든 앎은 자신에 대한 의문에서 출발(해야)하며 따라서 글쓰기나 말하기는 저자 개인에 대한 언설이다. 스스로에게 질문이 없을 때, '지당하신 말씀', '쉽게 읽히는', '대중성' 있는 글이 생산된다."

"기존 규범을 문제 삼지 않고 그 안에서 약자의 권리를 주장하는 것은 이중 메시지에 '자발적으로' 수갑을 채우는 행위다. 사회가 당연시하는 사유의 경로를 추적하는 것이 지성이고 운동이다."

가장 중요한 환자는
바로 나 자신이었다

프로이트 1 · 2 _ 피터 게이

모든 앎은 자신에 대한 의문에서 출발(해야)하며 따라서 글쓰기나
말하기(인문학)는 저자 개인에 대한 언설이다. 스스로에게 질문이 없을 때,
'지당하신 말씀', '쉽게 읽히는', '대중성' 있는 글이 생산된다.

〈한겨레〉에 '어떤 메모'로 연재를 시작할 때 첫 번째 글의 제목은 원래 "그 문장의 공간—연재를 시작하며"였다. 담당 기자가 "내 수첩을 공유합니다"로 바꾸었다. 불만은 없지만 이 제목은 마치 내가 '보물수첩'을 가지고 혹세무민하는 느낌이 들어서 약간 당황했다. 나도 본문에 "공유"라고 썼지만 '펼쳐 보이는' 식은 아니다. 앎의 방식에는 각각 차원은 다르지만 엿보기, 모방, 시도, '오독', 암기 등이 있다. 공부의 목적과 대상에 따라 효과적인 방법이 다를 뿐이다. '수첩을 공유하겠다'는 것은 독자를 다소 수동적으로 상정하는 방식이 아닐까?

물론, 유사 이래 가장 논쟁적이고 치열하고 지독한 사상가 프로이트라면 더 '압도적인' 제목을 썼을지도 모른다. 내가 생각하는 '논쟁적'의 의미는 이론의 자기 내파(內波)를 통한 끝없는 파생과 창조성이다. 프로이트 읽기의 핵심은 '수염 난 백인 할아버지 앞에

서' 주눅 들지 않는 재해석이다. 나는 프로이트를 불멸의 이론가라 기보다 19세기 유럽 중산층 사회에 대한 뛰어난 묘사가라고 본다. 카렌 호나이(Karen Horney)의 지적대로 오이디푸스 콤플렉스는 인간 발달의 절대적 과정이 아니라 자본주의가 개화할 무렵 당대 남성들의 생존 전략이었다.

페미니즘 내에서도 프로이트를 유용한 자원으로 삼는 이론이 있고 비판 세력도 있다. 흥미로운 점은 정신분석학 자체가 젠더 이론이기 때문에 프로이트를 전제하지 않고는 페미니즘을 이해하기 어렵다는 것이다. 한마디로 둘은 근친, 최소 '절친'인데 대개는 페미니즘과 프로이트주의가 서로 '웬수'지간인 줄 안다.

근대성의 키워드가 '개인(주체)'이라면 프로이트만큼 (인간에 대한 환상이 없다는 의미에서) 공정하고, 깊이 있고, 폭넓게 인간을 해부한 사상가도 없다. 해부는 말 그대로 육체가 대상이지만, 프로이트는 그전 인류가 한 번도 생각하지 못한 정신, 사회, 섹슈얼리티, 언어를 해부학과 연결시켰다. 말이 몸을 치유한다는 것이다.

프로이트 전기 중에서 가장 빼어나다고 평가받는 거장 피터 게이의 《프로이트》를 정영목의 번역으로 읽게 되어 기쁘다. 1,400쪽(한글판)이 넘는 사유의 밀림에서 하나의 문장을 고르는 것은 고통스럽지만, 나는 제2장 '무의식의 탐사' 중에서 프로이트가 친구 플리스에게 쓴 편지 중 "나에게 가장 중요한 환자는 바로 나 자신이었다."라는 대목에서 잠시 숨을 멈췄다. 이 말의 문맥은 프로이트가 자신의 아버지가 사망하자 느낀 죄책감("그는 아버지보다 뛰어났는데 그건 왠지 금지된 일 같았고…… 살아남은 자의 슬픔")을 오이디푸스 콤플렉스 연구로 발전시키면서 나온 말이다.

사상가는 그 자신이 사유의 도구이며, 개인의 감정은 연구에 중대한 영향을 끼친다. 대개는 약점이라 생각하지만, 나는 '자서전과 과학의 뒤엉킴'이 정신분석의 가장 큰 힘이라고 생각한다. 모든 지식은 결국은 한 개인의 이야기다. 백인 중산층 남성의 경험이 보편적 이론으로 여겨진 것은 권력의 작동 때문이다. 그들의 이론이 역사가 아니라, 그들의 이론이 역사가 된 과정이 역사다. "나에게 가장 중요한 환자는 바로 나 자신이었다." 이 문장은 지식의 근본 문제, 즉 인식자와 인식 대상의 관계를 가장 바람직하게 요약하고 있다.

우리가 무엇에 대해 말하는 것은 대상에 대한 순수한 보고가 아니라 그 대상에 대한 자신의 생각, 태도, 입장을 드러내는 행위다.(투사!) 모든 발화는 객관적일 수 없다. 지식은 인식자의 렌즈를 통해 우리 앞에 재현('再'現)된 것이다. 공부는 지식을 습득하는 것 자체가 아니라 인식자가 자기에 대해 아는 것 그리고 그 과정을 사회와 공유하는 것이다.

모든 앎은 자신에 대한 의문에서 출발(해야)하며 따라서 글쓰기나 말하기(인문학)는 저자 개인에 대한 언설이다. 보편적 지식은 인식자가 자신을 인간의 대표라거나 우주, 신, 과학 등과 동격으로 간주할 때만 가능하다. 자신을 지배하는 정열이 사라질 때, 스스로에게 질문이 없을 때, '나는 정상'이라고 믿을 때, '지당하신 말씀', '쉽게 읽히는', '대중성' 있는 글이 생산된다.

독단 없이 과학은 불가능하다

방법에의 도전 _ 파울 파이어아벤트

—

도그마, 관점, 당파성은 사유의 본질적인 속성이지 결함이 아니다.
이를 부정적으로 여기고 종합과 객관화를 위해 노력을 하는 것은
무지의 결과다. 지성의 반대말은 절충, 균형, 원칙……
이런 사고들이다. 정론(正論)은 정론(定論)이 아니라 정론(政論)이다.

—

　〈한겨레〉와 〈중앙일보〉가 "건강한 토론 문화와 청소년에게 균형
잡힌 시각을 제공"하기 위해 사설을 비교하는 '사설 속으로'를 읽
었다. 이봉수 교수의 견해에 부분적으로 동의한다. 그는 "전혀 한
겨레답지 않은 기획"이라고 했지만(2013년 5월 31일자 '시민 편집인의
눈') 나는 '한겨레다운 발상'이라고 본다.

　그 기획을 환영하지 않는 논리 중에 '진보 신문의 정체성과 가치
를 더욱 강화하라'는 입장이 있을지 모르겠는데, 내 의견과는 거리
가 멀다. 나는 개인적으로 우리 사회에 진보와 보수 신문이 있다고
판단하지 않으며 〈중앙일보〉가 아니라 다른 매체와 '균형을 잡는
다' 해도 마찬가지다. 이 기획에 대한 시비나 찬반 차원의 관심은
없다. 다만 균형, 논쟁, 비교의 의미를 생각하다가 《방법에의 도전
(Against Method)》이 그리워졌다.

　과학철학의 걸작인 토머스 쿤(Thomas Kuhn)의 《과학혁명의 구

조》가 끊임없이 인용되는 이유는 그가 객관성의 신화를 정면 비판했기 때문이다. 과학은 그것을 신봉하는 집단 안에서만 과학이지, 반례와 새로운 세력에 의해 신앙심이 흩어지면 과학(normal science)의 지위를 잃고 새로운 과학이 그 자리를 대체한다. 이것이 패러다임 혁명이다. 이후 기존 이론은 오류, 데이터, 역사로 남는데, 이 과정이 과학의 발전이다.

그러므로 쿤에 의하면 과학혁명은 언제나 개종(改宗)의 역사이다. 과학 이론은 처음에는 자기 입장에 대한 무조건적인 믿음, 도그마(dogma, 독단)로부터 시작된다. 파울 파이어아벤트(Paul Feyerabend)는 더 나아가 개종의 과정에 혁신적인 방법론을 제안한다. 그 방법은 이 책(《방법에의 도전》)의 부제 '새로운 과학관과 인식론적 아나키즘'이다. 앎의 시도에 방법의 제한을 두지 말자는 것이다. 《방법에의 도전》이 공부하려는 사람의 첫 필독서인 이유가 여기에 있다.

파이어아벤트는 "모든 과학은 그 자체로 이데올로기일 뿐 아니라 모든 이데올로기에 객관적인 척도로 이용된다. 기존의 거대한 독단주의는 사실로서 지위를 가질 뿐 아니라 그보다 극히 중요한 기능을 가지고 있다. 도그마 없이 과학은 불가능하다."라고 주장한다.

이는 독단이 나쁘다는 이야기가 아니라 과학의 신화를 비판하는 것이다. 과학은 현재의 법과 질서와 통념으로 구성되므로 이를 맹신하는 것은 과학 발전에 큰 걸림돌이 된다. 아나키즘은 어떤 방법도 "무엇이라도 좋다.(anything goes.)"라고 말하는 완전한 개방성의 이념이다.

이 책은 도그마를 지지한다. 도그마, 관점, 당파성은 사유의 본질적인 속성이지 결함이 아니다. 이를 부정적으로 여기고 종합과 객관화를 위해 보충 노력을 하는 것은 무지의 결과다. 지성의 반대말은 절충, 균형, 원칙······ 이런 사고들이다. 정론(正論)은 정론(定論)이 아니라 정론(政論)이다. 정론은 당위가 아니라 경합과 갈등으로 획득하는 가치다.

문제는 콘텐츠의 질이다. 이것이 지식 산업의 유일한 경쟁력이다. 진리의 콘텐츠는 관점(독단)에서 나온다. 균형 패러다임에서는 관점의 의미와 효과를 알 수 없다. 인식은 자기 도그마가 무엇인지 아는 일이다. 자기 당파성도 모르고 상대방의 도그마도 모를 때, 균형 감각론이 등장한다. 그러나 아쉽게도 균형은 없다. 역사의 시작과 함께 저울이 부서졌기 때문이다.

도그마는 한 개의 객관성이다. 그러므로 모든 신문은 각자의 도그마를 지니고 있다. 문제는 그 독단들이 누구를 위해 봉사하는가이지 독단 자체는 죄가 없다. 정론지는 가능하지도 않지만 필요하지도 않다. 여러 독단들이 정당하게 논쟁할 수 있는 상태도 쉬운 일이 아니다. 한국 사회는 지배 규범을 객관으로 인식하기 때문에 자기 입장이 있는 집단은 편협하다고 낙인찍히기 쉽다.

약자의 대응은 두 가지다. 하나는 객관을 향한 욕망을 접고 자기 입장을 더 깊이 있게 전개하면서 "그렇게 말하는 당신 입장은 뭐냐?"라고 질문하는 것이다. 다른 하나는 그들 뜻대로 균형 감각과 중도의 길을 모색하는 것이다. 물론 불가능하다. 균형의 의지가 부족해서가 아니라 언어의 세계에 중립이란 없기 때문이다. 객관성은 권력자의 주관성이라는 사실을 모르는가? 익명성은 가장 무서운 서명이고 객관성은 가장 강력한 편파성이다.

'비상사태'는 예외가 아니라 상례다

역사철학 테제 _ 발터 벤야민

―

비상은 정치의 필연이며 비대위는 상시 조직일 수밖에 없다.
비상과 정상은 인식자의 입장이 다를 뿐, 같은 말이다.
문제는 비상/정상 개념이 아니라 누가 누구를 위협하는 비상사태인가이다.

―

참여정부 당시 한나라당은 정부가 위원회를 남발한다며 방계 조직을 키운다느니, 코드 인사라느니 맹공을 퍼부었다. 하지만 이명박 정부의 위원회들도 만만치 않았다. 참여정부의 '국방 발전'이든, 이명박 정부의 '동반 성장'이든 흔히 그 자체로 국정 목표로 간주되는 가치가 위원회의 대상이다. 전통적으로 통치자의 입장에서 비상사태는 국민의 반란을 의미한다. 지배자는 자신의 위기를 '계엄 비대위'로 대처한다.

비상은 정상을 전제한다. 그러므로 비상에 대처하는 이들의 행동이 비상(식)이냐 정상이냐를 따지는 것보다 더 중요한 일은, 무엇이 정상인가에 대한 판단이다. 그러나 이는 애초에 불가능한 일이다. 자유무역협정(FTA) 반대가 국익을 해친다고 비난하는 세력도 있고 국익을 위해 재협상을 주장하는 집단도 있는 것처럼, 어느 조직에나 존재하는 그 모든 '당권파'와 '비당권파'의 정상 인식이 같을 리 없다.

그래서 절차는 절대로 '진리'를 이길 수 없는 법이다. 비상, 혼란, '멘붕'을 정상으로 받아들여야 한다. 비상은 정치의 필연이며 비대위는 상시 조직일 수밖에 없다. 비상과 정상은 인식자의 입장이 다를 뿐, 같은 말이다. 문제는 비상/정상 개념이 아니라 누가 누구를 위협하는 비상사태인가이다.

발터 베냐민은 1940년 그가 자살하던 해 〈역사철학 테제〉 여덟 번째 장에 이렇게 썼다. "억눌린 자들의 전통이 우리에게 가르치는 교훈은 '비상사태'가 예외가 아니라 상례라는 점이다. …… 진정한 비상사태를 도래시키는 것이 우리의 임무다. …… 파시즘이 승산이 있는 이유는, 그 반대자들이 진보를 역사적 규범으로 삼아 이를 들고 파시즘에 맞서고 있다는 사실이다."

여성주의는 '전쟁과 평화'가 국가 주권 단위를 기준으로 한 것이며, 사회적 약자의 일상과 무관한 구별이라고 비판해 왔다. 폭력 피해 여성, 위험한 환경에서 살아가는 성 산업 종사 여성, 인신매매를 당한 여성, 난민 여성은 사는 게 전쟁이다. 베냐민의 테제가 바로 이것이다. 고통받는 사람에겐 인생의 시시각각이 비상이고, 민중의 고통으로 품위를 유지하는 지배자의 입장에서는 민중의 각성이 비상이다. '베냐민과 우리'는 진정한 비상사태, 즉 억눌린 자를 위한 봉기를 일으켜야 하는데, 지배자와 역사관을 공유한 진보 진영이 이를 가로막고 있다.

〈역사철학 테제〉는 당시 독일 사회의 통속적 마르크스주의자를 향한 비판이었다. 이 짧은 글은 지금도 대부분의 지구인들이 공유하는 근대적 역사관을 폭파하는, 혁명 시다. 역사, 시간, 노동, 예술, 신에 대한 기존의 인식과 완전히 단절한 혁명. 신학적, 미학적 비유와 열정적인 문체의 시. 베냐민이 그토록 비판한 역사주의는 인과관계에 기초한 역사의 연속성, 기원을 전제한 단선적 진화 발전주의, 도달해야 할 바람직한 미래가 있다는 신념을 말한다. 바로 우리 모습이 아닌가? 그는 진리는 불꽃처럼 순간적이며, 역사는 원래부터 파편적이고 또 과거의 승리자와 동일시해서 기록한 것이므로 '잘못된 것'이라고 보았다. 시간은 흐르는 것이 아니며, 진보는 '그날'을 위한 것이 아니다!

한국의 보수와 '자주파', '민중파' 같은 정치 세력들은 사회의 인간화보다는 강한(좋은) 국가에 관심이 많다. 이들은 공동체의 민주주의와 인권이 아니라 그들이 상상하고 욕망하는, 서구가 먼저 도달한, 정상 국가 건설 방법을 놓고 싸운다. 베냐민은 탈식민을 외치고 있다. 인류 역사상 정상 국가가 실현된 시기와 지역은 단 한 번도 없다. 정상 국가, 규범적 진보 개념은 존재하지 않을 뿐 아니라 잘못된 것이므로, 우리가 알고 있는 비상대책위원회는 필요 없다.

지식인은 장인이다

사회학적 상상력 _ C. 라이트 밀즈

—

대개 지식의 수준은 헌신한 노동의 시간과 질에 의해 결정된다.
사유 자체가 중노동이다. 획기적인 문제의식은 노동의 산물이다.
여기에 선한 마음이 더해진다면 인간의 기적이요, 공동체의 축복이다.

—

문대성 씨의 박사학위 청구 논문은 진중권 교수를 비롯한 여러 사람들의 노고로 표절이 아닌 것으로 판명되었다. '복사'와 '다운로드'라는 게 중론인 듯하다. 이 사건은 정치, 선거 이슈라기보다 학계와 대학 사회 문제다. 하지만 우리 사회에서 정치인은 북한과 지위가 비슷한 '동네북'이라, 대학을 대신해 '희생양'이 됐다. 주변에 학계(와 그 근처)에 있는 지인들이 많다 보니, "표절이 왜 나빠? 대필이 더 나쁘지!", "새누리당, 당사자, 발급 대학 중 가장 중요한 행위자는 누구인가?", "나보다 잘 쓰는 사람이 없어 표절 못 하겠던데.", "외국 거 베끼면 되잖아." 따위의 분노와 분석과 조롱이 오갔다.

내 관심은 노동이다. 표절을 필사(筆寫)로 생각하는 기계치인 입장에서 표절-복사-다운로드는 기술 발전에 따른 노동 강도 순서다. 이 과정조차 다른 이에게 시키는 사람도 있겠지만, 어쨌든 다운로드가 가장 쉬워 보인다. 공부에 해당하는 한·중·일의 한자는 각기 다르다. '工夫'(한국), '勉强'(일본), '學習'(중국). 우리말이 공부의 의미와 가장 가깝다. 언젠가 도올 선생은 '工'은 공부가 '노가다'라는 의미이고, 지식인은 '노동의 달인'이라고 해석했다. '工夫'는 찰스 라이트 밀스(Charles Wright Mills, 1916~1962)가 말한 "지식인은 장인(匠人, craftsman)"과 정확히 조응한다.

찰스 라이트 밀스의 《사회학적 상상력》은 어떻게 소개하든 사족이다. 이 책은 전공을 막론하고 공부를 주제로 고민하는 사람이라면 반드시 읽고, 인식하고, 갖춰야 할 정치학과 윤리학을 다루고 있다. 1959년에 출판됐지만 유명한 고전이라 원서도 번역서도 여러 판본이 있다. 이 글의 텍스트는 1977년 강희경과 이해찬(세종시에서 당선된 그분 맞다)이 공동 번역한 1992년 중판 2쇄본이다.

이 책은 냉전 이후 미국 사회과학계의 보수성과 관료주의에 대한 비판에서 시작됐지만, 밀스는 좌파를 포함한 어느 진영에도 속하지 않고 외톨이를 자처했으며 두려움이 없었다. 1957년 자서전 성격의 편지에서도 "셀프메이드(self-made)"를 강조했다. 이후 신좌파의 선구자, 순교자, 뼛속까지 유목민(radical nomad)으로 불렸다.

많은 비평가들이 이 책에서 가장 중요하다고 논하는 부분은 특이하게도 부록인 "장인 기질론"이다. 지식인을 화이트칼라로 여기는 것은 앎에 대한 가장 치명적인 오해다. 이런 인식이라면 절대로 공부를 잘할 수 없고 좋은 글이 나올 수 없다. 자료 조사, 인터뷰, 독서, 집필…… 논문 하나를 위해 수천 쪽의 자료를 읽는 것은 기본이다. 체력과 끈기가 관건이다. 연구는 고된 노동이다.

밀스가 좋아한 용어 '기예(技藝, craft)'는 세 가지 조건을 함축한다. 외롭고 지루한 노동, 완성도에 대한 비타협성, 창의력. "기존의 집단 문화에 저항하라. 모든 사람이 자신만의 방법론자가 되자. 모든 사람이 자신만의 이론가가 되고, 이론과 방법이 지식(craft)을 생산하는 실천이 되도록 하자."

5살에 첫 작품을 작곡한 모차르트 같은 천재를 제외하면, 대개 지식의 수준은 헌신한 노동의 시간과 질에 의해 결정된다. 사유 자체가 중노동이다. 획기적인 문제의식은 노동의 산물이다. 여기에 선한 마음이 더해진다면 인간의 기적이요, 공동체의 축복이다. 공부를 잘하는 방법? 지적으로, 정치적으로 빼어난 글을 쓰는 방법? 책상에 여덟 시간 이상 앉아 있을 수 있는 몸이 첫째다.

경쟁 사회에 국한하면 인간이 행복해지는 방법은 두 가지다. 욕망을 다루는 도인이 되거나 욕망을 달성하거나. 평생 욕망을 관리하느라 몸부림치는 것보다 (구조의 제약이 크긴 하지만) 달성하는 편이 더 쉬울지 모른다. 욕망을 이루려면 노력해야 한다. 특히 지식인, 운동선수, 예술가는 부자나 권력자와 달리 혼자만의 노동, 자신과의 결투가 성공에 절대적이다. 올림픽 금메달리스트에 이르는 노고와 박사가 되기 위한 노동은 동일하다고 생각한다. 전자는 잘하는데 후자는 어렵다? 전자는 운동선수고 후자는 지식인이고? 나는 그렇게 생각하지 않는다. 같은 공부다. 같다고 생각하지 않는다면, 운동선수도 지식인도 아닐 가능성이 크다.

무엇을 할 것인가?

무엇을 할 것인가?_V. I. 레닌

—

이젠 무엇을 함으로써가 아니라 안 함으로써 세상이 바뀌길 바란다.
무엇을 안 할 것인가? 무엇이 가장 올바른가보다
최소한 어떤 행동은 하지 말아야 한다가 화두가 돼야 한다.

—

1901년 러시아혁명 당시 레닌이 '우리 운동의 긴급한 문제'에 답하기 위해 쓴 이 책을 해석할 능력도 없고 지면도 없다. 대신 슬라보이 지제크의 견해에 전부 동의하지는 않지만 《지젝이 만난 레닌—레닌에게서 무엇을 배울 것인가?》를 권한다. 마르크스라면 몰라도 요즘 세상에 웬 레닌? 이렇게 생각한다면, 레닌주의에 관한 오해가 아니라 지식 일반에 대한 오해다. 사상은 과학이든 이데올로기든 조류(潮流)가 아니라 현실의 필요와 상황에 근거한 것이다. 사상의 발생은 연대기일 수 있지만 어떤 사유도 그 자체로는 시대착오거나 시기상조일 수 없다. 어떤 지역에서 '한물간' 이야기가 다른 이들에겐 절실할 수 있고 가장 올바른 길일 수 있다. 사상은 보편성이 아니라 공간적(local) 맥락에서 논해져야 한다.

한국 사회에서 레닌주의의 시련은, 마르크스주의 내부에서 레닌의 팔자인지 '분단 조국의 운명'인지 모르겠으나, 부당하다. 이 사회는 그를 학술적으로 다루지 않는다. 몇 가지 에피소드. 나는 10대의 마지막 해, 타자기로 친 이 팸플릿을 기억이 안 날 만큼 수십 번 읽었다. 외워야 했기 때문이다. 문헌 전체도 아니었고 이해했을 리도 없다. 아니, 이해가 필요치 않았다.

1988년 당시 주요 사회과학 출판사 중 하나였던 '백두'에서 나온 이 책의 원서는 러시아어가 아닌 영어인 데다 번역자 이름이 표지(김민호)와 서지사항(김민숙)에 다르게 써 있다. 어느 헌신적인 지식인의 가명이었을 것이다. 옮긴이 후기도 통상적이지 않다. 87년 6월항쟁 평가와 '시에이(CA) 그룹' 비판 등 정세 분석이 깨알만 한 크기로 28쪽이나 서술돼 있다. 요즘 이렇게 작은 글자로 인쇄된 책이 있기나 할까.

《무엇을 할 것인가?》의 요지는 변혁 운동에서 나타나는 경제주의 비판과 그 대안으로서 전위 조직 건설이다. 두 가지는 같은 주제의 얘기다. 사회 구조와 개인의 관계에 대한 현실 마르크스주의자 레닌의 크레도(Credo, 신조)다. 근대성의 핵심은 계몽, 기획성, 인간 의지에 의한 사회와 자연 개조다. 나는 이 책이 근대적 사유를 (좋은 의미에서) 끝까지 밀어붙인 최고의 텍스트라고 생각한다.

레닌은 구조와 개인을 극도로 배타적으로 보았다. 이 두 개념 사이에는 어떠한 상호 작용도 매개도 혼란도 없다. 있다면 구조에 의한 개인의 '오염'뿐이다. "차르 체제 혹은 자본주의 아래서는 혁명가가 나올 수 없으며 자생적인 것은 근본적으로 반혁명적이다." 때문에 변혁은 대중의 참여와 연대가 아니라 고도의 훈련과 목적의식으로 무장된 직업 혁명가가 지도해야 하고, 또 (그럴 때) 성공했다.

사회 구조가 각 개인에게 미치는 영향은 동일하다는 전제, 세상

에 물들지 않은 목적의식성, 따라서 계속적인 전진. 이러한 이분법
은 낯설지 않다. 1970년대 마르크스주의 출신의 급진 페미니스트
캐서린 매키넌(Catharine Mackinnon)의 유명한 선언, "가부장제 아
래서 모든 섹스는 폭력이다."도 개인과 사회의 환원 불가능성(결국
환원성)을 잘 보여주는 언설이고, 이성애 삽입 섹스의 부분적 현실
이기도 하다. 어쨌든 '상록수 정신'이든 '새마을 운동'이든 인간 스
스로에 대한 믿음은 진보(발전주의)라는 이름으로 지속되고 있다.

하지만 구조와 개인의 관계는 이미 루이 알튀세르(Louis
Althusser), 미셸 푸코(Michel Foucault), 샹탈 무페(Chantal Mouffe)
등 수많은 포스트구조주의자에 의해 '해결'됐다. 내가 이 글을
쓴 진짜 이유는 다음과 같다. '무엇을 할 것인가?(What is to 'be
done'?)', 이 수동태 표현이 숨 막힌다. '하면 된다'도 아니고 무엇
인가가 '되어 있어야 한다'니. 이젠 무엇을 함으로써가 아니라 안
함으로써 세상이 바뀌길 바란다. 무엇을 안 할 것인가? 무엇이 가
장 올바른가보다 최소한 어떤 행동은 하지 말아야 한다가 화두가
돼야 한다.

북반구의 7, 8월. 뜨거운 에어컨, 무너지는 빙하……. 무엇인가
꼭 해야 하는 이들을 제외하고, 이 계절 아무것도 하지 않는 것이
살길이다. 여름 세 끼, 하는 것도 먹는 것도 고역이다. 30도 날씨
에 생계 노동은 말할 것도 없고 잠드는 것조차 힘에 부친다. 개인
의 기력만이 문제가 아니다. 지구가 망가지고 있다. 무엇을 할 것
인가? 아무것도 하지 말자. 레닌 동지도 동의할 것이다.

위대한 철학은
창시자의 자기고백, 자기기록이다

선악을 넘어서 _ 프리드리히 니체

철학은 '알고자 하는 충동'이 아니라 철학자의 가족, 돈벌이,
정치에 대한 관심사에서 시작된다. 지식은 근본적으로 자전적
회고록에 불과하다. 사상의 싹은 철학자의 도덕적인
혹은 부도덕한 의도에서 배양된다는 것이다.

 '일인종사(一人從事)'하는 성격이 아니라 수시로 열광의 대상이
바뀌긴 하지만 최근 몇 년간 내가 가장 좋아하는 영화감독은 홍콩
의 두치펑이고 사상가는 미셸 푸코다. 두치펑의 영화는 고문 중 숨
쉬기 같은 삶을 직면하게 하고, 푸코는 이 직면의 공포를 덜어준
다. 이들의 작업은 무엇인가를 추구하는 것이 아니라 현실의 의미
를 드러내는 것이라서 괴로운 현재를 짧게 느끼게 해준다. "그치지
않는 비는 없다."라는 것이다.
 두치펑, 푸코, 니체까지, 이 세 텍스트의 공통점은 희망이나 아름
다움 따위는 전혀 없고 '나쁜' 것 일색이라는 점이다. 좋은 말로 '나
쁜' 거지, 이들은 지향(?) 자체가 잔인하고 염세적이다. 근데, 그게
위안이 된다. "심오한 사상가는 오해받기보다 이해받기를 더 두려
워한다." 나는 심오하지도 않고 사상가도 아니므로 당연히 오해가

두렵지만, 오해받을 때 위로가 된다는 자세다.

《선악을 넘어서》(1886년)는 《차라투스트라는 이렇게 말했다》 다음으로 니체 사상 전반을 보여주는 주요 저작이다. 내가 읽은 판본은 영어권 최고의 니체 해석자 월터 카우프만(Walter Kaufman)의 편역본(1965년)을 청하출판사가 기획, 번역(1982년)한 것이다. "괴물과 싸우는 사람은 자신도 괴물이 되지 않도록 주의해야 한다. 그대가 오랜 동안 심연을 들여다볼 때 심연 역시 그대를 들여다본다.", "인간이 궁극적으로 사랑하는 것은 자신의 욕망이지 욕망의 대상이 아니다." 한 번쯤 들어봤음 직한 유명한 글귀의 출처가 바로 이 책이다.

지식은 어떻게 형성되는가? 서양 철학을 니체 이전과 이후로 구분한 사람은 니체 자신이었지만, 시간이 흐를수록 동의하는 '팔로어'들이 늘고 있다. 니체의 위대함은, 철학이 플라톤 시대부터 순수 정신과 선 자체를 날조하고(니체의 표현) 이에 상반된 방식으로 지식을 생산해 왔던 기존 인식론의 전제를 뒤흔들었다는 점이다. 즉, 대립적 사고에 필요한 개념인 원인, 결과, 상호성, 숫자, 법칙, 자유, 목적 등은 인간이 만든 것일 뿐 실재하지 않는다. 이를 논리랍시고 제멋대로 투사하는 인간의 '강한'(강조는 니체) 의지와 '약한' 의지만이 존재할 뿐이다. 그런 그가 선악 개념 없이 존재하기 힘든 도덕과 윤리학을 어떻게 생각했겠는가. 이 책의 목적은 선악을 제목 그대로 건너지 못할 강기슭, 피안(彼岸)에 던져버리는 것이다. "지와 무지는 상반되는 것이 아니라 무지가 세련된 것이 지다."

니체는 철학을 일종의 격세 유전으로 보았다. 이 글귀의 문맥은 철학이 대대로 유유상종, 같은 자장(磁場) 안에 있다는 것을 비판하기 위해서인데, 나는 달리 해석해본다. 격세 유전은 유전의 반대어에 가깝다. 세대를 건너뛰기 때문에 예측 불가능과 돌연변이를 설명한다. 원조는 없다. 불연속, 무작위, 이질성……. 니체의 이 키워드는 푸코, 사르트르(Jean Paul Sartre), 들뢰즈(Gilles Deleuze), 지멜(Georg Simmel) 등 후대의 '위대한 철학자'(이 책에서 니체는 이 표현을 자주 쓴다)들에게 큰 영향을 끼쳤다. 카우프만이 아쉬워할 만큼 경박하고 졸렬한 여성에 대한 묘사(실은 매우 웃기다)에도 불구하고, 페미니즘에도 적지 않은 통찰을 제공했다.

"이제까지의 모든 위대한 철학은 창시자의 자기고백이며 무의식적으로 이루어진 자기기록이다." 철학은 '알고자 하는 충동'(강조는 니체)이 아니라 철학자의 가족, 돈벌이, 정치에 대한 관심사에서 시작된다. 지식은 근본적으로 자전적 회고록에 불과하다. 사상의 싹은 철학자의 도덕적인 혹은 부도덕한 의도에서 배양된다는 것이다. 여기서 그의 유명한 개념인 '초인', '영웅도덕', (가족이 아니라 능력에 의한) '귀족주의'가 등장하지만, 이 문장은 개인의 생각을 신, 역사, 진리(과학, 국민……)로 둔갑시키지 말라는 경고다.

사회적 약자는 약한 사람이 아니라 일상적으로 부당한 질문을 받는 사람이다. "너 빨갱이지?" "폭력적이지?" "게으르지?" "더럽지?"…… 이런 질문을 하는 사람은 신으로부터 면허라도 받았는가?

배제되지 않기 위해
포함되길 거부하라

성의 정치 성의 권리 _ 권김현영 외

기존 규범을 문제 삼지 않고 그 안에서 약자의 권리를 주장하는 것은
이중 메시지에 '자발적으로' 수갑을 채우는 행위다. 사회가 당연시하는
사유의 경로를 추적하는 것이 지성이고 운동이다.

서평 쓰기는 '고전'이 '안전'한 선택일 때가 많다. 나는 여성학 도
서 서평 쓰기가 가장 어렵다. 몇 배의 노동이 요구되고 구설수와
자기 검열도 고달프다.

여성의 언어는 없으며, 여성주의자는 기존의 언어를 의심하는 사
람들이다. 성별을 다루면 작은따옴표의 도움이 절대적으로 필요
한 글을 쓸 수밖에 없는데, 나는 지금 이 글처럼 문장부호로 점철된
'지저분한' 글이 정말 싫다. 내 무능력은 논외로 하고, 이는 '쉬운
글'(익숙한 논리와 표현), '쉽게 읽히는 글'과 여성주의 사이의 불가피
한 갈등 때문이다. 여성주의적 글은 쉽되, 쉽게 읽히지는 않는다.

'여성'과 '여성의 성 역할(딸)'은 정반대의 정치학이지만, "미국에
도 없는" '여성 대통령'이 탄생했다.(고 치자.) 대기업 회장의 장남의
장남이 사회적 배려 대상(이혼 가정)으로 국제중학교에 입학해 특혜
논란이 일었다. 아니, 논란은 없다. 적법이다. 언제부터 우리 사회

가 여성과 한부모 가정을 이토록 '환대'했던가?(특히, '여성 대통령') 사회운동의 성과가 박정희, 이병철 가(家)에까지 혜택(?)을 주게 됐다니! 냉소하거나 시비를 논할 생각은 없다. 이 '특이한' 사례가 모든 여성과 이혼 가정에 적용되길 바랄 뿐이다.

하지만 그런 일은 발생하지 않을 것이다. 보편성은 모두를 위한 것이 아니라 사회적 필요에 의해 발명된 것이기 때문이다. 보편성의 '맨얼굴'은 게리맨더링이다. 차별과 차별의 합리화는 쉽다. 언제든지 특수성이라는 예외를 만들어 선별 적용하면 그만이다. 특수는 보편의 반대말이 아니라 하위 개념이다.

선(線)을 구획하는 것은 자연도 신도 아닌, 사소하고 우연한 권력들이다. 이 권력을 가시화해야 한다. "배제되지 않기 위해 포함되길 거부하라."(한채윤)라는 말이 이 책의 패러다임을 요약한다. 선택 밖에서 선택하라! 제도 안에 머물게 되면 그 안에서 또 다른 배제가 진행되고 굴욕적인 자기 조정을 계속 요구받게 된다. 변해야 할 것은 그대로고, '그들'을 위한 나의 변화만 강제된다.

기존 규범을 문제 삼지 않고 그 안에서 약자의 권리를 주장하는 것은 이중 메시지에 '자발적으로' 수갑을 채우는 행위다. 사회가 당연시하는 사유의 경로를 추적하는 것이 지성이고 운동이다. 권력의 법칙을 해체(즉, 인식)하지 않는 저항은 '반칙', '불평불만', '낙오자의 불복' 심지어 '역차별의 가해자'라는 엉뚱한 비난을 뒤집어쓴다. 인간의 기준이 남성인 상태에서, 여성은 남성과 같음을 주장하면 이중 노동을 해야 하고 다름을 주장하면 시민권을 잃고 피보호자가 된다.

대선에서 나를 좌절하게 한 사건은 지지한 후보의 낙선이 아니라 텔레비전 토론이었다.(토론 결과가 지지율과 무관하다면, 토론을 왜 하는가?) 기의가 없기 때문에 발화라고 할 수도 없지만 강자의 발언은 비상식적인 말("그래서 제가 되려고 하잖아요!")도 우스갯소리 수준에서 회자됐지만, 약자의 발언은 '국가 보안', '장유유서', '인간성 위반죄'로 여론 재판을 받았다. 같은 룰, '포함' 안에서 벌어진 희비극이다.(참고로, 1970년생과 1942년생이 맞붙은 미국 부통령 토론을 보라.)

우리 사회에서 여성학은 여성과 모든 타자를 종속적 범주로 만들려는 사회에 대한 비판 연구(feminist studies)라기보다는 '여자(female)가 하는 공부'로 간주된다. 이 책은 전자의 좋은 예다.《성의 정치 성의 권리》는 해결보다 의미화에, 부정보다 문제 설정에, 이론의 적용보다는 새로운 언어를 모색한다. 이런 접근 방식과 기존 언설의 탁월한 격(隔)은 문제틀 자체를 추적하여 지식이 고안된 과정을 드러내는 데 있다. 양성 평등 주장보다 중요한 것은 남성과 여성이 만들어지는 역사와 방법이다.

'주류'가 되고 싶다면 무조건 노력하지 말고 일단, 포함과 배제의 원리를 공부하라. 이 책은 그 노고를 덜어줄 것이다. 여성주의의 실용성과 지적 수월성을 보여주기에 손색이 없다.

혁명은 눈앞에서 일어나는 일을
인정하는 것이다

빅 이슈_일본어판 214호

—

혁명은 당파적 개념이다.
당파성은 '적과 나' 두 개가 아니다. 수많은 당파성이 있다.
사람마다 처지에 따라 혁명의 개념이 다르기 때문이다.

—

얼마 전 일본 교토 거리에서 〈빅 이슈〉(www.street-papers.org)
를 만났다. 한국어판도 있는데 접하지 못하다가 반가운 마음에 샀
다. 세계 41개국에서 발행되며 1만 4000명의 노숙인이 판매원으로
일하는 잡지 〈빅 이슈〉는 노숙인의 자립을 지원하기 위한 네트워크
다. 편집, 기획, 집필에 각 분야의 전문가가 자원봉사자로 참여하
고 실제작비 외 수익은 모두 노숙인에게 돌아간다.

한 달에 두 번 발간되는 〈빅 이슈〉 일본판(www.bigissue.jp) 가격
은 300엔(약 3,300원). 그중 160엔이 판매자의 몫이다. 이들은 잡지
판매 노동을 통해 자립 중인 노숙인임을 밝힌다. 월세방을 얻을 돈
이 모이면 다른 직업을 구하거나 〈빅 이슈〉 운동가로 활동하기도
한다.

최근 내가 읽은 자본주의 관련서 중에서 가장 현실적인 대안과
'전업화(專業化)에 반대하는' 새로운 노동 개념을 보여주고 있어 꼭

소개하고 싶었다. 일본인 친구는 "〈겐다이시소(現代思想)〉(일본의 '고급' 문예시사지)보다 깊이가 있다."고 말한다.

"혁명은 일으키는 것이 아니라 눈앞에서 일어나고 있는 일을 인정하는 것이다." 이 말은 오랫동안 사회운동에 참여해 온 유명 여가수 가토 도키코(71세)가 인터뷰에서 한 말이다. 그는 1989년 베를린 장벽 붕괴부터 2011년 일본 동북부 지역을 강타한 대지진, 이른바 '3·11'까지의 인생 역정에서 깨달은 바를 이렇게 요약했다. "레볼루션에는 반란의 의미도 있지만 회전(回轉, re-volution)한다는 뜻도 있다. 세상이 어떻게 변하든 삼라만상은 항상 운동하고 있으니 사는 것이 혁명이다. 일상적으로 일어나는 무수한 작은 변화가 세상을 흔들리게 하고(搖) 시대를 변화시킨다."

치열하면서도 원숙한 그의 말은 내 일상의 소소한 좌절에 구원의 '한 말씀'이 되었다. 며칠 전 '실력과 진보 의식'을 두루 갖췄다는 어느 경제학자가 "가족이 할 일이 얼마나 많은데, 페미니스트(나?)가 가족의 가치를 무시한다."며 여성주의 대표도 아닌 내게 분노를 표했다.(물론, 터무니없다. 가장 큰 문제는 국가가 해야 할 일을 가족 내 여성 노동으로 떠넘기는 이른바 한국형 복지다.)

나는 "엥겔스부터 읽으세요."라고 말하고 싶었지만, 참았다. 이런 반응은 가사 노동에 대한 국가와 자본, 남성 개인의 이해관계와 무지를 반영하는 것이지만 우리 모두가 공유하는 의식이기도 하다. 즉, 더는 가족 제도로부터 착취당하지 않으려는 여성들의 "눈앞의 혁명"에 대한 혐오다.

혁명은 당파적 개념이다. 노동자의 혁명은 '차르'의 몰락이다. 하지만 이는 보편적인, 따라서 낡은 개념이다. 당파성들은 상호 당파적이기도 하다. 당파성은 '적과 나' 두 개가 아니다. 수많은 당파성이 있다. 사람마다 처지에 따라 혁명의 개념이 다르기 때문이다.

큰 정치와 작은 정치, 구조와 개인, 사회의 안과 밖이 분리되어 있다는 사고. 그래서 건장한 몇몇 개인은 변혁의 주체이고, 소수자로 불리는 나머지 대다수 사람들이 겪는 사소한 문제는 전체 운동이 성공한 이후 해결'해준다'는 발상. 이분법과 고통의 서열화가 반혁명이다. 이런 인식이 인류의 계속적인 혁명 시도가 정권 교체에 불과하게 된 이유이며, 결국 사회 변화에 대한 민중의 절망과 무관심('그 밥에 그 나물')을 초래했다.

사는 것이 혁명이라면, 지구상 모든 이들의 일상은 혁명 중인 그무엇이다. 내가 변혁하고자 하는 사회는 내 몸과 혼재된 나 자신이다. 쿠데타를 포함한 기존의 혁명 패러다임은 "눈앞에서 벌어지는 일을 인정"하지 않을 뿐 아니라 오히려 민중을 분열시키는 '문제'로 보고 억압한다. 저출산, 동성애자의 결혼권 주장, 병역 거부, 높은 이혼율……. "지금 일어나는 혁명을 인정하라." 그리고 해석하라.

에피소드

빼앗긴 우리 역사 되찾기 _ 박효종 외

—

역사적 경험은 사람마다 다르기 때문에 '진상'과 '왜곡'은
타자의 역사를 말살하는 행위다. 너의 경험은 사건, 나의 경험은 역사?
역사는 누군가의 에피소드일 뿐 보편적이지 않다.

—

대개 '진상을 밝히겠다'는 책들은 제목이 길다. 뉴라이트 계열의
책이어서 그런 것은 아니다. 진보 진영, 여성주의도 마찬가지다. 앞
표지에는 "교과서 이렇게 고쳐야 한다!"라는 문구도 들어가 있다.
열정과 사명감이 느껴진다. 이 책은 "'광야에서의 고독한 외침'이
사방의 메아리가 된 뿌듯한" 결실이다.

나는 광주민주화운동, 4·3 사건에 대한 보수 세력의 '역사 날조'
에 분노한다. 하지만 정권이 바뀔 때마다 시비를 반복하지 않을,
발상의 전환이 필요하다고 생각한다. 사실 문제는 국사(國史)라는
개념 자체다. 안타깝지만 '교과서포럼'이든 이들과 대립하는 집단
이든, 노고와 사명감에 비해 성과는 없을 것이다. 진실이 하나라면
속수무책이기 때문이다. 출구 없는 방에서 벌이는 산소 쟁탈전이랄
까. 식민지 억압과 군부 독재 같은 참혹한 역사를 경험한 국가들이
설치한 '진실과 화해 위원회'는 모순이다. 진실과 화해는 양립 불가
능하다.

내가 생각하는 '대안'은 역사 인식을 달리하는 집단이 이분화되지 않고, 각자 내부에서 분열하는 것이다. 예를 들어 보수 진영이 부패 파렴치 집단만이 아닌 지적인 보수, 이데올로기적 보수, 문화적 보수, 사상적 보수 등으로 다양화되고 그들 사이에서도 비판과 논쟁이 활발해지기를 바란다. 하긴, 우리에게 부재한 것은 토론 문화가 아니라 토론하는 사람이다.

연인들 중에는 "내가 지나가는 사람이야, 아님 운명이야?"라고 물으면서 끊임없이 멋진 정답을 요구하는 유형이 있다.(주로 여성들) 세상사를 '우연한 사건'과 '역사적 법칙'으로 나누고, 후자가 우월하다고 인식(역사주의)하는 것은 근대 사회를 작동시켜 온 주요 기제 중 하나다. 역사는 시간의 스토리, 즉 직선적 시간에 따라 순서대로 진행되는 시계와 같다는 논리다.(물론, 그렇지 않다.)

이 책은 현대사에 대한 우리 사회 일각의 "자기 비하와 외눈박이 평가", "코리아 디스카운트, 부친 살해의 역사 쓰기", "교과서의 오염 그 끈질긴 관성"에 대한 비판이다. 이들은 '이승만 건국'과 '박정희 산업화'가 자랑스럽다.(자랑스러운 것은 좋은데, 그들이 했던가?) 미국 종속이나 독재 운운은 자학 사관이라는 것이다.

그러나 역사 인식은 자랑스럽든 창피하든 통일된 의견이 있을 수 없다. 구성원 각자가 경험한 역사가 다르기 때문이다. 고문 피해자나 산업화 과정에서 인권 침해를 겪은 이들의 역사를 타인이 규정할 수는 없다. 지식인이 할 일은 남의 경험을 정의하는 것이 아니라 자기가 누구인지를 아는 일이다. 지식인의 사명감? 자신을 아는 일이 얼마나 힘든데, 겨우 사명이란 말로 감당할 수 있단 말인

가. 또 그렇다 치더라도, 혼자 알아서 하면 되지 사명으로 선포할 일은 아니다.

"건국과 산업화는 '에피소딕'한 사건이 아니라 '시맨틱'한 사건"(박효종)이라는 내용이 인상적이다. 에피소드는 일상적으로 많이 사용하는 단어다. 끼어든 것, 삽화, 간주(間奏), 토막 이야기. 큰 흐름에서 벗어난 해프닝이라는 뜻이지만, 에피소드=삽화라는 인식은 역사가 연속적이라는 가정 안에서만 그렇다. 역사는 불연속적이다. 하나의 정사(正史)만 있는 것도 아니다. 반복도 법칙도 없다.

이에 반해 '시맨틱(semantic)'은 단어, 단락, 기호, 상징의 표현과 함의 등에서 이야기의 관계성을 총칭하는, "문명사적 지성의 큰 흐름"이다. 한마디로 '에피소드'은 우연이고 '시맨틱'은 필연이라는 것이다. 한반도의 역사적 운명이 건국과 산업화인지, 민주화와 통일인지는 모르겠다. 공통점은 있다. 둘 다 국민 합창을 강요하는 불협화음의 논리다.

역사적 경험은 사람마다 다르기 때문에 '진상'과 '왜곡'은 타자의 역사를 말살하는 행위다. 어떤 사람에겐 성폭력이 술김에 저지른 실수일 수 있지만, 어떤 이에겐 성별화된 역사의 구조적 법칙이다. 어떤 사람에겐 고문과 도청이 업무상 착오지만, 국가의 본질로 인식하고 비판하는 이도 있다. 너의 경험은 사건, 나의 경험은 역사? 역사는 누군가의 에피소드일 뿐 보편적이지 않다. 사건과 역사의 구분은 폭력이다. '시맨틱'한 용어로는 편집증(paranoid)이다.

하이브리드

문화의 위치 – 탈식민주의 문화 이론 _호미 바바

—

세상이 너와 나, 식민지와 피식민지, 문명과 야만으로 구분되는가?
현재는 상호 작용의 결과이다. 지배-피지배 관계를 통해
우리는 이미 섞였고 변했다. 경험 이전으로 돌아갈 수 없다.

—

나는 신문사나 출판사의 교열 편집자와 사이가 '좋지 않다'. 내가 유명하거나 글을 많이 써서 그들과 부딪힐 일이 많아서는 아니고 나 혼자 흥분할 때가 대부분이다. 이유는 내가 글을 못 쓰는 사연만큼이나 많다. 부족한 국어, 상호 간 무식, 내 글은 낯설다는 편견과 자격지심……

'한 글자도 고치지 말라'는 유형이 있다. 대개 글을 못 쓰는 사람들이다. 원래(?) 못 쓰는 데다 타인의 지혜를 무시하니까 더 못 쓰는 것이다. 그러나 나는 편집자가 고치라는 대로 고친다. 이유는 두 가지다. 그들은 무조건 옳다. 독자와의 관계에서는 그들이 전문가다. 또한 누구나 자기 글에 대해서는 객관적 판단이 어렵기 때문에 여러 사람이 점검해줄수록 좋다. 나는 보통 마감일보다 2, 3일 먼저 글을 보낸다. '빨간 펜' 교정을 원하기 때문이다. 편집자가 지적해주면 무임승차, 횡재했다는 생각이 들 정도로 기분이 좋다.

문제는 문장이 아니라 정치적 입장의 차이가 있을 때다. 이때 나

는 다른(?) 사람이 된다. 담당자의 나이와 지위를 불문하고 '싸운다'.(실은, 하소연만 하다가 사과한다.) 내가 원하는 것은 전달력이지 필자의 뜻이 아니다. 전달에 실패했는데 내 의견이 무슨 소용이 있나.

최근 내 글에 한글 외 문자가 많다는 지적을 받았다. 나는 불필요한 영어나 한문을 쓴 적이 없다. 불가피할 때만 괄호 안에 넣는다. 한글 전용은 불가능하다고 생각할 뿐, 반대하지 않는다. 한글 단어의 80퍼센트가 한자다. 한자를 모르면 국어가 불가능하다. 그런 한글조차 '평화'라는 단어처럼 식민지 시기 일제가 영어를 일어로 번역한 것을 다시 한자로 옮긴 사례가 수두룩하다. 이것이 우리말이다. 나는 이러한 역사가 창피하지 않다. 순수한 문자는 없기 때문이다.

한글은 표음문자라 표현에 제약이 있다. 몇 해 전 구제역 파동 때 내가 기억하는 한 어떤 매체도 한자, 영어 표기를 하지 않았다. 피해 농가 외에 구제역의 뜻을 아는 이가 얼마나 되겠는가. 알아야 걱정도 같이 하지. 구제역(foot-and-mouth disease, 口蹄疫)은 발굽이 네 개인 동물의 입 주위에 생기는 병이다. '구'와 '제'에 병이 났다는 얘기다. 나는 이 사실을 시엔엔(CNN) 자막을 보고서야 알았다. 이때 한글 전용은 문맹화 정책이나 다름없다.

일본어와 한국어는 여러 문자를 혼용하기 때문에 '우수하다.' 표음어와 표의어가 상호 보완해주기 때문이다. 우리는 한글과 한자로 표기하고 일본어는 한자, 히라가나, 가타카나, 장음까지 네 개 문자로 표기한다. 당연히 표현은 섬세해지고 번역과 소통이 쉽다. 일본 작가의 노벨 문학상 수상은 우연이 아니다.

하이브리드 자동차에 대해서는 다 알 것이다. 운전면허 없는 나는 잘 모르지만 두 개 이상의 동력으로 움직이는 에너지 절약 차라고 한다. 하이브리디티(hybridity)는 유명한 용어다. 국정홍보처의 정기 간행물에도 남발되는 말이다. 탈식민주의 이론의 핵심 용어로 혼성성, 잡종성으로 번역한다. 이종 식물을 교배하여 제3의 종을 만드는 원예학에서 유래했지만, 호미 바바(Homi Bhabha)의 《문화의 위치》를 계기로 하여 근대성 논쟁에 전환점이 되었다. 사실 이 책은 혼성성 개념만 다루기에는 아쉬운, 한 문장 한 문장이 이론인 당대의 고전이다.

잔재는 우리 몸에 남아 있는 일부분이다. 과거 청산은 수사학일 뿐 불가능하다. 공식적인 식민 통치는 끝났지만 식민 콤플렉스에 시달리는 피억압자나 반대로 우월 의식에 젖은 억압자에게 바바는 묻는다. 세상이 너와 나, 식민지와 피식민지, 문명과 야만으로 구분되는가? 현재는 상호 작용의 결과이다. 지배-피지배 관계를 통해 우리는 이미 섞였고 변했다. 경험 이전으로 돌아갈 수 없다.

혼성성은 역사를 기원이 아니라 흔적으로 본다. 순수성이나 (순수성이 여러 개인) 다양성은 같은 차원의 관념일 뿐, 현실로서 존재할 수 없다. 바바는 지구화를 다문화주의나 이국성이 아니라 혼성성으로 개념화한다.

우리는 백제가 일본에 준 영향은 그토록 강조하면서도 왜 우리는 무균 상태이길 바라는가. '하이브리드 자동차'는 사용하면서, 불가피한 한자 병기가 그렇게 문제인가. 한글 전용을 존중한다. 다만, 생각하자는 것이다. 삶의 잡종성을.

원숭이 똥구멍은 빨개, 빨가면 사과…

글쓰기 홈스쿨 _ 고경태·고준석·고은서

—

원래 은유는 먼 것이지만 의미가 되면 가까워진다.
은유는 상상력과 새로움의 원천이다. 은유하는 능력은 이미
재현된 현실과 다른 차원의 시각과 감수성을 요구한다.

—

사자성어 말하기가 유행한 적이 있다. 아무 생각 없이 가장 먼저 떠오르는 단어 두 개를 말하는 것이다. 첫 번째는 인생관, 두 번째는 연애관이라고 한다. 심심풀이로 시작했는데 하다 보니 상대방에 대한 나의 선입견이 적중(?)하는 재미와 '자부심' 때문에 나는 이 놀이에 중독되었다. 한창 먹을 것에 몰두하던 딸아이는 진수성찬·산해진미, 산만하고 발랄한 친구는 중구난방·자유분방, 정의감이 넘치는 친구는 사필귀정·권선징악. 하지만 대부분은 슬펐다. 사면초가, 무색무취, 첩첩산중, 오리무중, 자포자기…… 네 글자가 자기를 말하고 있었다.

《글쓰기 홈스쿨》은 작가인 아빠와 초등학생, 중학생 남매의 글쓰기 수업을 다룬 책이다. 홈스쿨링도 쉬운 일이 아닌데, 글쓰기다. 대한민국에 이런 아빠가 얼마나 될까마는 그래서 이 책이 좋은 것 같다. 글쓰기가 전업이 아닌 어른들을 대신할 수 있으니까. 쉽고 재미있어서 어린이가 독학하기에도 좋다. 수강생 눈높이에 맞추다

보니 '유치'하고 웃기는 장면도 있지만 그것은 내 문제.

언어는 행위이고 은유는 이 모든 것의 모든 것이다. 남의 시를 빌려 말하면, 우리가 그 이름을 불러주기 전에는 그것은 의미 없는 존재지만, 그 이름을 불러주었을 때 특별한 의미가 된다. 이름 짓기는 결국 '~이다'라고 의미를 부여하는 것이다. 언어는 언제나 'A는 B'다. 사전이 이 서술 구조다. 그런데 B도 불멸의 개념은 아니므로('화이트'는 지우개? 생리대? 흰색?) 이때 A도 흔들리게 된다. 직유일 때 좀 더 흔들리고 은유일 때 멀리 간다. 원래 은유는 먼 것이지만 의미가 되면 가까워진다.

그러니 은유에 매료되는 것은 당연하다. 은유는 상상력과 새로움의 원천이다. 은유하는 능력은 이미 재현된 현실과 다른 차원의 시각과 감수성을 요구한다. 인간의 매력은 말과 글을 따른다. 학력과 계층과 무관하게 10분만 말하는 태도와 내용을 보면 그 사람을 알 수 있다.

은유(meta/phor)는 해석자가 개념을 상상한다. 기존 개념은 이동하고 여러 가지로 분화한다. 전이(轉移), 전의(轉意, 轉義)다. 은유를 잘하려면 두 가지가 필요하다. 하나는 비교적 간단한데, 일단 박식해야 한다. 아는 단어가 3개인 사람과 30개인 사람의 언어가 같을 수 없다. "그러니까 네가 지금 콜론타이냐." 이 말이 소통되려면 알렉산드라 콜론타이와 레닌의 갈등을 알아야 한다. "오키나와와 미야코지마의 관계가 제주도랑 추자도랑 비슷한 거야?"(비슷하지 않다.) 이 말 역시 네 지역의 역사를 알아야 대화가 가능하다.

또 하나는 정치적 입장이다. 은유는 특정 세계관 안에서만 작동

한다. 대개 지식이 지배 도구인 이유는 "여자치고는", "남자 못지
않은"처럼 현실을 인종, 성별, 장애로 서술하기 때문이다. '학력 위
조를 커밍아웃하라'는 신문 기사가 있어서 놀란 적이 있다. 학력 위
조는 도덕에 위배되고 실정법 위반이므로 자수하고 위조로 얻은
기득권을 소급해서 반납해야지, 커밍아웃? 학력 위조는 '죄'고 동
성애는 정체성이다.

"내 마음은 호수"만 한 사례도 없다. 이 말이 소기의 목적을 달
성하려면, 적당한 크기의 맑고 고요한 호수여야 한다. 한반도의
1.5배가 넘는 호수거나 녹조에 악취가 진동하는 호수가 연상되면
내 마음은 뭐가 되겠는가. 은유의 대상이 되는 말('호수', 성별, 지
역……)의 의미를 변화시키는 것이 사회 운동이다. 그러면 다른 언
어도 변하기 때문이다. 나는 '개새끼', '인간 쓰레기'라는 말을 싫어
한다. 개뿐 아니라 동물보다 나은 인간이 없고, 쓰레기는 자원이다.
개와 쓰레기에 대한 사회적 합의가 깨지면 이 말은 의미를 잃는다.

이 책은 은유의 본질과 이동의 역사를 쉽게 설명한다. "원숭이
똥구멍은 빨개, 빨가면 사과, 사과는 맛있어…… 길으면 기차……
비행기는 높고…… 높으면 백두산." 결국 원숭이는 백두산. 이 오
랜 구전 동요가 은유의 모범이다. 원숭이 다음에 사과가 녹색이면
(아오리, 국광), 수입 바나나가 맛있는 과일이 아니라면, 원숭이는
백두산이 될 수 없다. 좋은 글쓰기 책은 좋은 예를 든다.

서양은 에피스테메를 말하지만
우리는 혼란을 말한다

탈식민지 시대 지식인의 글 읽기와 삶 읽기 2 _조혜정

—

보편자의 시선이 아니라 스스로 자신을 정의하면서도
그러한 나는 누구인가를 질문하는 것. 탈식민주의는 식민주의가
작동할 수 있었던 서구 중심의 근대성에 대한 도전이다.

—

'지식인'과 '랭킹'은 평소 내가 사용하지 않는 말이므로, 이 글은 잠시 일탈이다. 지식인은 해체된 지 오래된 단어다. 임시 복원한다면, 자기 노동과 일상을 언어화하려고 노력하는 사람이라고 할 수 있다. 통념적 의미로 그냥 쓴다면, 우리 사회에는 세 유형의 지식인이 있다. 지식이 없는 사람, 지식인이라고 주장하고 간주되는 사람, 서구 지식과 '지금, 여기'의 경합을 쓰는 사람이다. 조혜정 '선생님'은 세 번째에 속하는 극소수 중 한 사람이자, 그중에서도 선구자다.

종종 출판 단체나 신문사에서 '명저 50선'이나 '주목받는 저술가' 같은 명단을 만드는데, 재고되어야 한다. 사회 각 분야는 다양하다. 보이지 않는 분야가 너무 많다. 레즈비언이나 장애인 관련 도서는 선정되기 힘들다. 하지만 만일 나더러 한국 현대사를 대표하는 책 열 권을 선정하라면 아홉 권은 모두 이 책 다음이다.

1997년 처음 이 책을 읽었을 때 내 고민은 이중 언어에 관한 것

이었다. 방언과 '표준어'를 동시에 사용해야 하는 사람처럼, 식민지 사람들은 지배자의 언어와 자기 언어를 모두 알아야 한다. 나는 여성으로서 남성의 언어와 여성의 언어(페미니즘)를 공부하기도 바쁜데, 게다가 비(非)서구인이므로 플라톤, 헤겔, 칸트, 마르크스까지 다 섭렵하고 그다음에 한국을 공부해야 하는가. 나는 억울했다. '진짜 공부'는 언제 한단 말인가.

페미니스트와 프롤레타리아트에게 조국은 '없다'. 그러나 각자 선 자리, 지역(로컬)은 있다. 이 책은 절박했던 나를 해명해주었다. 민족 해방과 탈식민의 차이를 알게 되었다. 조혜정 덕분에 나는 '이상한 여성주의자'이자 '삐딱한 민족해방론자'가 될 수 있었다. 동시에 그 어디에도 속하지 않는 탈식민 페미니스트로 살아갈 '자신감이 생겼다'.

글쓰기나 강의를 하면서 절실하게 느끼는 것은 탈식민주의가 우리 사회에서 가장 수용되기 어려운 사고방식이라는 점이다. 진보와 보수를 막론하고 서구를 역사의 기원으로 상정하고 '따라잡아야 한다'는 강박이 지배적인 후기 식민 사회에서, 서구의 권위에 주눅 드는 것은 평안한 일이다.

탈식민주의(포스트 콜로니얼리즘)는 모순된 의미가 하나로 결합된 매력적인 사유 구조다. 시간 순서상, 식민주의에서 벗어난 이른바 주권 회복을 의미하지만 다른 한편으로는 여전히 식민주의의 사회문화적 영향력에 침윤되어 있는 상황 인식을 말한다. 경험은 체현이기에 청산되지 않는다. 벗어났지만 벗어날 수 없는 상황. 나를 억압했던, 억압하고 있는 권력에게 인정받고 싶은 욕망의 정체는 무엇일까.

보편자의 시선이 아니라 스스로 자신을 정의하면서도 그러한 나는 누구인가를 질문하는 것. 탈식민주의는 식민주의가 작동할 수 있었던 서구 중심의 근대성에 대한 도전이다. 직선적 시간관, 이분법, 민주주의로 오해된 발전주의, 중산층 콤플렉스, 타자를 만드는 시간……

'주류(서구, 남성, 비장애인, 이성애자……)'의 범위는 유동적이긴 하지만, 그들의 삶과 기존의 언어는 일치한다. 그러나 '주변'의 경험은 불일치한다. 이것이 근대의 가장 강력한 통치 방식이다. 쟁점은 중심 되기가 아니라 주변의 가능성이다. 삶과 언어가 일치하지 않는 민중은 모욕과 굴욕 혹은 이데올로기의 '보호' 아래 살아가지만, 동시에 기존의 언어를 의문시할 수 있는 위치성과 가능성이 있다.

에피스테메(episteme)는 미셸 푸코가 부각시킨 말로서 주어진 시대의 앎의 기본 단위를 말한다. 중심은 앎을 말하지만, 우리는 혼란을 호소한다. 이 혼란은 혼란 자체로 멈출 수도 있지만, 이해되지 않은 새로운 현상이다. 민중의 혼란이 앎의 근거다. 이해되지 않는 질서는 언어가 될 수 있다. 바위처럼 보이는 기존의 권력 관계는 의외로 쉽게 조각날 수도 있다. 바위 틈새에 콩을 집어넣고 계속 물을 붓는다. 가진 자의 혼란! 거대한 바위(monolithic) 덩어리, 우리를 억압했던 그들의 거대 담론은 부서진다.

> "제가 공부한 것은 여성에 관한 것도
> 남성에 관한 것도 아닙니다.
> 단지 과학일 뿐입니다."
>
> 과학과 젠더_이블린 폭스 켈러

전문가란 누구인가? 그것을 누가 정하는가? 성별 제도는 지식인 개념에
어떤 영향을 미치는가? 성별을 초월한 지식이 가능한가? "나는 전문가"라고
당연시하기 전에, 이 질문에 대한 자기 의심이 선행되어야 한다.

몇 번 내 글에 달린 댓글을 본 적이 있다. 여성주의와 무관한 글
인데도 "걸레", "술집 ×" 따위의 표현이 난무했다. 나는 걸레와 양
초는 자신을 희생하면서 주변을 깨끗하고 밝게 하는 소중한 존재
라고 생각한다. '술집 여자'의 정의가 무엇인지 모르겠지만, 술집
여자는 글 쓰면 안 되나? 나는 불쾌하지 않았다.

반면, 정치적으로 문제적인 비판에는 '뒤끝'이 있다. 혼자 오래
골몰한다는 의미다. 〈한겨레〉 지면에서 미국의 지원병제 문제를 지
적한 스콧 펙의 징병제론을 소개한 적이 있다. 어떤 '진보적 지식
인'이 페이스북에 내 글을 두 가지 논리로 비난했다. 하나는 내가
징병제를 주장했다는 것이고, 또 하나는 "모르는데 아는 척하지 않
았으면" 한다는, 즉 비전공자가 글을 썼다는 것이다.(이후 다른 네티
즌들의 문제 제기로 삭제한 듯하다.) 전자는 당연히 오독이다. 문제는

후자다. 이런 식의 비난, 질문, 해명 요구는 내가 20여 년 동안 겪어 온 일이다. '여성'은 나의 일부분임에도 세상은 나의 존재를 '여성'으로 도배한다. 이 글을 쓰기로 결심한 것도 이번이 처음이 아니고, 이 '분'이 처음이 아니기 때문이다. 개인적으로 이 사람은 좋은 사람이라고 알고 있다. 그러나 여성을 포함해서 이런 사고방식을 지닌 이들이 우리 사회에 너무 많다. 남의 공부 분야를 정한 다음, 영역 바깥의 글을 쓴다고 비난하는 이 '하느님'들은 누구인가?

비전공자? 굳이 말한다면, 나는 반(反)전공주의자다. 그것을 자랑스럽고 당연하게 생각한다. 여성학은 하나의 학문이 아니라 관점, 세계관, 방법론이기 때문이다. 나는 가정 폭력을 소재로 삼아 석사 논문을 쓰고, 자주 국방과 한미 동맹의 논쟁 구도의 식민성을 소재로 삼아 박사 논문을 '썼다'.(제출하지는 않았다.) 병역과 군사주의와 관련한 많은 글을 썼고 '활동'해 왔다. 나의 첫 번째 '논문'은 1998년에 쓴 〈주한미군 기지촌 여성 운동사〉이다. 그러니까 나도 '전문가?' 상대방의 수준에 맞추다 보니 민망한 자기 소개를 하고 있다.

나 자신을 '~학자'라고 생각하지 않지만, 타인 특히 사회적 약자 집단에게 왜 이런 연구를 하느냐/안 하느냐고 지적하는 것은 인권 침해다. 남의 글을 내용이 아니라(이 경우는 그의 비판 내용도 완전히 틀렸다) '비전공' 논리로 비판하는 것은 자기 허락을 받으라는 얘기인가?

이른바 통섭의 시대에 공부의 '유목민'에게 비전공자 운운하는 글을 페이스북에 올리는 사람이 지식인인가? 그런 판관 노릇을 하고 싶으면, 이 정권에서 장관을 하시는 게 맞다. 공부의 의미를 독점하고 지식인은 정해져 있다고 생각하는 사람이 의외로 많다. 문지기들(gate keepers). 여기 들어오지 마. 그렇게 지킬 것이 없어서 겨우 지식의 문지기 노릇을 하는가?

이블린 폭스 켈러(Evelyn Fox Keller)는 여성주의 철학자이자 이론물리학 교수이면서 미국 매사추세츠 공과대학(MIT)에서 이론물리학을 가르친다. 이 글의 제목은 지도 교수가 그녀가 여성학에 관심을 보이자 비난조로 "그동안 여성에 관해 배운 것을 설명해보게."라고 질문한 것에 대한 답변이다. 책 표지에 써 있다. 성별과 무관한 지식은 없음을 강조하는 유명한 에피소드다. 이 책은 초기 여성주의 인식론을 대표하는 고전으로서 인류 지식의 연원을 추적한다. 개인(남성)의 사고방식이 어떻게 성 차별 주조(鑄造)를 통해 과학과 철학으로 둔갑했는가를 역사, 정신분석, 과학사의 세 차원에서 분석한다.

전공이라는 말 자체가 대학이 제도화된 근대 이후에 생긴 말이다. 지식의 전문성과 필요성은 사회적 논제이지, "비전공자가 왜? 알고 쓰시오."라고 꾸짖을 위치성을 부여받은 사람은 없다.

마지막으로 본질적인 질문. 전문가란 누구인가? 그것을 누가 정하는가? 성별 제도는 지식인 개념에 어떤 영향을 미치는가? 성별을 초월한 지식이 가능한가? "나는 전문가"라고 당연시하기 전에, 이 질문에 대한 자기 의심이 선행되어야 한다. 평생 동안.

포스트

포스트모던의 조건 _ 장프랑수아 리오타르

—

포스트는 최근 인류 300년 역사를 설명하는 핵심적인 담론이다.
이 논쟁에서 한 가지만은 분명하다. 시간은 순서가 아니라는 것. 시간이 과거,
현재, 미래순으로 흘러 앞으로 나아간다는 개념은 근대에 고안된 것이다.

—

나는 이제까지 '운명철학관'에 세 번 가봤다. 모두 '용한(비싼)'
곳이었는데, 선배들이 동행을 요청해서 옆에서 구경했다. '어르신'
들이 나까지 덤으로 서비스를 해주었는데 세 사람의 의견은 일치
했다. 나의 잡다한 과거와 집안 내력을 모두 맞혔고 진로 제시도
같았다. 관상은 삶이 몸에 체현된 과학이라고 생각하기 때문에 그
다지 놀라지 않았다. 다만 미래가 궁금해서 '점쟁이(fortune-teller)'
를 찾아갈 필요는 없다는 생각이 들었다. 뛰어난 점술가는 미래를
맞히는 사람이 아니라 상대의 몸을 보고 과거를 말해준다. 찾아간
사람도 과거나 현재의 마음 상태를 짚어줄 때 '용하다'고 평가한
다. 어차피 미래는 아무도 모르므로 확인할 수 없다.

우리가 모르는 것은 언제나 미래가 아니라 과거다. 미래(未來)는,
오지 않는 현재의 연속일 뿐이다. 스티브 잡스(Steve Jobs), 피터 드
러커(Peter Drucker), 앨빈 토플러(Alvin Toffler) 등 혁신가들의 말대
로, 미래를 정확히 예측하는 방법은 직접 실현하는 일뿐이다.(하지

만 '의지의 실현으로서 미래'가 근대성의 핵심이고 비인간성이다.)

나는 미래에 관심이 없다. 프로이트 식으로 말하면 인생은 '사후(事後) 해석'이다. 그때 혹은 지금 일어난 일의 의미를 당시(當時)에 아는 사람은 없다. 나중에 '주변이 정리된 후', 즉 맥락이 생긴 후 이야기가 만들어지는 것이다. 중요한 것은 사건이 아니라 사건에 대한 해석이며, 이는 사건 이후의 삶에 따라 달라진다.

포스트모더니즘과 관련한 가장 첨예한 쟁점은 포스트(post)라는 접두사의 해석에 있다. 프랑스어에서 시작된 용어가 영문학에서 주로 연구되었으니 두 언어의 차이에다 영어의 포스트는 의미가 워낙 다양하기 때문이다. 이후(以後), 탈(脫), 반대, ~넘어서, ~뒤에……. 시간적 의미에서는 후에 오는 것 같지만, 공간적으로는 뒤에 위치한다고 생각하므로 이전(以前)을 뜻하기도 한다.(예를 들면 '한국의 현재는 미국의 1980년대와 같다'는 사고가 그렇다.)

포스트는 최근 인류 300년 역사를 설명하는 핵심적인 담론이다. 이 논쟁에서 한 가지만은 분명하다. 시간은 순서가 아니라는 것. 시간이 과거, 현재, 미래순으로 흘러 앞으로 나아간다는 개념은 근대에 고안된 것이다.

흔히 생각하듯 봉건 다음에 근대, 근대 다음에 탈근대가 아니다. "근대가 실현되지도 않았는데 무슨 탈근대?"라든가 "시대 착오, 시기상조" 식의 논쟁 구도는 이미 잘못된 길로 들어선 것이다. 직선적 시간은 근대 자본주의의 산물이다. 이전의 시간 개념은 내부가 닫힌 순환하는 원(圓)의 구조로서 미래라는 개념이 없었다.

포스트모더니즘 논쟁을 본격적으로 제기한 고전, 리오타르

(Jean François Lyotard)의 《포스트모던의 조건》의 부제도 시간에 관한 것이 아니라 '지식의 문제(rapport sur le savoir/a report on knowledge)'이다. 총체적 거대 서사에 대한 비판과 재현(표상)의 위기. 인식의 안정성, 확실함, 합리성, 이런 가치들이 도전받기 시작했다. 리오타르의 주장은 서구가 독점했던 단일 주체의 단일 시간에 대한 성찰이다.

하지만 사실과 언어의 불일치는 본디 당연한 것이다. 이 혼란이 민주주의이고 탈식민주의다. 서구가 '지리상의 발견'을 했다면 우리는 발견된 '것들'인가? 근대의 주체가 개척하는 인간이라면, 개척당한 자연은 근대의 타자일 수밖에 없다. 마찬가지로 모던의 기준이 백인 남성이라면, 흑인이나 여성은 그 자체로 포스트모던한 존재가 된다.

포스트는 실제 이후가 아니라 인식 이후를 말한다. 포스트모던은 기존 역사를 혼란시키기 위한 것으로 모던과 갈등을 일으키는 모든 개념을 말한다. "포스트모던은 근대성의 일부임이 분명하다. 근대의 끝이 아니라 새롭게 생성되는 근대이다."

어느덧! 하루는 지루한데 일주일은 빨리 가고 일 년은 더 빨리 갈 때가 있다. 이처럼 시간은 저절로 '가는' 것일까. 만일 그렇다면 붙잡을 것인가, 따라잡아야만 하는가. 이는 고달픈 삶일 뿐 아니라 불공정 경쟁을 피할 수 없다는 점에서 정의롭지 않다.

포스트는 전후의 문제가 아니다. 포스트의 시간성에 대한 사유는 전진해야만 하는 삶에 태클을 건다. 시간을 따라잡기보다 따돌리자. '지금 여기'에 '가는 시간'을 넘어뜨려야 한다.

중심과 주변

세계사의 해체 _ 사카이 나오키 외

—

주변이 주변인 것은 상황이 변했는데도 자기를 억압하는
기존의 위계를 스스로 고수하기 때문이다. 중심 지향의 인간 심리는
권력에 대한 취약성에서 비롯된 것이다. 약함이 악한 경우다.

—

사카이 나오키(酒井直樹), 도미야마 이치로(富山一郎) 등 주목할
만한 일본의 탈식민주의 지식인들이 우리 사회에 잘못 소개되는
방식은 전형적이다. 식민 지배를 반성하는 양심적 친한파 지식인?
그렇지 않다. 이들은 서구 중심주의를 비판하지만 저항의 단위를
국가로 설정하지 않는다. 한국의 국가주의에 대해서도 비판적이다.

나오키의 저작은 단독 저서만 7권 정도 출간되어 있다. 관심 있
는 이들에겐 《번역과 주체》(후지이 다케시 옮김)를 권한다. 번역이
어떻게 '외국'과 '우리나라(주체)'를 만들어내는가를 분석하여 민족
주의의 쌍(雙)형상 형성 과정을 보여준 그의 대표작이다.

좀 더 친근한(?) 글을 고른다면, 《세계사의 해체》가 좋다. 깊이와
박학을 두루 갖춘 니시타니 오사무(西谷修)와 나오키의 대담집이며
부제는 '서양을 중심에 놓지 않고 세계를 말하는 방법'이다. 동아
시아 시각의 탈식민주의 입문서로 손색이 없다. 논쟁거리는 여전히
'상상 속의 미국'이지만, 두 사람은 자기 사회의 거울 앞에 선다.

나는 한국 사회를 압도하고 있는 주변성에 대한 무지와 공포, 중심에 대한 열망에 비해 이에 대한 사회적 논의가 매우 부족하다고 생각한다. 그래서 2장 '세계화와 국민국가' 중 '미야코지마에서 본 세계화' 부분이 인상적이었다.

미야코지마(宮古島)는 오키나와 본도에서 남서쪽으로 약 300킬로미터 떨어진 섬인데 일본 본토는 물론 오키나와와도 구별되는 독자적인 문화를 지니고 있다. 주지하다시피 오키나와는 내부 식민지로서 일본의 근대 국가 건설 과정에서 말할 수 없는 참화와 멸시를 겪어 왔다. 그런데 미야코지마는 '식민지의 식민지'다. 오키나와는 자신이 본토로부터 당한 차별을 미야코지마를 상대로 반복했다.

미국 〉 도쿄 〉 도쿄 외 내지(內地) 〉 오키나와 〉 미야코지마의 서열 속에서 미야코지마는 일본의 변방 중의 변방이었다. 그러나 1990년대 들어 미야코지마가 관광업을 통해 미국과 곧바로 연결되면서부터 기존 '단계'는 간단히 무시되고 더는 변방이 아니게 되었다. 이제는 도쿄보다 미국과 지리적, 문화적으로 더 가까운 세계화의 첨단이다. 강자(도쿄)보다 더 강자(미국)를 가까이함으로써 주변성을 극복하자는 논의가 아니다. 중요한 것은 미야코지마 내부에서 기존의 중심을 상대화할 수 있는 시각이 생성되었다는 점이다.

"현재는 비서구의 옥시덴탈리즘(Occidentalism)이 서구 중심주의를 지탱하고 있다." 주변이 주변인 것은 상황이 변했는데도 자기를 억압하는 기존의 위계를 스스로 고수하기 때문이다. 여전히 갖가지 중심(부자, 미국, 남성, 서울……)을 섬기고 약자와 약한 기미가 보이는 이들에게 우월감을 느낀다. 중심 지향의 인간 심리는 권력에 대한 취약성에서 비롯된 것이다. 약함이 악한 경우다.

　누구나 상황에 따라 '미국', '도쿄', '오키나와', '미야코지마'일 수 있다. 그러므로 중요한 것은 중심과 주변이 어디냐가 아니라 자기 위치 설정이다. 중심이든 주변이든 내부의 차이는 내외부의 차이보다 더 큰 경우가 대부분이다. 중심과 주변. 이 이분법의 가장 큰 문제는 실재하지 않는 덩어리를 하나의 단위로 동결시킨다는 점이다. 이것이 현실의 운동을 가로막는 지배의 본질이다.

　"주변과 중심의 경계는 유동적이고 생각하기 나름"이라는 말은 탈정치적이다. '극일'은 쉽지 않다. '일본'은 다양하고 이질적이기 때문이다. 그런 의미에서 '일본은 없다'. 그러나 한국의 중심과 일본의 중심은 "일본은 있다."라고 주장한다. 이 사실을 상기하는 것에서부터 '독립'이 시작되어야 한다.

포스트맨은 벨을 두 번 울린다

포스트맨은 벨을 두 번 울린다_ 제임스 M. 케인

—

메시지는 대개 비문(秘文)으로 되어 있다. 무엇이 달라졌을까.
편지 내용을 알고 죽거나 모르고 죽는 것. 이것이 인생이다.
그러니, 포스트맨은 벨을 두 번 울린다.

—

책 제목은 우주를 요약한다. 질서, 연관, 아름다움, 우연, 혼
돈…… 많이 팔린 책의 패러디《악마는 프라다를 싸게 입는다》, 가
슴 아픈 주제가 콕 박힌《끝났으니까 끝났다고 하지》, 제목과 내용
이 정반대인 푸코의《사회를 보호해야 한다》등……. 며칠 전 나는
절박한 심정으로 '~하는 법'류의 책을 샀다가 '낚시성' 제목임을
알고 낙담했다. 하여간, '~해라', '~하지 마라', '화내지 마라', '마
음을 비워라' 이런 제목을 조심해야 한다. 그런데 내용과 관련이 없
는 데다 무슨 말인지 알 수 없는 제목이 있다. 아마 이 방면의 기원
(?)은 제임스 M. 케인(Jeames M. Cain)의《포스트맨은 벨을 두 번
울린다》(1934년)가 아닐까.

소설이나 영화를 본 사람 중에 제목에 의문이 없었던 이들은 드
물 것이다. 작중에 우편배달부는 안 나온다. '고상한' 소설은 아니
어서 제시카 랭, 잭 니컬슨 주연의 동명 영화가 개봉했을 때 당시
체신부의 항의로 '우편배달부'는 '포스트맨'이 되었다. 성적 묘사는

많지 않지만 전체적 분위기가 선정적이고 충동적이며 자유로운 매력이 있다.

체신 업무는 체신부, 정보통신부의 우정사업본부, 방송통신위원회를 거쳐 지금은 미래창조과학부 소관이다. 체신(遞信)은 통념적 의미의 전달 업무인 '전하다, 여러 곳을 거쳐 전하여 보냄, 역참(驛站)'이라는 뜻이다. 담당 부처의 변화로 우편 업무가 단순한 집적(集積), 분류, 전달에서 뭔가 첨단 과학화된 것 같지만 과연 그럴까.

《국민과 서사》(호미 바바 편저, 류승구 옮김)에서 제프 베닝턴의 글을 읽고 이 '암호'를 해독했다. "포스트맨은 – 벨을 – 두 번 – 울린다.(The Postman Always Rings Twice)." 모든 음절이 중요하다. 첫째, 우편배달부뿐 아니라 발신자나 방문객은 두 번 행동한다. "딩동, 딩동", "똑, 똑", "여보세요? 안 계세요?" 한 번 시도하는 이는 거의 없다. 한 번만 길게 누른다면 '싸이코' 혹은 최소한 긴장감을 조성하는 상당한 부정적인 행동의 전조다. 그러니까 '언제나 두 번' 울린다.

둘째, 우편 제도와 인쇄술의 발달은 근대 국민국가의 중요한 물적 토대였다. 그 이전의 사자(使者), 사신(使臣)은 집단과 집단이나 개인 간의 일대일 메신저였지만 철도의 발달과 함께 온 국민을 횡단하는 전달 제도가 자리를 잡았다. 사자에 비해 동시적, 다중적 소통이 가능하게 된 것이다.

근대에 이르러 문자는 개인화, 대중화되었다. 사람들은 직접 서신을 주고받는다. 개인의 자기 표현과 통신 수단의 진보 같지만, 우편배달부는 중앙 집권 국가가 국민의 메시지를 조직하는 국가의 대리인(메신저)이다. 국가가 작동하지 않거나 통제(검열)하면 소용 없다. 즉, 메신저가 메시지보다 우선한다.

우편 제도가 없었던 때의 사건들, 예를 들어 벨레로폰에 얽힌 신화는 메시지와 메신저 관계의 원형이라고 할 수 있다. 그리스 신화에 나오는 아르고스의 왕은 자기 부인을 탐했다는 누명을 쓴 코린토스의 벨레로폰 왕자를 죽이려고 왕자에게 "이 편지를 지참한 자를 죽이라."라는 내용의 편지를 배달시킨다. 전달자가 편지 내용이다. 문명의 발달? 그때나 지금이나 중요한 것은 편지가 아니라 전달자다. 이것이 정치와 제도의 시작이다.

이 소설의 주인공 남성은 모두 죽는다. 프랭크는 멕시코 출신, 그의 정부의 남편은 그리스인이다. 우편배달부는 국가를 대변하는 국민이다. 이들은 '소수자 우편배달부'쯤 될 것이다. 벨 울리기는 국민의 '권리와 의무' 같은 행위다. 떠도는 삶, 이유 모를 죽음, 우편배달부끼리 쫓고 쫓기는 삶.

무엇이 달라졌을까. 메시지는 대개 비문(秘文)으로 되어 있다. 편지 내용을 알고 죽거나 모르고 죽는 것. 이것이 인생이다. 그러니, 포스트맨은 벨을 두 번 울린다. 정확한 제목이 아닐 수 없다.

남성성들

남성성/들 _ R. W. 코넬

—

예전에 금성과 화성 간의 거리는 여성의 노력으로 메워졌다.
이제 여성들은 그런 '미쳐버릴 것 같은' 감정 노동 대신
자기 성장에 더 관심이 있다.

—

"(경찰청이 배포한 간첩 식별법 중에) 황당한 건 '여관이나 여인숙 등에 장기 투숙하면서 매춘부를 찾지 않는 경우'라는 부분이죠. 여관에 오래 묵을 경우 간첩으로 의심받지 않으려면 성매매라도 해야 한다는 건가요."(《한겨레》 2014년 3월 22일자, '친절한 기자들' 이재욱 기자) 기사를 읽다가 너무 웃겨서 간만에 신문 읽기의 즐거움을 누렸다.

이 기사는 한국 남성과 관련해 세 가지 정보를 제공한다. 첫째, 대한민국 숙박 업소에서는 성매매가 광범위하게 이루어진다.(전화로 여성을 부르기 때문에 '전화발이' 혹은 '여관발이'라고 한다.) 둘째, 경찰청은 모든 남성은 성 구매를 한다는 자기 생각과 행동(?)을 일반화하는 인식론적 폭력을 저질렀다. 셋째, 성 구매가 당연하지 않다고 생각하는 남성(기자)도 있다는 사실, 즉 남성들 간의 차이가 그것이다.

여성주의에 관한 가장 일반적인 오해는 '여성의, 여성에 의한, 여

성을 위한' 사상이라는 인식이다. 여성주의는 여성에 관한 주장이
아니라 사회에 대한 것이며 평등이 아니라 정의를 지향한다. 여성
주의나 마르크스주의는 당파적이지만 인간 해방을 위한 '계몽'이라
는 점에서 보편적이다. 모든 사유는 경합하는 운동이지 그것을 독
점할 자격이 있는 집단은 있을 수 없다. 당연히 남성 페미니스트는
가능하고 또 절실하게 필요하다.

저자 코넬(R. W. Connel)은 한국에서는 잘 알려지지 않았지만 세
계적인 석학으로서 남성성 연구의 선구자이며 이 책은 그의 대표
작이다. '그'는 남성으로서 자기 몸의 경험을 성찰하면서 여러 차례
성전환 수술을 한 것으로도 유명하다. 이를테면 '그녀'는 "트랜스
젠더 여성이면서 50대에는 머리가 벗겨지고 아내와 사별했다."

우리는 여자도 남자도 아닌 사람으로 태어났다. 원래 남녀 차이
보다 여성과 여성의 차이, 남성과 남성 간의 차이가 더 큰 것이 자
연의 법칙이다. 이러한 법칙을 왜곡하여 인간을 남녀로 분류한 제
도가 가부장제다.

남성성의 실천은 여성성의 도움, 동원, 개입 없이는 불가능하다.
남성다움과 여성다움에는 분명한 위계가 있지만 동시에 남성성과
여성성은 젠더 구조로서 같은 뜻이다. 그러나 여성성은 남성 사회
가 정의하고 남성을 위해 복무하기 때문에, 남성성보다 '덜' 복잡하
다. 반면, 남성성은 곧 인간성으로 간주된다. 이 책의 원제처럼 남
성성'들'(Masculinities)이고 복합적이다.

남성성들 간의 협력과 갈등이 사회를 구성하기 때문에 가족, 국
가, 계급의 재생산은 물론 문화, 군사, 예술, 스포츠, 자연 파괴 등

모든 인간의 행동을 이해하는 데 남성성은 필수적이다. "젠더를 이해하려면 계속해서 젠더를 넘어서야 한다. 그 반대도 마찬가지다. 계급, 인종, 지구적 불평등을 이해하려면 우리는 계속 젠더로 다가가야 한다. 젠더 정치는 우리의 운명을 결정하는 주된 요인이다."

공사 영역을 막론하고 남성과 인간관계가 좋거나 말이 잘 통하는 여성은 드물 것이다. 예전에 금성과 화성 간의 거리는 여성의 노력으로 메워졌다. 이제 여성들은 그런 '미쳐버릴 것 같은' 감정 노동 대신 자기 성장에 더 관심이 있다. 결혼 기피와 저출산은 지속될 것이다.

자신이 누군지 모를 수밖에 없는 남성들에게 이 책의 일독을 권한다. 여자는 자기를 잘 아냐고? 인종 차별 사회에서 유색 인종은 자기 처지를 알지 못하면 생존이 불가능하다는 말로 답을 대신하겠다.

이 책은 '학술적'이지만 사례가 풍부하고 성별 이론 전반에 박식한 옮긴이(현민)의 주석 덕분에 쉽게 읽을 수 있다. 내가 '책으로 배웠어요' 유형이어서 그런지, 남성은 여전히 놀라운 존재다. 흥미로운 생애사와 쉽게 풀어낸 정신분석, 정치학, 퀴어, 역사 이론은 인문학 입문서로서도 손색이 없다. 개인적으로는 동성애자의 커밍아웃이 그들 입장에서는 커뮤니티로 커밍인(coming in)이라는 논의가 인상적이었다. 지독한 위치성, 이것이 언어의 본질이다.

무엇으로 사는가

여자는 무엇으로 사는가 _ 안드레아 도킨

—

무지는 약자를 무시하는 권력에서 나온다. 자신을 '남성'으로
생각하는 이들은 '여성'과 '흑인'의 목소리를 공부하지 않는다.
주체가 타자를 모르면 자기를 알 수 없다. 간단한 이치다.

—

톨스토이의 우화 제목인 '사람은 무엇으로 사는가'는 드라마나
영화와 일상적 제호로 종종 동원된다. 얼마 전 신간 《좌파로 살다》
(유강은 옮김) 출판 기념 토론회가 있었다. 책은 좋았지만 행사 현
수막 글귀부터 그 자리에서 빈번히 오간 "좌파는 무엇으로 사는
가."라는 말이 불편했다. 나는 '~ 무엇으로 사는가', '대한민국에서
~으로 산다는 것' 식의 표현을 좋아하지 않는다. 다소 허세가 느
껴지는 고뇌, 진부함, 고정된 위치성 때문이다.

《여자는 무엇으로 사는가》의 원제는 《삽입 섹스(Intercourse)》다.
책 내용을 고려하면 이해가 안 가는 것은 아니지만 이 정도면 번역
이 아니라 둔갑이다. 《좌파로 살다(Lives on the left)》도 '무엇으로
사는가'와 무관하다. 어떠한 노선에 있음(on)을 의미한다.

러시아어를 전혀 모르니 〈사람은 무엇으로 사는가〉의 원제를
전공자에게 확인하는 것이 도리지만 여의치 않았다. 영어판 제목
('What Men Live by')은 한글 직역 그대로다. 'by(~에 의해서)'는 행

위의 유발이나 방식 등 수동적인 의미를 표현할 때 사용한다. '~는 무엇으로 사는가'는, 나는 누구라는 정체성과 그것을 추동시키는 무엇이 있다는 발상이다. '좌파'를 삶의 부분적 노선이 아니라 존재 증명서(정체성)로 오해하는 사람들이 더러 있다.

이 질문은 처음부터 우문이다. 우답을 불러오는 노동 없는 고민이다. 무엇이 당신을 살게 하는가. 가족, 돈, 입신양명, 신념? 그러다가, 살다가 그 대상이 사라진다면?

전 세계적으로 좌파의 의미, 특히 한국 사회에서 민주화 세력의 위상은 예전 같지 않다. '그들의 잘못', '이론 자체의 문제'는 어느 사상이나 피해 갈 수 없는 문제다. 자본주의는 대처 불가능할 만큼 매일마다 변신하는 괴물이 되었다. 자기 외부에서 부여된 진보의 가치에 기대어(수동성) 자칭 '~주의자로서' "내가 누군데!"라는 자의식(능동성)으로 살아온 이들에겐, 수동이 능동이 된 모순으로 점철된 자신에 직면하지 않을 수 없게 되었다.

'답'은 의미를 추구하는 방식에 있다. 의미는 기존에 주어진 가치에 의한(by) 것이 아니다. 찾아야 할 대상이다. 그것도 중단 없이 찾아 헤매야 한다. 이 글의 요지는 '~는 무엇으로 사는가'라는 제목은 책의 내용과 무관할 뿐 아니라 이러한 사고방식 자체가 문제라는 것이다.

원제 그대로 쓰자면 《삽입 섹스》는 남성의 섹슈얼리티 권력을 다룬 1970년대 급진주의 페미니즘의 대표작인데 여기서 급진적(radical)은 발본적(拔本的)이라는 뜻이다. 급진주의 페미니스트는 대부분 좌파였다. 1960년대 미국의 반전 운동과 시민권 운동 과정에서 좌파의 성폭력과 인종 차별에 질린 이들은, 자유주의와 그 비판에서 시작한 마르크스주의에 의문을 품지 않을 수 없었다.

급진주의 페미니즘은 공적 영역에 국한된 남성 기준의 평등 개념에 반대하고 새로운 사조를 추구했다. 사적인 문제로 간주되는 성, 가족의 권력 관계를 이론화했다. 개인적인 것은 본디, 정치적인 것이다. 인류 최초로 사적인 영역이 정치학의 대상이 되었다.

이처럼 좌파의 한계는 이미 50여 년 전 여성주의자와 흑인운동가들이 '골백번' 썼으며, 이에 힘입어 탈식민주의에 의해 재해석되기 시작했다. 물론 자본주의의 성격이 달라진 것도 큰 이유다. 페미니스트이자 마르크스주의 탈식민주의자들이 집단적으로 등장했고 현재 탈식민 이론은 '주류' 사상이 되었다.

무지는 약자를 무시하는 권력에서 나온다. 자신을 '남성'으로 생각하는 이들은 '여성'과 '흑인'의 목소리를 공부하지 않는다. 간혹 고민하더라도 그것을 공부로 착각해서, 자기도취와 연민에 빠지기도 한다. 여성은 남성 이론을 모르면 무시받지만, 남성은 좌우를 막론하고 여성주의는 물론 자기 생각도 모르는 이가 숱하다. 주체가 타자를 모르면 자기를 알 수 없다. 간단한 이치다.

좌파는 무엇으로 사는지가 궁금한가? 무지로 산다. 이는 여성주의자를 포함한 모든 인간에게 해당한다. 거듭 말하지만, 의미는 찾아나서는 것이다. 있는 의미는 이미 권위다. "현존하는 것이 진리일 리는 없다."(《좌파로 살다》, 에른스트 블로흐)

5장

—

삶과 죽음

"한때 나를 구원했던 것이 나를 억압하는 시기가 온다. 이것은 나의 성장 때문일 수도 있고 대상의 변질이나 상실 때문일 수도 있다. 어쨌든 나는 그것들과 헤어지거나 최소한 거리를 두어야 생존할 수 있다."

"의욕, 삶의 방향, 목적. 사람은 결국 '무엇' 때문에 산다. 삶의 의미는 인간이 묻는 것이 아니다. 삶이 우리에게 묻는 것이다. 이 질문에 답하려는 몸부림이, 내가 생각하는 의미 있는 삶이다."

물에 빠진 나를 구한 통나무가
나를 물속에 붙잡아 둘 때

달빛 아래서의 만찬 _ 아니타 존스턴

—

한때 나를 구원했던 것이 나를 억압하는 시기가 온다.
이것은 나의 성장 때문일 수도 있고 대상의 변질이나 상실 때문일 수도 있다.
어쨌든 나는 그것들과 헤어지거나 최소한 거리를 두어야 생존할 수 있다.

—

아버지는 하루 3갑, 줄담배를 태우시는 체인 스모커다. 담뱃불
은 기상 직후 딱 한 번 필요할 뿐이다. 하지만 아버지에게 갈 땐 결
국 담배를 사게 된다. 있는 담배도 없애버릴 판에, 담배 사는 데 내
돈(!)을 쓴다. 나는 과자 중독이다. 먹는 것으로 인생고에 대처한다.
내 건강을 염려한 지인들이 과자 대신 술과 담배를 권할 정도다. 그
렇지만 친구들도 내게 과자를 선물한다. 내 기쁨을 알기 때문이다.

술, 담배, 도박, 초콜릿, 관계, 섹스, 쇼핑, 미디어(스마트폰), 게
임……. 사람들은 다양한 대상에 중독되어 있다. 중독되지 않은 몸
은 드물다. 사회적으로 수용되는 긍정적 중독(일, 운동, 공부……)인
경우 문제가 덜 될 뿐이다. 중독에서 벗어나는 것이 어려운 이유는
중독자의 의지 부족이나 인격적 결함 때문이라기보다는, 그 대상이
위로와 즐거움을 주거나 삶의 문제를 부분적으로 해결해주기 때문
이다. 중독은 생존을 도와준다.("……없이는 못 살아.") 그러니 지나

친 수치심이나 굴욕감, 좌절감을 느낄 필요는 없다. 그런 감정을 강요해서도 안 된다. 중독은 누구나 겪는 삶의 고단함에 대한 일시적이고 불완전한 대응일 뿐, '문제가 아니다'.

이 책은 내가 읽은 여성의 섭식 장애 관련서 중에서 관점, 현실 인식, '해결책'과 스토리가 모두 좋다. 중독 증상 때문에 사회의 경멸적 시선과 자기 비하에 지친 이들이 읽으면 충분히 이해받고 있다는 느낌을 얻을 수 있다. 이야기와 은유는 흥미진진하고 깊이와 통찰이 넘친다. 알코올, 담배, 마약 중독은 니코틴 같은 특정 성분에 대한 중독이다. 그런데 폭식은 먹는 행위 자체에 대한 중독이다. 배고파서, 맛있어서, 먹고 싶어서 먹는 것이 아니다. 이른바 심리적 허기 때문에 먹는 것이다. 심리적 허기는 아무리 먹어도 포만감이 없다. 위는 한정되어 있는데 음식은 계속 들어온다. 몸이 이 고통을 어떻게 견디겠는가.

내가 반복해서 읽은 부분은 통나무 이야기다. "폭우 후 물살이 사납게 불어난 강물에 빠졌다. 다행히 통나무가 떠내려 와서 붙잡고 머리를 물 밖으로 내놓고 숨을 쉬며 목숨을 부지한다. …… 물살이 잔잔한 곳에 이르자 헤엄치려 하는데, 한쪽 팔을 뻗는 동안 다른 쪽 팔이 거대한 통나무를 붙잡고 있다. 한때 생명을 구한 그 통나무가 이제는 원하는 곳으로 가는 것을 방해한다. 강가의 사람들은 통나무를 놓으라고 소리치지만 그럴 수 없다. 거기까지 헤엄칠 자신이 없기 때문이다."

과거엔 절실하게 필요했지만 지금은 위협이 되는 것. 작가는 중독을 통나무에 비유한다. 인생에서 완전한 기쁨이나 완벽한 절망은 없다. 한때 나를 구원했던 것(사람, 생각, 조직……)이 나를 억압하는 시기가 온다. 이것은 나의 성장 때문일 수도 있고 대상의 변질이나 상실 때문일 수도 있다. 어쨌든 나는 그것들과 헤어지거나 최소한 거리를 두어야 생존할 수 있다. 내게 이 이야기는 분리의 어려움에 대한 비유였다. 20년 된 관계, 30년 된 생각, 사라진 이들과 헤어져야 한다.

몸의 한 부분은 중독되어 있고 한 부분은 벗어나려고 몸부림친다. 대개는 이 싸움에서 패배를 '선택'한다. 상실은 너무 아프고 위로 없이 살 수 없기 때문이다. 시도와 좌절의 반복. 절망과 자학. 나는 캐러멜 마카롱을 입에 물고 울먹인다. "어차피 구원받지 못하는 인생이 있고 극복되지 않는 상처가 있다. 그냥 물에 빠져 죽자." 그러나 인생의 고문도 내가 불쌍했는지 그도 잠시 쉬고 있다. '악마(또 다른 나)'가 문지방에 서서 나를 쳐다본다. 역치(閾値) 상태, 예를 들어 음식물이 위장에서 입으로 다시 나오는 경지에 이르면 다른 이야기가 절박해진다.

인생이 강물이 아니라 사막을 혼자 걷는 일이라면, 애초에 물에 빠지는 사람도 없다. 우리가 선택한, 그립지만 괴로운 대상들은 사막을 지나가다 잠시 스친 풍경들이다. 조우했을 뿐 오아시스에서 만나 한참 이야기를 나눈 사이가 아니다. 인생에 오아시스가 없다고 생각하면 익숙한 것들의 막강한 존재감이 다소 상대화된다. 중독보다는 생존의 힘이 세다고 믿는다. 천천히 조금씩 이별할 수 있다.

미봉책

한낮의 우울 _ 앤드류 솔로몬

—

생로병사가 사실이고 무병장수는 희망, 아니 탐욕이다.
꿰맨 자리는 아물기도 하고 터지기를 반복하기도 한다. 생명은 미봉의 점철.
그러므로 미봉책은 임시방편이 아니라 영원한 방도다.

—

이 책의 첫 문장은 이렇다. "우울은 사랑이 지닌 결함이다." 마지막은 "나는 날마다 살아 있기로 선택한다. 그것이야말로 드문 기쁨이 아닐까?"이다. 이 글귀들이 쉽게 이해되는가. 나는 여전히 어렴풋하다.

이 책의 '한 땀 한 땀'은 모두 심오하고 아름답고 비극적이어서 매 순간 감탄하느라 숨을 두 번씩 쉬게 된다. 처음 읽었을 때 연필로 밑줄을 그었는데 그 표시가 두 번째 읽을 땐 방해가 되었다. 책을 다시 사서 표시하지 않고 또 읽었다. 원서로도 읽었다. 참고문헌과 주(註) 내용도 중요해서 분책해, 가지고 다니면서 읽었다.

삶의 찬가인 이 책은 10년 전 한국 사회에서 722쪽, 3만 원에 가까운 가격으로 출간되었음에도 불구하고 1년 만에 3쇄를 찍었다. 원제는 '정오의 악마 — 우울증의 모든 것(The Noonday Demon: An Atlas of Depression)'. 이 책 때문에 전 세계적으로 몇십 년간은 우울증 관련 저술에 도전하는 이가 드물었으리라.(2001년 출간되자마자 22개 국어로 번역되었다.)

내가 아는 한 우울증에 관해 정치적, 학문적, 미학적, 윤리적으로 《한낮의 우울》보다 잘 쓴 책은 없다.(다만, 성별과 우울증 부분은 다소 빈약하다.) 하나의 문장을 고를 수 없는 책이다. 우울증의 직간접 체험자나 이 분야에 관심 있는 이들은 한 문장만으로도 독후감이 흘러넘칠 것이다.

사람마다 특정 단어를 오랫동안 잘못 알고 있는 경우가 있는데, 이 책에서 나의 경험은 '미봉책'이었다. 이 글은 제목도 선택하지 못한 데다 언어의 사회적 약속에 무지했던 나의 독서 실패기다.

"우울증은 마음의 감기"라는 말처럼 근거 없는 말도 없다. 우울도 감기도 가벼운 병이 아니며, 질병으로서 우울증과 감기의 작동 방식은 매우 다르다. 굳이 비유한다면 에이즈와 가깝다고 할 수 있다. 둘 다 완치 개념을 적용하기 힘든 질병이다. 잠복성, 만성 질환, 치명성, 외로움, 사회적 낙인……, 가장 중요한 공통점은 심각한 면역력 저하다. 신체가 외부 자극에 대처할 수 없는 상태. 면역성이 사라지면서 부드러운 미풍조차 사포로 미는 듯한 통증을 느끼는 우울증 환자의 증상은 인생의 본질이 순간에 있음을 깨닫게 한다.

의학에서 다루기 어려운 연구 분야 중 하나가 사인(死因) 규명이라고 한다. 단일 인과론으로 설명할 수 있는 문제는 거의 없다. 원인을 밝히기도 어렵지만 설령 알아낸다 해도 그 원인을 구성하는 것이 우리가 사는 세계이기 때문에 원인 제거는 불가능하다.

"우울증은 내 두뇌의 암호 속에 영원히 살고 있다. 그것은 나의 일부다……. 나는 우울증을 제거하려면 우리를 인간이게 하는 정서적 메커니즘들을 손상시키는 방법밖에 없다고 믿는다. 따라서 과학이든 철학이든 미봉책(half-measures)을 통해 접근해야 한다." 기존의 인식 기반을 무너뜨리지 않으면 우울증을 이해하기 어렵다는 뜻이리라.

나는 이제까지 '미봉책'을 제대로 꿰매지 않은 상태로 알고 있었다. 완전히 봉합하지 않는 미봉(未縫), 혹은 미봉(未封)인 줄 알았던 것이다. 마치 야구공의 빨간 실 땀 자국처럼 확실히 꿰매 그 자국이 선명한 것이 좋은데, 미봉책은 그렇지 못한 어중간한 대응 방식, 불충분한 처리라고 생각했다.

아뿔싸! 사전적 의미의 미봉책은 미봉책(彌縫策)이었다. 미(彌)와 봉(縫), 모두 꿰매거나 깁는다는 뜻으로 흔적과 자국이 남는 것은 그 자체로 불완전하다는 것이다. 때문에 본질적 해결이 우월하고, 미봉책은 속임수나 일시적 방도에 불과하다는 부정적 의미가 강한 단어다. 아무런 표시가 남지 않는 천의무봉(天衣無縫)이 찬사인 이유다.

튼튼하게 꿰매거나 깁지 않음을 미봉으로 생각한 나의 생각과 미봉 자체가 문제라는 구도에서, 꿰맴은 상반된 가치다. 나는 잘 꿰매야 한다고 여겼지 꿰맴이 문제라고 생각하지 않는다. 흔적 없음은 존재 없음이다. 아름답지도 않고 완전하지도 않고 가능하지도 않다.

생로병사가 사실이고 무병장수는 희망, 아니 탐욕이다. 꿰맨 자리는 아물기도 하고 터지기를 반복하기도 한다. 생명은 미봉의 점철. 그러므로 미봉책은 임시방편이 아니라 영원한 방도다.

머리카락은 탄력을 받고 꿈틀거렸다

언니의 폐경 _ 김훈

—

몸은 교환, 사용, 묘사당하는 객체가 아니라
사고와 생활을 체현하는 사람 자체다. 몸은 사회이며 정신이다.
몸에 대해 쓰는 것은 인물을 쓰는 것이고 인생에 대해 쓰는 것이다.

—

미국의 전설적인 노동운동가 지미 호파(Jimmy Hoffa)는 마피아 보스 알 카포네(Al Capone)를 만난 뒤 부러운 듯 말했다. "그의 손은 하얗고 부드러웠다." 이 말은 내가 반복해서 생각에 담그는 글귀 중 하나다. 몸, 특히 손은 일상의 노동과 계급을 상징한다.

'아름다운 여성'은 남녀 모두에게 성별화된 계급적 욕망이다. 나이 듦과 외모의 의미는 성에 따라 다르다. 남성의 나이 듦은 돈이나 지식 같은 자원으로 '커버' 가능한 측면이 있지만 여성은 그렇지 않다.

나는 최근 몇 년 사이 세 번 삭발했다. 아침마다 머리 감기가 귀찮아서였다. 주변의 반응은 머리 감기보다 더 번잡스러웠다. "암이니?", "(머리가) 아프니?", "논문 스트레스?"…… 내 진심(게으름)을 몰라주고 사람들이 너무 걱정해서 잠시 나의 사회성을 의심했지만, 실상 나는 매우 사회적인 인간이다. 30대 중반 이후 그리고 글쓰기 노동을 하면 할수록 급속도로 희고 가늘어지는 머리카락에 대한 두려움과 혐오, 이런 나의 무의식이 삭발의 진짜 이유였다. 〈언니의 폐경). 예전에 스쳐 지나갔던 지혜로운 이를 찾아갔다.

　작가 김훈의 팬덤은 상당하다. 그는 매력적인 영주다. 나는 아직 그의 국민은 아니고 성 밖에서 서성인다. 무슨 콤플렉스인지 모르겠지만 김훈의 팬임을 스스로 인정하는 것, 지인에게 말하는 것이 자유롭지가 않다.《칼의 노래》같은 글은 불편하다. 그러나 나는 다음 세 가지—이미 '합의된 사실'이겠지만—를 주장한다. 김훈은 소설, 논픽션, 기사, 수필을 불문하고 모든 글을 잘 쓰는 예술가다. 나는 그의 글을 읽을 때마다 장르의 구별에 의문을 품는다. 신문 기사 '라파엘의 집'은 수필인가, 시인가, 슬픈 일기인가. 그는 수상 소감도 잘 쓴다.(〈언니의 폐경〉은 황순원 문학상 제5회 수상작이다.) 그는 인간이든 자연이든 물상이든 묘사 대상에 대한 대상화를 최소화하는 윤리적인 작가다. 그의 글이 '풍경과 상처'가 되는 이유다.

　마지막으로 나의 과독(寡讀)을 감안하고 말한다면, 박완서가 일상에 관한 뛰어난 서술자였다면, 육체에 해당하는 작가는 김훈이 아닐까 생각한다. 〈화장(化粧/火葬)〉을 읽은 독자는 더욱 동의하리라. 몸은 자원이 아니라 행위자다. 그는 이 사실을 잘 알고 있다. 몸은 교환, 사용, 묘사당하는 객체가 아니라 사고와 생활을 체현하는 사람 자체다. 몸은 사회이며 정신(mindful body)이다. 몸에 대해 쓰는 것은 인물을 쓰는 것이고 인생에 대해 쓰는 것이다. 몸에 주제가 있다.

　"출장에서 돌아온 남편의 속옷에 가끔씩 여자 머리카락이 붙어 있었다. …… 어깨까지 내려올 정도로 길었다. 염색기가 없는 통통하고 윤기 나는 머리카락이었다. …… *끄트*머리까지 힘이 들어 있었다. …… 겨울 속옷의 섬유 올 틈에 파묻힌 머리카락을 손톱으로 떼어내자 더운 방바닥 위에서 머리카락은 탄력을 받고 꿈틀거렸다." 겨울 방바닥의 정전기와 긴 머리카락의 탄성. 젊은 여성의 육체, 중년의 부부 관계, 남편의 정사를 알게 된 아내. 이 상황이 머리카락에 다 있다.

소설의 화자인 50대 여성은 출세한 남편이 이혼을 원하자 "왜 함께 살아야 하는지를 대답할 수 없었으므로 왜 헤어져야 하는지를 물을 수가 없어" "날이 흐려서 비가 오고 비 오는 날이 저물어서 밤비가 내리는 것처럼 느껴져" 남편의 요구에 순순히 응한다. 매달리고 상대 여자를 찾아가 머리끄덩이를 잡는 '사모님'은 없다. 그녀는 '대표이사 부인'을 유지하려는 계급 투쟁 대신 다른 사랑을, 시간의 풍랑을, 오늘 이 시간을 산다.

삶에 대적하는 화자의 태도. "남편의 속옷에 붙어 있던, 길고 윤기 나는 머리카락에 관하여 나는 한마디도 묻지 않았는데, 마지막 예절과 헤어짐의 모양새로서 잘한 일이지 싶다." 나는 이 문장을 넘기지 못하고 몹시 몸부림치고 몹시 몸서리쳤다. 나이 들어 영원히 헤어질 수밖에 없는 이들과 세월로 인해 잃고 얻을 모든 것들과 이렇게 관계 맺을 수 있기를 소원하면서.

내 행동만이 나의 진정한 소유물이다

화_틱낫한

—

내 몸은 나의 것이 아니다. 내 몸이 나다. 타인을 판단할
필요가 있다면 그냥 그의 행동을 보면 된다. 행동이 그 자신이다.
알아야 할 것은 분노의 본질이 아니라 분노의 위치다.

—

누구나 자신만의 독서 습관이 있다. 나의 경우 앞에 썼듯이 당대
의 베스트셀러와 저자가 특정 인구 집단에 속하는 책은 읽지 않는
다. 이런 오만과 편견에는 내 나름의 합리적 이유가 있다. 어쨌든
틱 낫 한(세 음절 모두 띄어 써야 한다)의 《화》는 나의 독서 기피 기준
에 완전히 부합한다. 당연히 읽지 않았으나 이 책을 읽어야만 대화
하겠다는 이가 있어 오로지 인간관계를 위해 더운 날 구립도서관
을 오갔다. 역시 내 원칙은 옳았다. 책은 '기대'를 저버리지 않았다.
내용도, 실망도, 예상한 그대로였다.

말할 것도 없이 '화'는 간단한 논제가 아니다. 여성주의 심리학에
서는 분노를 힘(empowering)으로 본다. 분노는 타인의 공감, 그리
고 어떤 경우에는 '복수'로만 '해결'된다. '마음의 독'인 화는 문명
의 동력이기도 하다. 분노 조절보다 누구의 분노인가가 더 중요한
의제다.

사실 우리가 가장 억울할 때는 가해자와 피해자가 뒤바뀔 때 아

닌가. 가진 자의 분노는 제도적으로 보장되고 배려받지만 약자의 분노는 폭력 취급하는, 약자는 우아하고 세련된 시민일 수 없게 만드는 이 시스템! 나는 '흥분하지 말라'는 소리가 가장 듣기 싫다. 최근 '참으라'는 논리는 뜸해졌지만 여전히 대개의 학문과 사회적 통념에서 분노는 부정적 에너지, 사회악으로 간주된다.

늘 화가 나 있는 사람, 자주 화를 내는 사람, 표현하지 않는 조용한 사람이 있다. 모두 한 사람의 모습일 수 있다. 사회적 인간은 아무에게나 화를 내지 않기 때문이다. 화를 내는 사람과 참는 사람의 차이보다, 대상에 따라 '화풀이' 여부가 정해지는 경우가 더 많다.

진짜 문제는 화를 내는 사람이 아니라 화를 나게 하는 사람 아닌가? 예전에 읽은 틱 낫 한의 책(《힘》, 《평화 이야기》)은 그래도 덜했는데, 《화》는 화를 돋우었다. 물론 책마다 타깃 그룹이 있고 모든 독자를 만족시킬 순 없다. 하지만 현대 사회의 분노를 다룬다는 책이 인간의 고통에 대한 이해가 겨우 이 정도인가.

분노가 무엇인지, 그리고 상처받은 인간의 고통을 모르는 사람만이 늘어놓을 수 있는 '아름답고 한가하고 피상적인' 이야기들. 이 책은 한때 70만 권 넘게 팔렸다. 위로를 갈구하는 현대인이 안쓰러울 뿐이다. 아시아 출신 도인들은 서구에서 '증명'받은 뒤 다시 아시아 시장으로 온다. 그들의 내공과 관련 없는 오리엔탈리즘, 불쾌한 지식의 정치학이다. 틱 낫 한도 예외가 아니다.

그러다 반전. 나는 단 한마디에 깊고 냉철한 위로를 받았다. 지난 몇 년 동안 시달려 왔던 개인적 의문까지 풀렸다. "내 행동만이 나의 진정한 소유물이다. 나는 내 행동의 결과를 피할 길이 없다.

내 행동만이 내가 이 세상에 서 있는 토대다.”

내가 아는 한 이 구절은 인간의 본질에 대한 인류의 지적 성취를 요약하고 있다. 인간이란 무엇인가? 행위 뒤에 행위자 없고(니체), 행동은 사상의 기반이 되며(비트겐슈타인), 인간은 행동의 반복으로 구성되는 재현(주디스 버틀러)이다.

내 몸은 나의 것이 아니다. 내 몸이 나다. 타인을 판단할 필요가 있다면 그냥 그의 행동을 보면 된다. 행동이 그 자신이다. 이 말은 인간의 행불행은 개인의 결과(“내 탓이오.”)라거나 부와 권력의 소유가 허무하다는 의미를 넘어선다. 인간은 타인과 사물은 물론 자신도 소유할 수 없다. 가장 간단한 증거는 누구나 병들고 죽는다는 사실이다. 이를 통제할 수 있는 인간은 없다. 인간은 무엇을 소유할 수도 없고 누구로부터 버려질 수도 없다. 인간은 행동일 뿐 대상도 주체도 아니다. 그렇다면 버림받았다고, 모욕당했다고, 빼앗겼다고 분노할 이유도 줄어든다.

‘참나’는 내 행동뿐이다. 인간사에서 죽음과 더불어 유일한 진실이 있다면 이것이다. 유일한 진실이자 유일한 정의인 것 같다. 모든 인간 행동이 평등한 조건에서 행해지는 것은 아니지만, 상관없다. 빈부나 선악은 행동의 목적이 아니라 행위 자체이고 우리는 그 과정에서 희로애락, 분노를 경험한다. 알아야 할 것은 분노의 본질이 아니라 분노의 위치다. 행동만이 나를 말해주고 행동만이 내가 가진 유일한 것이다. 이 부담스런 소유에 나는 안도한다.

오늘 부는 바람

오늘 부는 바람 _ 김원일

—

인생은 언제나 바람인데…….
바람 불지 않는 날을 기대하지 말자. 조금씩 다른 바람에 대해
알고, 쓰고, 함께 바람 맞는다면 오늘 부는 바람도 견뎌지겠지.

—

봄바람. 이 말은 봄과 바람의 들뜬 이미지를 잃은 지 오래다. 십여 년 전, 아니 그 이전부터 봄바람은 황사를 연상시킨다. 이상화의 〈빼앗긴 들에도 봄은 오는가〉에서는 "지금은 남의 땅"이라서 그렇지 "나는 온몸에 햇살을 받고/ 푸른 하늘 푸른 들이 맞붙은 곳으로" 걸어가는 싱그러운 봄이었다. 지금은 빼앗긴 들도 '아닌데' 봄이 없다. 사계도 삼한사온도 경계가 흐려진 지 오래다.

봄은 사라진 것이 아니라 쫓겨났다. 3월. 을씨년스러움, 극심한 일교차, 잿빛 하늘, 급작스런 찬바람……. 지난달 바람은 가혹했다. 내년에도 달라질 것 같지 않다. 나만 우울한 줄 알았는데 라디오 프로그램의 사연을 들으니 다들 3월이 심란했던가 보다.

바람의 범위는 만상(萬象)의 양극을 축소해놓은 것 같다. 나른한 미풍에서부터 물체를 이동시키는 태풍까지. 말할 것도 없이, 바람은 인생의 시련과 실연의 오랜 메타포다.

인간은 인생에 개입할 수 없다. 삶은 어쩔 수 없음이요, 외롭고

지겨운 노동이며 이 두 가지를 받아들이는 것이다. 생(生) 이후엔, 바로 노병사(勞/老病死)다. 인생을 한 장면으로 요약한 소설이 있다면 나는 주저 없이 김원일의 〈오늘 부는 바람〉(표제작)을 들겠다. 이솝 우화나 톨스토이의 콩트들, 수많은 잠언집도 멋진 한 컷이지만 그들은 비유적이다.

〈오늘 부는 바람〉은 1970년대 도시 빈민의 가난과 절망에 관한 이야기다. 나는 이 소설을 읽고 문학과 지성의 본뜻, 문학과 지성의 관계를 배웠다. 빼어난 문장이란 그 자체로 영상이며 읽는 이의 몸에 배어들고 몸을 베는 글이다. 설렁탕 집의 기름진 습기, 비좁고 침침한 서민 아파트, 아버지의 술 냄새, 병명(위암)도 모르고 죽어가는 어머니의 비명, 오빠의 구타와 성폭행, 주인공 속옷의 피비린내가 내 집에 그대로 퍼진다.

이 작품은 1975년 작이다.(《소설문예》 게재.) 세로 읽기 책. 책 값은 천 원. 문학을 전공한 엄마의 유품이다. 표지 뒷면에는 젊고 잘생긴 당시 작가의 사진과 김병익의 비평이 있다. 둘 다 눈부시다. "……그는 한 작가가 관심을 갖고 열의로써 대결해야 할 모든 고통스런 문제들을 통해 우리의 이 시대와 인간이 어떤 형태로 패배해 가고 있는가에 괴로워하고 있는 것이다."

'오늘 부는 바람'은 오늘'만' 부는, 오늘'의' 바람이라는 뜻인 듯하다. 오늘은 흐린 날일지라도 내일은 나아질 것이라는. 작품의 내용은 비극적이지만 분위기는 힘이 있다. "……이제 엄마 생각에도 서러워지지 않았다. 껌보다도 더 질긴 삶이 내 발을 땅에다 굳건히 세우고 있을 뿐이었다."

껌보다 질겨야 이어지는 삶, 이것이 희망일까? 나는 이 마지막 문장이 비현실적이라고 느낀다. 나는 '껌'일 자신이 없다. 또한 1975년과 2013년의 바람은 다르다. 세계는 고통으로 가득 차 있고 대부분의 사람들은 고통을 비밀로 한 채 '보이지 않는 휠체어'를 타고 '보이지 않는 깁스'를 하고 하루하루를 살아낸다.

극복은 쉽지 않다. 아니, 극복할 필요가 있을까. 인생은 언제나 바람인데……. 운 좋으면 황사 없는 바람. 대개는 산성비와 함께 우산대 휘청거리는 폭풍우, 아니면 이번 겨울처럼 정신을 차릴 수 없는 따귀 같은 바람이거나 공사장의 흙먼지와 검은 비닐봉지가 날리는 더러운 바람이다.

작가 후기 역시 매혹적이다. "나는 구원이나 긍정을 바탕으로 한 화해보다도 어둠이나 죽음의 아름다움, 삶의 어려움이 주는 쓸쓸함과, 고통에 소리 죽여 흐느끼는 절망을 사랑해 왔다.(나는 이런 작가를 사랑한다!) …… 비극의 세계가…… 부정이나 허무가 아니라 거대한 질서의 운동이요, 생을 절실히 사랑하는 애정의 소산임을 확신한다."

인생의 고통을 놓지 않는 사랑스런 후기지만 내 생각은 조금 다르다. 이 시대의 비극은, '애정의 소산임을 확인할' 시간이 없는 비극이다. 날마다 전쟁이고 흐느낌이다. 다만, 매일 부는 바람도 저마다 다른 바람임은 분명하다. 이 괴로움의 변주가 삶의 가능성이다. 바람 불지 않는 날을 기대하지 말자. 조금씩 다른 바람에 대해 알고, 쓰고, 함께 바람 맞는다면 오늘 부는 바람도 견뎌지겠지.

몸은 포물선이다

병을 달래며 살아간다 _ 다이쿠바라 야타로

—

공공 의료는 개인이 '죽음에 이르는 길'에서 겪는 고통에
개입하기 위한 최소한의 장치다. 인간이 사회를 이루고 사는
가장 큰 이유는 이 고통을 함께하기 위해서다.

—

홍준표 경남지사에게 공공 의료는 '좌파 정책'이다. '우파 민중'
은 안 아픈가? 공공 의료는 국가의 기본 역할인데? 그는 아나키스
트인가? 내가 분노하자 주변에서는 '뭘 기대하냐'는 반응이다. 일
부 지도층의 이런 발상에 대한 현저한 면역 결핍이 내 지병이다.

질병은 삶의 부작용이 아니라 본질이다. 의료는 복지 이슈가 아
니다. 쌀 수급을 복지 정책이라고 말하는 사람은 없다. '질병은 비
정상'이라고 생각하기 때문에 비용 문제로 접근하는 것이다. 홍 지
사의 사고는 철학의 문제, 그것도 '국정 철학'의 오류다. 그는 '좌
파의 국가관'을 의심하기 전에 자신의 공동체관부터 검증받아야
한다.

질병이 사회적 부담이라는 인식은 일반의 통념이기도 하다. 서양
사상에서 인간은 신의 형상을 본뜬 피조물이다. 신은 전지전능하
므로 자신의 작품을 불완전하게 만들 리 없다. 신이 만들었으므로
완전하며 각 기관과 장기가 정확히 작동하고 조화를 이루었을 때

건강한 상태라는 것이다. '건강(health)'의 어원은 '온전한(whole)'에서 유래했다.

게다가 정상의 기준은 건강한 남성이다. 여성과 장애인은 신의 은총을 받지 못한 사람들이다. 병에 걸린 사람은 벌받은, 재수 없는, 신자유주의 용어로는 낙오자라는 의식이 지금도 팽배하다.

일본 출신의 티베트 의사이자 승려인 다이쿠바라 야타로의 《병을 달래며 살아간다(원제 明るいチベット醫學)》는 티베트 의학의 인식론과 증상에 따른 실제 치료법을 다루고 있다. 티베트 불교에서는 인간을 신의 구현물로 보지 않는다. 동식물처럼 자연의 일부일 뿐. 불완전해도 상관없다.

"인간의 몸은, 돌을 던지면 돌이 긋는 포물선처럼 원초 생명에서 점점 발전하여 한창때를 누리다가 마침내 기운을 잃고 떨어져 원래의 상태로 되돌아오는 것이다." 이 책의 내용에 모두 동의하지는 않는다. 특히 지금 의료 서비스가 완전히 계급 문제가 된 한국 사회에서 자연 치유력을 강조하는 티베트 의학의 장점은 탈맥락적일 수 있다.

포물선의 비유조차 절정이 있다는 의미에서 위계적인 면이 있지만, 분명한 것은 포물선은 시작과 끝이 있다는 점이다. 몸의 생애는 곡선이다. 내려갈 때가 있다. 성형 열풍이나 완벽한 몸 이미지는 몸의 과거와 미래를 인정하지 않는 비현실적 행위다.

"지금 뭘 하고 있나요?" 알퐁스 도데(Alphonse Daudet)는 말한다. "아프고 있습니다." 인간의 조건을 어떻게 상정하는가에 따라 역사는 달라진다. 어떤 이들은 생의 대부분을 병상에서 보낸다. 많은 현대인들이 만성 통증에 시달린다. 인간은 아프고 죽게 되어 있다. 그러나 이를 수용하는 사람은 드물다. 출세, 성장, 행복 지상주의 사회에서 이상한 일도 아니다.

나는 지나치게 생명을 찬양하는 사람을 경계한다. 대개 이들은 진정으로 생명을 존중하기보다는, 질병에 대한 두려움과 죽음에 대한 혐오 때문에 생명이 아니라 건강과 젊음을 찬양한다. 사람보다 '생명'을 좋아하는 것이다.

삶은 불공평하다. 죽음도 불공평하다. 다른 점이 있다. 삶의 불공평은 계급, 성별 등 구조적인 이유가 있고 어느 정도 인식의 공유가 가능하다. 아픈 과정, 죽음의 불평등함은 설명할 길이 없다. 인명재천. 죽음에 이르기까지 몸의 고통은 공감이 불가능하다. 죽음에 이르는 길은 홀로 가는 길이다. 가까운 이가 고통으로 살과 뼈와 피가 질서를 잃으며 죽/어/가/는 모습을 경험한 이들은 알 것이다.

세계 최고의 의료 수준과 제도를 자랑하는 쿠바는 1986년 우크라이나의 체르노빌 원자력발전소 사고 때 모든 국가가 기피한 원전 난민을 무료로 치료해주었다. '국격'이 있다면 이런 것이다. 원래 진주의료원 같은 기관은 동리(洞里)마다 있어야 한다. 폐업이 아니라 더 만들어야 한다.

키르케고르(Sören Kierkegaard)처럼 '죽음에 이르는 병'을 고뇌할 때가 아니다. 누구나 고통 없는 죽음을 원한다. 공공 의료는 개인이 '죽음에 이르는 길'에서 겪는 고통에 개입하기 위한 최소한의 장치다. 인간이 사회를 이루고 사는 가장 큰 이유는 이 고통을 함께하기 위해서다.

정해진 시간에 떠나야 하는
기차보다 더 슬픈 게 있을까?

살아남은 자의 아픔 _ 프리모 레비

—

망각을 거부한 투사가 치러야 하는 대가는 남은 인생이 과거에서
자유로울 수 없다는 확신이다. 불확실한 삶이라면 가능성을 희망이라 믿고
살겠지만 확실한 상태에서 선택은 많지 않다.

—

프리모 레비. 한참 동안 커서만 깜박이고 있다. 기운이 없어서
그냥 잤다. 삶과 언어가 마주할 때 부등호는 언제나 삶을 향한다.
언어의 한계. 나의 한계. 하고 싶은 말은 참았던 숨처럼 가쁜데, 생
각이 짧으니 검열과 긴장이 보초를 선다. 그 유명한 '생각하지 않
는 죄'에다 '생각이 얇은 죄'까지 겹쳐 다른 책을 쳐다본다. 하지만
그와 닿고 싶은 욕망이 주제 파악을 이기고 만다. "어떻게 작품과
자기 자신을 분리시킬 것인가?/ 작품이 끝날 때마다 나는 한 번씩
죽는다." 이런 사람은 홀로코스트가 아니었어도 매일 다시 태어났
을 것이다.

레비는 평균 생존 기간 3개월인 오시비엥침에서 1년 10개월을
버티고 살아남았다. 유대인 죽이기는 '더러운 일이어서' 나치는 자
기 땅에서 자기 손으로 하지 않았다. 폴란드에서 동유럽 소수 민족
에게 시켰다. 아우슈비츠는 오시비엥침의 독일어 이름이다. 프리모

레비는 화학 박사였지만 인종차별법 때문에 일자리가 없었다. 이후 빨치산 활동을 하다가 체포돼 강제수용소로 끌려갔다. 생환 후 수많은 시와 소설, 회고록을 남겨 살아남은 자로서 '임무'를 다했다.

나치즘은 우리에게 '이것이 인간인가'(레비의 책 제목)를 질문하지만, 희망을 앞세운 이들도 마찬가지다. 기억이 고문이었을 그의 인생은 그런 경험을 한 인간이 망가지지 않고 어디까지 위대해질 수 있는지, '인간 승리'를 증거(해야)하는 삶이었다.

"내가 놓친 수레바퀴가 절벽 끝으로/ 천천히 굴러가고 있다……/ 그리고 과연 언제까지/ 이 육신을 나에게 복종시켜야 할까?"(〈수레바퀴〉) 만일, 만일, 만일에 그는 일찍 쉬고(죽고) 싶었으나 어떤 시선과 의무감 때문에 68세까지 '살아야' 했다면, 나는 그를 찬양하는 이들을 나치만큼 증오할 것이다.

그는 투신 자살했다. 지금 우리 사회 '보통 사람'의 자살과 비교할 수는 없다. 하지만 타인의 고통을 헤아리기 어려운 것은 마찬가지다. "난 무려 100년 참고 참는다……/ 난 내일 죽음과의 약속을 지킬 거다!/ 하지만 너네 인간들은 백번 죽었다 깨어나도/ 내 말을 이해할 수 없을 거다"(〈용설란〉)

기차와 시계는 초기 자본주의의 엔진이었다. 대량 생산, 운송 수단, 정확한 시간표는 필수적이다. 끝없는 기찻길은 미래의 표상이다. 혁명은 인간의 의지와 노력으로 바람직한 미래를 앞당길 수 있다고 생각한 기차였다. 하지만 혁명은 역사상 유례없는 대량 살상을 가능하게 한 폭주 기관차였다. 근대는, 지향은 달랐지만 소련에서 2천만 명, 중국 문화대혁명에서 2천만 명, 유대인 학살 6백만 명의 사망자를 생산한 죽음의 시간성이었다.

뇌는 신체다. 정신적 고통은 육체의 병이다. 자살은 뇌 기능의 오작동으로 인한 인지 오류, 불행한 미래를 확신하는 비합리적 신념 때문에 이뤄진다.

망각을 거부한 투사가 치러야 하는 대가는 남은 인생이 과거에서 자유로울 수 없다는 확신이다. 불확실한 삶이라면 가능성을 희망이라 믿고 살겠지만 확실한 상태에서 선택은 많지 않다.

확실성의 볼모가 된다는 것. 〈기차는 슬프다〉가 바로 그것이다. "단 하나의 목소리와 단 하나의 노선으로/ 정해진 시간에 떠나야 하는 기차보다/ 더 슬픈 게 있을까?/ 그 어떤 것들도 이보다는 더 슬프지 않다." 이 구절을 읽을 때 내 시간이 멈췄다. 행복할 때, 정지했으면 하는 그 시간이 실현되었다. 우리는 기차역에 함께 앉아 있었다.

목적이 분명한 기차가 정시에 출발한다는 확실성. 기차역(삶)에 끌려온 사람들은 살아 있는 죽음을 산다. 죽음을 기다리는 동안 시를 쓰는 사람도 있지만 누구나 그럴 수 있는 것은 아니다. 우리가 그를 이해하는 만큼 기차가 오기 전에 죽는 이들에게도 그런 마음을 품으면 안 될까. "모든 사람은 서로가 서로에 대한 기억의 조각품들이다."(〈내 벗들에게〉) 이 사랑스런 목소리처럼.

이 시집은 이산하 시인의 프리모 레비다. "세상이 끝나는 방식은 쾅 하는 소리가 아니라 흐느끼는 소리이다."(T. S. 엘리엇을 레비가 인용한 것을 이산하가 옮김.) 레비의 메모들, 이산하의 각주와 해설도 시다.

공부가 가장 쉬웠어요

공부가 가장 쉬웠어요 _ 장승수

—

공부를 멈추지 않는 사람은 겸손하다. 자신에게 몰두한다. 계속 자기 한계,
사회적 한계와 싸워야 하기 때문이다. 분명한 점은, 생각하기를
두려워하는 사회는 생각하는 고통보다 더 큰 고통을 치러야 한다는 사실이다.

—

이 책은 제목이 화두다. 의도가 분명한 책의 운명, 책 내용은 읽
기 전후가 '같았다'. 20살 청년이 막노동을 하면서 5수 끝에 서울대
에 수석 합격. 지은이'만' 가능한 개인적 이야기라고 생각한다. 내
가 알기로 이 책은 174쇄를 찍었고 150만 권 넘게 팔렸다. 이 사례
를 해석할 필요는 없다. 이제 더는 '개룡남'(개천에서 난 용)이 나오
지 않을 것이기 때문이다.

단지 나는 '공부가 가장 쉽다'는 말에 관심이 있다. 다양한 분석
을 필요로 하는 흥미로운 이야기다. 공부는 '쉽다, 어렵다' 차원에
서 논할 수 있는 문제가 아니기 때문이다. "공부가 쉽다니." 불평
하는 네티즌의 '망언'론과 "너도 할 수 있어." 따위는 이 글귀와 무
관하다. 공부의 의미는 사람마다, 상황마다, 사람의 상황마다 다르
다. 나는 세 가지 정도 생각해본다.

서울 토박이인 나는 20대 초반에 여름 땡볕의 담배 밭에서 잡초
뽑는 일을 한 적이 있다.('농촌 활동') 담배 작물은 거대한 옥수수였

다. 높이가 2미터 가까이 되었다. 그 아래 밭고랑은 천막만 한 담뱃잎으로 가려져 바람도 햇빛도 통하지 않았다. 온도는 50도? 알수 없다. 처음에는 들어가지도 못했다. 일을 했다기보다 시간만 채우고 죽기 직전에 기어 나왔다. 그때, 처음으로 공부가 쉽구나……생각했다. 그나마 익숙한 일이 쉽다는 뜻이다. 이 책도 '노가다'보다 공부가 쉽다는 의미가 아니다. 저자도 공부가 익숙한 것이다.

10년 후 서른 살. 나는 시민 단체에서 일하다가 대학원에 진학했다. 격려는 기대하지 않았지만 예상외의 반응에 상처받았다. 그때만 해도 '가난한 아줌마', '운동권 간사'가 일반 대학원에 진학하는일은 자연스럽지 않은 일이었다. 스스로도 죄의식에 시달렸다. 당시 노점상이 분신한 사건이 있었는데, 그의 딸(7살)이 우는 사진이신문에 실렸다. 나는 며칠 동안 공부하지 못했다. 그런 심리적 갈등에 비하면, 공부는 쉬웠다.

둘째, 공부를 포함해서 세상의 모든 노동은 다 힘들다. 쉬운 일은 없다. 어떤 노동이든 지루하고 고된 과정이다. 쉽게 돈 버는 일은 딸바보 부자 아빠가 주는 용돈? 아니면, 합법적 횡령이나 투기?대형 마트에서 피자 팔기?

문제는 세상 모든 일이 힘든데, 입시 공부류가 유독 사회적 보상이 크다는 것이다. 정신 노동과 육체 노동, 성별 분업, 이주노동자가 주로 하는 일…… 다양한 노동 분업 체계는 착취와 위계, 특정분야에 과도한 부와 명예가 편중되는 것을 정당화한다. 이런 의미에서는 공부가 가장 쉽다. 사회주의 사회는 이 문제를 바로잡으려고 많은 노력을 했다.

셋째는, 공부의 의미가 조금 다르다. 최근 임지현은 〈홀로코스트와 탈식민의 기억이 만날 때〉라는 글에서, 사유하는 법을 배우고 싶어 찾아온 대학생 한나 아렌트(Hannah Arendt)에게 하이데거(Martin Heidegger)가 한 말을 전한다. "생각한다는 것은 외로운 일이네." 인생에서 어려운 일이 세 가지 있다. 생각, 사랑(관계), 자기 변화.

훌륭한 저작을 남긴 지식인이나 작가의 오만을 사랑할 수 있는 이유가 여기 있다. 생각하는 일은 어려운 일이다. 생각은 그 자체로 새로운 것이다. 나도 조금 생각한 적이 있다. 피학의 쾌락이 있었지만, 공부가 가장 어렵다는 것을 깨달았다.

머리에서 기름이 빠져나가는 느낌, 빛이 투과되지 않는 심해에서 괴물과 마주한 기분, 완전히 무기력해져서 눈물만 흐르는 상태. 긴장을 견디다 못해 물건(연필)을 부수거나 더 큰 고통으로 상쇄하기 위한 '자해'.(별로 안 아팠다.) 이 우주에 나도 타인도 없는 것 같은 무섭도록 외로운 상태. 단것을 먹어대도 두통만 올 뿐 배가 부르지 않았다. 무기력. 청소와 세수의 반복. 이것이 공부다.

내 무능력도 원인이겠지만 사유는 힘든 일이다. 생각할수록 공부할수록 무지의 공포는 비례 상승한다. 나 자신이 작아지고 우울해진다. 우울은 공부의 벗. 공부를 멈추지 않는 사람은 겸손하다. 자신에게 몰두한다. 계속 자기 한계, 사회적 한계와 싸워야 하기 때문이다. 계속 공부하는 사람이 드문 이유다. 하지만 분명한 점은, 생각하기를 두려워하는 사회는 생각하는 고통보다 더 큰 고통을 치러야 한다는 사실이다.

모든 곡식은 오래 씹으면
단맛이 나지요

태백산맥 _ 조정래

—

몸의 대체 불가능성. 이것은 몸만이 할 수 있는 일이다.
자연 상태의 음식을 그대로 먹으면 몸이 수용체이자 매개체가 된다.
몸 자체의 역할이 증대된다. 흔히 말하는 자연 복원력이다.

언제나 '이 시대의 책'이라고 생각했는데 읽은 지 20년이 넘었다.
나는 10권 모두 등하굣길 지하철 안에서만 읽었다. 그외 시간과 장
소에서는 읽지 않으려고 무척 애썼다. '더 중요한' 사회과학 책을 읽
기 위해서였다. 한심한 청춘이었다. 결국 일 주일에 한두 번씩은 정
차역을 지나쳤다. '조국과 민중'이 모든 생활을 점령했던 시대에 빨
려들듯 읽었지만, 지금 읽어도 일상으로 돌아오기 힘든 작품이다.

이 글의 제목이 《태백산맥》의 어느 부분에 나오는지 찾기 위해
원고지 1만 6천 장을 다시 읽을 용기는 없다. 당시 격렬했던 감동
이 현실 인식과 연결되지 못했던, 한국 현대사에 무지했고 치열하
지 못했던 나 자신과 마주하고 싶지 않다. 작품과 무관하게 20대가
전혀 그립지 않다.

염상진 대장이 가을 곡창을 바라보며 말한다. "모든 곡식은 오
래 씹으면 단맛이 나지요." 민초를 끔찍이 사랑한 그에게 알곡이

어떤 의미였겠는가. 당시 이 구절을 읽었을 땐 "남자가 쌀을 아네?" 정도였다. 근데 이상하게 종종 생각나는, 생각할수록 매력적인 글귀다. '나의 대장 염상진' 때문이었는지도 모른다.

염상진의 아이들은 '아부지'를 외치며 매상 굶는다. 다음 끼니가 없고 가을이라 해도 소작농은 보리쌀 한 줌이 아쉽다. 식혜나 약과는 '현실의 떡'이다. 낟알을 입 안에 오래 담을 수 있는 만족감을 여러 사람이 나누기 위한, 그 겨울 벌교 벌판의 사회주의.

아는 의사 셋이 같은 주제로 흥분하는 걸 보고, 염 대장의 말이 근대 과학의 패러다임과 관련 있다는 생각이 들었다. 믹스 커피 성분인 카제인나트륨과 우유를 대립시키는 광고 때문에 시작된 이야기였다. "카제인(단백질 화학명)이 우유잖아.", "용각산이 바로 도라지 가루지.", "리튬(조울증 치료제)이 버드나무 잎에서 나는 거거든." 그들의 요지는 같은 성분인데 우유('자연')와 카제인나트륨('화학')의 이미지를 대립시키는 교묘한 광고라는 것이었다.

그들의 주장에 동의하지만 원소 중심의 사고방식은 문자 그대로('元素') 기원과 본질 중심의 사유가 전제되어 있다. 원소는 근대 자연과학의 시작이며 이후 인문·사회과학에도 적용되어 인과론이 맹위를 떨치게 된 인식론적 기반을 제공했다.

탄수화물, 곡물, 빵은 공통점이 있지만 같지는 않다. 옥수수는 수확 후 바로 쪄야 맛있다. 다른 곡물보다 당분에서 전분으로 변화하는 속도가 빠르기 때문이다. 통밀은 케이크의 원료지만 성분이 같다고 해서 통밀과 케이크가 같은 음식은 아니다.

발효, 가공, 상품화 과정은 인간의 몸 밖에서 일어나는 일이다.

그래서 몸 밖의 단맛은 제작이 가능하고 종류가 무수히 많다. 사탕, 과자, 식혜, 약식, 떡의 단맛은 인간이 통제할 수 있는 단맛이다. 이와 달리 입안에서 알곡을 오래 씹는 공정은 몸 안에서의 일이다. 맛의 변주는 가공품에 비해 급격하지는 않지만 침의 소화 효소가 만들어내는 맛은 사람마다 미세하게 다를 것이다.

몸의 대체 불가능성. 이것은 몸만이 할 수 있는 일이다. 자연 상태의 음식을 그대로 먹으면 몸이 수용체이자 매개체가 된다. 몸 자체의 역할이 증대된다. 흔히 말하는 자연 복원력이다. 몸 안에서 통밀과 케이크의 변화 가능성은 비교할 수 없을 것이다. 통밀의 변화는 엄청 무쌍할 것이다. 자본주의의 대량 가공 식품이 몸의 능력을 퇴화시켰다는 것은 상식이다.

가공하지 않는다면 몸과 인식론의 양자 혁명이 가능하다. 원소 중심의 사고는 최초, 순수, 기원, 원조, 원인 등의 언설과 연결된다. 이 단어들은 '서구', '주류', '중심' 등 역사의 시작과 표준을 의미하며 권위를 갖는다. 뒤에 등장하는 것은 짝퉁, 모방, 왜곡이다.

그러나 개별적 몸에서 일어나는 일, 즉 '현지(local)' 입 안에서 느껴지는 곡식의 단맛은 위계가 없는 공시(共時)의 흔적이다. 여기에 기원은 없다. 원소 중심의 사고에서는 성분 중 원소(기원) 함량에 따라 서열이 정해진다. 염상진 대장의 말은 각자의 몸에서 역사 만들기를 상징하는 것이 아닐까. 역사는 기원의 전파가 아니라 동시적 파생이다.

이해

자살의 이해 _ 케이 레드필드 재미슨

—

이해는 사랑과 지식을 아우른다. 사랑은 수용이다. 상대를 수용할 때
이해는 따라온다. 이해는 아는 것을 버리는 것이다. 기존의 앎을
버리지 않는 한, 새로운 것은 절대 우리 몸에 들어오지 않는다.

—

얼마 전 헌책방에서 마르탱 모네스티에(Martin Monestier)의 《자
살》을 찾는 횡재를 했다. 책을 든 채 자주 가는 빵집에 들렀다.
친한 주인이 나를 보자마자 놀란다. "에이, 그러면 안 되지, 어
째……." 자살하겠다는 것도 아니고 책을 읽겠다는 것도 아니고(?)
책을 들고 있을 뿐인데, 나는 불길한 부적이 되었다.

'자살의 이해'에 대해 생각하지 않을 수 없었다. 세상사 그 무엇
이든 이해하기 쉬운 일이 있겠는가. 사람들은 서로 이해해 달라고
싸운다. 사람마다 각자 이해하기 어려운 분야가 있다. 이해는 공
부, 습득, 인지와 혼재되어 있다. "제발 나를 이해해 달라.", "이 문
장을 이해하겠니?" 전자는 수용에 가깝고, 후자는 학습에 가깝다.

이 나라는 앎 자체를 불법으로 규정하고 있는 데다(국가보안법),
사회는 자체 검열을 초과 달성하여 스스로 무지를 추구하는 분야
가 많다. 가족 제도와 자살이 대표적이다. 자살이나 정신질환 관련
서는 제목에 편견이 반영되는 경우가 많다. 책의 사명을 망각한 처

사다. 건강 약자로서 분노한다. 번역서 제목을 정할 때 시장성이나 한국적 맥락을 고려하는 것은 당연하다. 하지만 원서 내용과 정반대거나 판관을 자처하는 제목은 폭력이다. '빵집의 그 책'도 원제는 단순한 《자살(suicides)》인데 비난과 개탄의 어조가 담긴 《도대체 왜들 죽는가》로도 번역되어 있다.

《자살의 이해》는 제목 그대로, 자살의 이해를 돕는 책이다. 사려 깊은 독자라면 약간의 각오가 필요할지 모른다. 심리적 부검이라는 말도 있지만, 아직까지 자살은 그에 대한 편견과 당사자의 목소리를 들을 수 없다는 점 때문에 인간 행동 중 가장 이해하기 어려운 분야로 알려져 있다.

이 책은 저술의 모범이다. 사회적 필요, 다학제 관점, 정치적 열정, 전문 지식, 고통에 대한 공감. 생명체인 인간과 사회적 인간, 개인과 구조, 이 쟁점들을 상호 융합적으로 다룬다. 자살은 복잡한 현상이지만 금기가 무지를 부채질했을 뿐 우리는 자살을 이해할 수 있다. 자살에 대한 반응은 인간의 고통에 대한 이해의 척도다.

책 제목에는 '~의 이해'가 많다. 이해(理解)는 읽는 이의 이해(利害) 관계와 관련이 있다. 그러니 이해는 난이의 문제가 아니라 의지의 영역이다. 이해의 영어 표현(under/standing)이 좋다. 이해하려는 대상 아래 서 있으려는 겸손한 마음, 이것이 첫 번째 자세다. 이해는 사랑과 지식을 아우른다. 사랑은 수용이다. 상대를 수용할 때 이해는 따라온다.

이해는 아는 것을 버리는 것이다. 선입견이든 지식이든 기존의 앎을 버리지 않는 한, 새로운 것은 절대 우리 몸에 들어오지 않는다. 충돌은 앎의 지름길이다. 먹지 못할 떡을 두 손에 든 사람들이 있다. 절충은 아는 방법, 인식할 수 있는 능력, 앎 자체와 가장 거리가 먼 행위다. 욕심일 뿐 지식도 정보도 아니다.

대니 보일 감독의 영화 〈127시간〉은 상영 시간 내내, 사막 한가운데 바위 사이로 떨어진 주인공(제임스 프랑코 분)만 나오지만 충분히 흥분되는 텍스트다. 이 영화에는 삶의 전(全) 시간이 나온다. 유능한 등반가가 추락 사고로 돌에 팔이 끼어 127시간을 버티다가 결국 스스로 산악용 칼로 팔을 자르고 탈출한다. 절단까지의 망설임, 외로움, 고통. 이것이 이해의 과정이다.

이 영화는 실화지만 동시에 비유로 가득 차 있다. 팔을 잘라내지 않으면 죽음이 진행된다. 물은 떨어져 가고 통증은 격화되며 강렬한 태양 아래 몸이 썩어 간다. 살기 위해서는 몸의 일부를 버려야 한다.

간혹 매우 총명한 이들과 조우한다. 나는 그들의 '비법'을 알고 있다. 이해는 영혼이 순수한 사람의 특권이다. 대상에 대한 사랑. 이해하고 싶어서 기득권을 포기하는 데 망설임이 없다. 자신을 보수(保守)하지 않는다.

사랑은 미안하다고 말하지 않아

러브 스토리 _ 에릭 시걸

—

아픈 사람이 미안해할 때야말로 "사랑은 미안하다고 말하지 않아."
이 말이 필요하다. 인생은 열렬한 사랑의 순간보다 괴로운 시간이
훨씬 많다. 공감은 미안하다고 말하지 않는다.

—

"미안해." "뭐가 미안한데?" "……하여간, 미안해." "거봐, 자기
가 뭘 잘못했는지 모르잖아." "미안하다면 된 거 아냐!" 연인이나
부부 간에 흔한 대화다. 이때 오가는 것은 말이 아니라 미움과 분
노. 인생고 중 하나가 미안한 감정을 주고받는 문제다.

'미안'의 사유가 구조적 원인에서 발생하는 경우가 많고 구조에
대한 개인의 반응은 각기 다르기 때문에 실제 상황은 복잡하고 미
묘하다. 마음과 판단이 제대로 정리된 사과가 어려운 이유다. 엘튼
존의 노래대로 "미안하다는 말이 제일 어려운 것 같다.(Sorry seems
to be the hardest word.)"

말로는 '미안'이지만 어감에 따라 '미안하지 않은 미안'도 많다.
면피, 내 불편 해소, 건성, 달래기, 위기 탈출용, 조롱, 습관적 감탄
사에 이르기까지……. 심지어 가식과 뻔뻔함을 사과라고 주장하는
경우도 적지 않다. 내가 제일 듣기 싫은 미안함에 관련한 표현은
"(나는 동의하지 않지만) 네가 불쾌했다면 미안해."다. 이럴 땐 차라

리 '싸우자'는 게 예이다. 진짜 미안할 때는 할 말이 없거나 멀리서 오랫동안 미안해한다.

연인끼리 미안하다는 말은 또 다르다. 너무 사랑해서 말이 필요 없는 상태이거나 죽도록 사랑해서 미안함도 후회도 없다는 의미일 수도 있다. 이런 일은 인생에서 며칠(?) 이상 일어나지 않고 모든 사람이 경험하는 것도 아니다. 아끼는 사람, 가까운 사람 사이일수록 '미안해', '고마워'가 필요하다.

어렸을 적 읽었던 소설 중에 그때도 지금도 이해가 안 가는 구절이 있다. 그 구절이 유명한 문장일 경우 소외감마저 느낀다. 내가 보기엔 별로인데 왜들 좋다는 거야. 《러브 스토리》의 "사랑은 미안하다고 말하지 않아.(Love means not ever having to say you're sorry.)"라는 문장이 그 경우다. 미안하다는 말은 많이 할수록 좋은 거 아닌가?

'sorry'는 미안, 유감, 후회, 안타까움, 안됐네요…… 등 뜻이 많다. 문맥에 따라 의미가 다를 수밖에 없다. 이 소설에서 제니가 올리버에게, 올리버가 아버지에게 위와 같이 말한다. 영어로는 같은 문장인데 우리말 의미는 다르다. 영한 대역본인 이 책은 같은 뜻으로 잘못 번역되어 있다.(인용한 구절은 내가 조금 고친 것이다.)

《러브 스토리》의 연인들은 계급 차이 때문에 남자 주인공(올리버) 집안의 반대로 결혼에 어려움을 겪는다. 올리버가 제니에게 미안하다고 하자, 제니는 "사랑하는데 뭐가 미안해."라고 말한다. 마지막 페이지에서 제니가 죽자 올리버의 아버지는 "안됐구나.(I'm sorry.)"라고 말한다. 올리버는 아버지에게 "사랑은 미안해할 일을 하지 않는 겁니다."라며 원망스레 울먹인다.

최근 의문이 조금 풀렸다. '사랑'과 '미안'은 같은 말일 수도 있고, 무관할 수도 있다. 두 마음의 상호성은 평범한 사람들의, 어쩌지 못하는, 인간관계의 정치학이라는 생각이 든다. 가장 친한 친구가 8년째 아프다. 심각한 병이지만 사회적 낙인이 심해 위로받기는커녕 변명과 '거짓말'로 하루하루를 버틴다. "돈 잘 벌고 착하고 자랑스러운" 딸이었던 그녀는 걱정거리와 민폐로 '전락'했고 경력, 경제력, 인간관계 모든 것을 잃었다. 그녀의 고통을 지켜보며 인생을 배우는 나는 미안하다.

기대에 부응하지 못하는 삶, 아프다/죽고 싶다는 호소. 그녀는 주변 사람들에게 늘 미안하다고 말한다. 질병의 증상(신체적 통증)으로 고통받는 그녀에게 '정신 차리라'고 혼내는 사람도 있다. 낙오자 취급은 '엘리트'였던 그녀의 자아에 사망 선고가 되었다.

그러므로 《러브 스토리》는 러브 스토리다. 세상은 성공 스토리가 지배한다. 그녀의 증상은 타인에게 피해를 주지 않는다. 환자라는 이유만으로 미안한 것이다. 약자는 보호받고 지원받아야 하지만 통치 세력이 노골적으로 약육강식을 지시하는 사회에서 뭘 기대하겠는가.

아픈 사람이 미안해할 때야말로 "사랑은 미안하다고 말하지 않아.", 이 말이 필요하다. 인생은 열렬한 사랑의 순간보다 괴로운 시간이 훨씬 많다. 공감은 미안하다고 말하지 않는다.

마지막 잎새를 그린 화가

마지막 잎새 _ 오 헨리

—

의욕, 삶의 방향, 목적. 사람은 결국 '무엇' 때문에 산다.
삶의 의미는 인간이 묻는 것이 아니다. 삶이 우리에게 묻는 것이다.
이 질문에 답하려는 몸부림이, 내가 생각하는 의미 있는 삶이다.

—

기후, 일조량, 건강은 상관성이 있다. 하지만 계절을 인생에 비유해 봄은 청소년, 가을은 중년이라는 식의 통념은 연령주의와 북반구 중심 사고의 합작이다. 남반구의 크리스마스는 여름이다. 그러니 나이 들수록 겨울을 쓸쓸하게 생각할 필요는 없다, 고 쓰고 있지만 실은 나도 겨울이 다가오면 심란해진다.

읽을 때 머릿속에 영화가 함께 찍히는 소설이 있다. 예전에 이 작품을 읽었을 때는 분량이 횅할 정도로 짧았는데도, 나는 뉴욕의 예술가들이 모여 사는 허름한 아파트에서 11월에 폐렴으로 죽어 가는 젊은 화가(조안나)가 되어 낭만적인 죽음을 상상했다.

이번에 새로 알게 된 사실은 이 소설이 1905년 작품이라는 것, 작가가 가난하고 어려운 시절을 보냈고, 공금 횡령 행위로 체포되어 수감 생활을 하던 도중에 글을 썼다는 것이다.(이 사건은 미스터리로 남았다.) 필명인 오 헨리는 당시 교도소 간수장이었던 '오린 헨리'에서 따온 것이다. 본명은 '윌리엄 시드니 포터'. 윌리엄 시드니 포터라니······.

이번에 읽으면서는 주인공이 조안나에서 다른 사람으로 바뀌었다. 새 주인공은 비바람 치는 겨울밤, 담벼락에 담쟁이덩굴 잎을 그리다가 죽은 예순이 넘은 버먼이라는 화가다. "신발과 옷은 흠뻑 젖어서 얼음처럼 차갑구. 날씨가 그렇게 추운 날 밤에 도대체 어디를 갔다 오셨는지 아무도 알지 못했어. 그러다가······ 흩어진 화필과, 초록과 노랑 물감을 푼 팔레트를 발견한 거야. ······ 마지막 잎사귀가 떨어지던 그날 밤, 버먼 할아버지가 저 자리에 그려놓으셨던 거야."

몇 해 전에 성별을 기준으로 하여 10대에서 70대까지 열네 개 그룹으로 나누어 인생에서 가장 후회되는 일이 무엇인가라는 설문 결과를 본 적이 있다. 놀랍게도(?) 거의 모든 연령과 성별에서, "다시 태어난다면 공부를 열심히 하고 싶다."라는 응답이 가장 많았다. 내 대답 역시 그렇다. 여기서 '공부'는 10대를 억압하는 입시 공부가 아닌 뭔가 '의미 있는 인생'을 원한다는 뜻일 것이다. 의미 있는 삶이란 무엇일까. 내가 필요한 존재였다는 것, 무엇인가를 추구했다는 것, 나만의 세계가 있었다는 것 등으로 다양할 것이다.

60대 친구가 몇 있다. 돈과 학벌을 따지는 '속물'이 득실거리는 우리 사회에서 남들 보기에도 비교적 '성공한' 인생들이다. 그들 역시 공부 이야기를 제일 많이 한다. 자신은 이룬 것이 없다며, 가진 것이 없는 내게 말한다. "그래도 너는 책을 썼잖니, 나는 한 것이 없다."

버먼이 그린 떨어지지 않는 잎새 덕분에 조안나의 생존 확률은 10분의 1에서 2분의 1로 높아졌다. 이 소설은 '희망'으로 널리 읽힌다. 조안나의 입장에서는 그렇다. 그러나 다른 등장인물, 평생 무명화가에 진(gin)을 달고 살았던 주정뱅이 버먼에게는 인생은 짧고 예술은 긴 이야기다. 생명을 살린 그림보다 걸작이 어디 있겠는가. 잎사귀 하나는 위대한 예술이 되었다. 그의 죽음은 보잘것없었던 삶까지 의미 있게 만들었다.

의욕, 삶의 방향, 목적. 사람은 결국 '무엇' 때문에 산다. 삶의 의미는 인간이 묻는 것이 아니다. 삶이 우리에게 묻는 것이다. 이 질문에 답하려는 몸부림이, 내가 생각하는 의미 있는 삶이다. 승부나 성공 패러다임과 달리 의미는 스스로 부여하는 것이어서 아무도 속일 수 없다. 자신과 마주할 수밖에 없으니 인생에 몇 안 되는 정의다.(물론, '상식'적인 사회일 경우에만 그렇다.)

사람들이 외로운 이유 중 하나는 자신에게서 인정받지 못하는 데 있지 않을까. 자기가 추구하는 가치에 몰두하는 사람은 덜 외롭다. 아무도 모르게 혼자 죽는 것. 모든 사람이 가장 두려워하는 죽음이다. 버먼은 그렇게 죽었지만 비참한 죽음이라는 생각이 전혀 들지 않는다. 그렇다고 대단히 위대하고 행복한 마침표도 아니다. 이것이 오 헨리의 작품의 매력이다. 슬픈데 따뜻하고, 찡한데 안식이 있다. 희망과 절망 그런 차원이 아니다. 애상(哀傷)이나 애잔함은 오히려 충만한 느낌이 있다.

겨울이 좋은 점이 있다. 여름의 빗소리는 소란스럽지만 겨울에 내리는 눈은 음 소거 기능이 있다. 사방이 조용하면 외로움이 더한 순간도 있지만 삶의 의미를 고민할, 아니 답할 시간은 더 넉넉해질지도 모른다.

독자가 되고 싶다

누이를 이해하기 위해서 _ 김승옥

—

연습은 정신력으로 몸을 통제하는 것이 아니라 연습된 몸으로
정신(적 실수)을 '없애는' 방식이다. 연습, 연습, 연습. 그런 경지의 노력은
명예와 금전적 보상만으로 불가능하다. 삶을 사랑하지 않으면 해낼 수 없다.

—

내 책상에는 일본 프로야구의 전설, 한신 타이거스의 가네모토
도모아키(金本知憲) 선수의 사진이 걸려 있다. 내가 부러워하는 사
람이다. 재일동포 3세로서 일본에서 매우 존경받는 선수다. 얼마
전 은퇴했지만 40대 중반까지 1,492 경기 풀이닝 연속 출장을 비
롯해 무수한 기록을 세웠다. 일단 부상이 없어야 가능한데 운동선
수의 가장 큰 공포인 부상을 그는 "연습을 많이 하면 부상도 없
다.(확률이 적다.)"라고 말한다.

격심한 빈부 격차 시대에 장인(匠人) 지망생의 조건은 어떤 이들
에게는 도전을 허락하지 않을 만큼 불평등하다. 그렇지만 개별적
인 몸으로 무엇인가를 이루는 것은 공평한 부분이 있다. 어쨌거나
몸은 본인이기 때문이다. 운동은 립싱크나 대필이 불가능하니 윤리
의 마지막 영역일지 모른다.

다른 측면에서 글쓰기는 조금 더 '평등'하다. 운동, 음악, 미술
분야에 비해 장비가 간단하고 독학 가능성이 있다. 거칠게 말해,

연필 한 자루면 된다. 나는 글이 '투자 대비 생산성'이 가장 큰 콘텐츠라고 생각한다.

경기든 연주든 모든 몸의 플레이어들은 심리적인 요인으로 인한 부상과 실수가 있기 마련이다. 연습은 정신력으로 몸을 통제하는 것이 아니라 연습된 몸으로 정신(적 실수)을 '없애는' 방식이다. 연습, 연습, 연습. 그런 경지의 노력은 명예와 금전적 보상만으로 불가능하다. 삶을 사랑하지 않으면 해낼 수 없다.

작가는 엄청난 양의 독서, 습작, 조사를 해야 하는 데다 삶의 매 순간이 연습이다. 좋은 글을 빨리 쓰는 사람이 있다. 비결은 연습(치열한 삶)이다. 글 쓰는 시간은 연습을 타자로 옮기는 시간에 불과할지도 모른다.

여기까지는 생산자 입장. 여고 시절 나는 잘난 척하는 아이였다. 또래들은 아무 생각 없이 보였고, 그 틈에서 나는 김승옥을 읽었다.

"돈이 있었으면 좋겠다. 상냥한 여인이 있었으면 좋겠다. 아담한 방이 있었으면 좋겠다. 이것들만 있으면 문학도 버리겠다고 장담해본다. 쓴다는 것도 결국은 아편(阿片). 말라만 가고 헛소리를 하게 되고. 아아, 건강한 사람이 되고 싶다. 파이프를 물고 소파에 파묻혀 앉은 독자가 되고 싶다."

단편 〈누이를 이해하기 위해서〉의 한 장면이다. 김승옥이 22살 때 쓴 작품인데 어린 천재의 치기와 고단함이 그대로 닿는다. 창작의 고통에 대한 호소일까. 그다음 문장에 작가 자신의 답이 있다. "물론 고뇌를 사랑하는 사람을 존경한다. 그렇지만 그들을 존경하기만 하면 그걸로써 의무감의 해방을 느끼는 사람이 됐으면 좋겠다."

나는 예술가는 아니지만 이 문장에 동의한다. 일하지 않고 예술만 즐기고 싶다. 푹신한 소파에 앉아 커피를 마시면서 '열 받지 않아도 되는' 영화와 소설을 읽으며 살고 싶다. 아무것도 남기지 않고 아름다움만 소비하고 싶다. 비생산의 삶. 죽을 때 연기조차 없는 삶. '독자가 된다'는 것은 주체로 사는 피로와 죄악을 피하는 길이다. 호랑이나 사람이나 무엇인가를 남긴다? 끔찍하다.

하지만 연습을 많이 한 이들이 독자로 사는 것은 바람직하지 않다. 그들은 오만할 자격이 있다. 연습은 끝이 없는 개념이다. 외롭고 지루한 연습이 아무런 보상이 없을 수도 있는 삶을 기꺼이 선택한 이들이다. 이들은 이미 모든 것을 가졌다. 진실을 아는 자의 만족스런 불평이다. 김승옥도 알고 있다. "천 번만 먹을 갈아보고 싶다. 그러면 내 가슴에도 진실만이 결정(結晶)되어 남을까?"

참고로, 이유는 알 수 없으나 시중에 출간된 〈누이를 이해하기 위해서〉에는 "독자가 되고 싶다."라는 구절이 누락되어 있다. 출처를 찾느라 네 번 읽었다. 《혁명과 웃음 - 김승옥의 시사만화 '파고다 영감'을 통해 본 4·19 혁명의 가을》(천정환, 김건우, 이정숙 지음) 참조. 〈누이를 이해하기 위해서〉의 출전, 동인지 〈산문시대〉는 서울시 서초구 소재 국립중앙도서관 소장이다. 표지를 넘기니 첫 장에 "梁柱東(양주동) 先生(선생)님 — 散文同人(산문동인) 김현"이라고 쓰여 있다.

자유는 고립 이데올로기다

하류지향 _ 우치다 타츠루

—

근대 사회의 가장 큰 특징은 '하면 된다'는 의지적 인간의 탄생이었다.
지금의 자본주의는 의지의 소유조차 극소수로 제한한다. '나머지들'은
자기 계발의 늪에 빠지고 좀 더 지혜로운 이들은 포기를 선택한다.

—

모 신문에 게재된 채현국 선생의 인터뷰를 읽은 적이 있다. 그는
치유란 사람의 매력 그 자체의 효과이지 '시대의 멘토'가 '해주는'
것이 아님을 보여주었다. 그의 언어는 모두 깊고 힘이 있었다. 나를
붙잡은 구절은 "모든 것은 이기면 썩는다. 예외는 없다. 돈이나 권
력은 마술 같아서, 아무리 작은 거라도 자기가 휘두르기 시작하면
썩는다."였다.

자신을 낙오자라고 생각하지만 동시에 이런 망가진 세상에서 이
긴들 무엇하리, 라며 좌절도 분발도 피하면서 '적절히' 살아가는 이
들이 적지 않을 것이다. 하지만 삶은 어차피 관계다. 관계에는 상
대방이 있다. 승부의 의미가 무엇이든, 상대방이 누구든(자연, 타인,
사회적 시선, 자신……) 비교('승부')를 벗어난 삶은 불가능하다.

나는 '이긴 사람이 썩는 것'보다, '진 사람이 썩는 것'에 관심이
있다. 지식, 사회, 자기 자신에 대한 태도가 존경스러운 불문학자
우치다 다쓰루(內田樹)의 《하류지향(下流志向)》은 승·부 중 어느

한쪽을 격려하지 않는다. 이 책의 가장 큰 장점은 당대 젊은이들의 사고방식을 철저히 그들의 입장에서 사고함으로써 자본주의의 새로운 단계를 보고했다는 점이다. 소위 '내재적 관점(질적 방법)'이 잘 적용된 예다.

책 내용은 부제에 잘 요약되어 있다. '공부하지 않아도, 일하지 않아도 자신만만한 신인류 출현'. 최근 재출간된 것은 더욱 구체적이다. '배움을 흥정하는 아이들, 일에서 도피하는 청년들, 성장 거부 세대에 대한 사회학적 통찰'

주지하다시피 일본어에서 한자는 우리의 한글과 같다. 일본 사회에서 한자를 모르면 문맹이다. 저자는 모순(矛盾)을 한자로 쓰지 못하는 대학생, 도쿄대 학생이 수학(數學)과 수학(修學)을 구분하지 못하는 현실을 개탄한다. 그 이유가 "60년간 전쟁을 해보지 않았기 때문"이란다. 전통적인 가족과 도제(徒弟) 관계에 대한 향수가 어른거린다. 시대를 걱정하는 '배운 남자 어른'의 잘못된 대안 제시의 전형으로도 보인다.

하지만 이 책만큼 노동과 공부에 대한 극도의 거부감을, '자기 선택'으로 극복한 '신인류'를 구체적이고 진지하게 묘사한 책도 드물다. 아이들은 빵점을 받기 위해 상당한 노력을 기울이며, 가장은 가혹한 노동에 종사한다는 피해의식 때문에 폭발 직전이고, 일본 주부들의 남편에 대한 최대 봉사는 남편의 존재 자체를 견디는 것이다. 사회 구성원은 불쾌감을 견디면서 서로에게 대가를 요구한다. 저자는 불쾌감을 일종의 화폐로 보는데, 다른 비인간성과 교환한다는 것이다. 모두가 불행하다.

노력과 성과가 일치하지 않고 적은 노력으로 빠른 시간 안에 실익을 얻는 이를 승자로 숭배하는 사회에서, 아이들은 당장 환금성이 없는 공부에 지금을 희생하지 않는다. 경제적 합리성이 사회를 지배하게 되자 빈부, 실력, 기회의 양극화보다 더 근본적인 의지의 양극화가 생겨났다. 근대 사회의 가장 큰 특징은 '하면 된다'는 의지적 인간의 탄생이었다. 작금의 자본주의는 의지의 소유조차 극소수로 제한한다. '나머지들'은 자기 계발의 늪에 빠지고 좀 더 지혜로운 이들은 포기를 선택한다.

이 책에 등장하는 학생들은 온 힘을 다해 아무것도 하지 않는다. 학력 저하는 '노력의 성과'다. 그러나 자기 선택은 어느 정도 안전하고 정의로운 사회에서만 가능하다. 약자는 고립되어 있기 때문에 약자다. 자유는 고립 이데올로기다. 스스로 결정하고 결과도 혼자 책임질 것. 위험 사회가 사회적 약자에게 강요하는 삶의 방식 혹은 죽음의 방식이다.

몇 년 안에 쏟아져 나올 예비 노숙인에 대한 사회적 관심을 촉구하는 '엘리트 상록수' 저자의 개탄은 절망으로 바뀔지 모른다. 아이들에게 '귀차니즘'은 문제가 아니라 대안이다. 그들은 신인류가 아니라 폐허 적응에 성공한 것이다. 저자처럼 계몽 의식과 책임감을 지닌 기존 자본주의의 수혜자는 그들의 선한 의지와 달리 시혜자가 되지 못한다. 저자의 문제의식은 절박하지만 '진짜 현실' 인식은 안이한 듯하다. 충격은 이제부터다. 룸펜, 의지박약자, 잉여는 구제 대상이 아니라 파국의 주체다.

다르게 읽기와 '독후감 쓰는 법'

'나는 무엇을 먹을까?'

'나는 어디서 먹을까?'

'어젯밤 나는 잠을 편히 자지 못했다.'

'오늘 밤 나는 어디서 잘 것인가?'

집을 버리고 진리를 배우는 사람은, 이러한 네 가지 걱정을 극복하라.

《숫타니파타》)

　나는 불교에 무지하지만 초기 경전 중 하나인 《숫타니파타》는 옆에 두고 읽는 책 중 하나다. 하지만 매번 이 글을 읽을 때마다 뭔가 자연스럽지 않다는 생각이 든다. 이 글귀는 음식과 잠을 '사용'하는 사람의 입장에서 쓰여진 것이다. 타인을 위해서든 자기를 위해서든 음식을 만드는 사람이나 잠자리를 마련하는 노동을 하는 사람의 목소리는 없다. 여성이든 남성이든 가사 노동을 일상적으로 하지 않는 사람들은 의식주 관리를 '우렁각시'가 계속 제공하는 줄 안다. 이 글만이 아니라 세상 대부분의 글에는 (가사)노동하는 사람의 입장은 드러나지 않는다. 전국 각지의 맛집을 소개하는 책들이 봇물을 이루지만, 음식을 만들고 처리하고 치우는 과정에서 노동의 구체성을 말한 책은 거의 없다.

보이지 않는 영역에서 노동하고 존재하고 일상을 사는 사람은 글을 쓰지 않거나, 쓸 수 없는 경우가 많다. 쓰더라도 자기 이야기를 그 반대 입장에서 생각하고 서술하는 사례가 대부분이다. 그러므로 우리는 특별히 의식하지 않으면 보이지 않는 세상을 발견하는 것도, 그러한 관점에서 생각하는 것도 어렵다.

예전에 친구들과 인류학자 에드워드 에번스프리처드가 쓴 아프리카 원주민에 대한 현지 조사 방법론을 읽고 토론한 적이 있는데 토론이 진행될수록 뭔가 이상하다는 것을 느꼈다. 나는 원주민(인터뷰이)과 동일시한 반면, 친구들은 당연히 자신을 인터뷰어라고 상정하고 읽었던 것이다. 즉, 나는 처음부터 아니 인생에서 한 번도 나를 '저명한 백인 남성' 인류학자와 동일시한 적이 없다. 이를테면, 나는 평범한 집안에서 태어났지만 어렸을 적에 이미 그것을 알았다. 밥상에는 깍두기를 먹는 사람과 깍두기 국물을 먹는 사람이 따로 있다는 것을. 그것이 역할이든 윤리든 취향이든 그냥 버릴 수 없는 아까운 '깍두기 국물'의 세계를 아는 사람과 그러지 않은 사람이 있다는 것이다.

영화나 드라마를 볼 때 극중 이야기를 이끌어 나가는 주도적인 시점이 있다. 대부분의 관객은 그러한 시선과 자신을 동일시한다. 작가가 비교적 집중하지 않는, 그러니까 그 자체가 아니라 주인공을 위해 존재하는 캐릭터인 주변인, 조연, 엑스트라에 신경을 쓰거나 주의를 환기하고 동일시하는 관객은 드물다. 그러나 주인공만이 아니라 주인공을 주인공이게 하는 주인공과 타자(다른 인물, 동물, 사물, 자연)의 관계에 집중해서 텍스트를 읽으면 사정이 달라진다. 주제와 줄거리가 달라지는 것은 물론이고, 근본적으로는 다른 정치적 세계(범주)가 만들어진다. 텍스트 자체도 감상문도 달라진다.

나는 알코올 중독을 비롯하여 어느 중독에도 편견이 '덜한' 편이다. 나 자신이 여러 가지 물질과 행위에 중독되어 있어서다. 원래 알코올 중독자 모임에서 쓰는 말이지만, 오이와 피클은 독후감에도 좋은 비유다. 알코올 중독 전 인간이 오이라면 중독 이후엔 피클 신세라고 한다. 오이는 피클이 될 수 있지만, 피클이 오이로 돌아갈 수는 없다.

책 읽기 전후가 그렇다. 이 책을 요약한다면 1) 다르게 읽기와 2) 자기 탐구로서 독후감이다. 그래서 이번 마지막 장의 주제는 민망함을 무릅쓰고 말한다면, 독후감을 '잘 쓰는 법'이다.

물론 다르게 읽는다고 절로 좋은 독후감이 나오지는 않는다. 그러나 그 역은 필수다. 좋은 독후감의 전제는 일단 '다르게 읽기'다. 단언컨대 모든 사람이 알 만한 진부한 사고방식으로는 절대 좋은 글이 나올 수 없다. 나는 좋은 책이 반드시 좋은 독후감을 낳는다고 생각하지 않는다. 오히려 그렇지 않은 경우도 많다. 독후감은 책에 관한 것이 아니라 책과 읽기의 상호 작용이기 때문에, 책의 수준과 무관하다. 독후감을 잘 쓰는 사람은 '국정홍보처 간행물'이나 '황색 저널'로도 훌륭한 독후감을 쓸 수 있다.

사실 세상 모든 글은 독후감이다. 학창 시절 첫 번째 글쓰기 숙제가 독후감인 이유다. 독후감은 글쓰기의 기본이자 첫걸음이다. 책이든 경험이든 사람이든, 대상과 접촉한 후 그 이후를 적는다는 점에서 독후감에 해당하지 않은 글은 없다. 모든 글은 경험기, 여행기, 훈습(薰習, working through)의 기록이다.

 텍스트가 책일 때 특히 독후감이라 할 뿐이다. 삶을 구성하는 모든 대상과 만난 느낌의 기록을 논문, 소설, 기사, 일기 등으로 분류해 부른다. 자료와의 만남, 이후 자료의 의미와 그 의미의 정치학을 선행 이론 속에 자리 매김하는 노력이 논문이고, 나의 하루가 교재가 될 때 일기가 되는 식이다. 자료는 일종의 풍경이기도 하다. 그래서 텍스트는 때때로 나의 경우 매우 자주, 상처가 된다. 일종의 인생의 짐이기도 하다. 내가 만난 그것들을 어떻게 할 것인가.

 어린 시절 독후감 숙제가 즐거웠던 사람은 별로 없을 것이다. 나도 마찬가지였다. 밀린 방학 일기 같은 심란한 느낌, 재미없는 책, 쓰기 싫어 죽을 맛인데 억지로 꾸며내거나 상투적인 말을 늘어놓거나……. 숙제를 했다는 안도만 있을 뿐 누가 볼까 두려운 글이 독후감이었다.

 70억 인구에 같은 사람이 없는 것처럼, 내용이 같은 독후감도 있을 수 없다. 개인의 삶과 책이 만나서 변화가 시작되고 독후감은 그 변화의 첫 과정이다. 이 책의 본문은 독후감의 일종이다. '정희진의 어떤 메모'는 제호, 내용 모두 나의 아이디어였다. 평소 지인들과 영화나 책에 대한 감상을 이야기할 때 나는 자주 싸웠다. 그것이 이 책의 시작이다. 동일시하는 인물, 내용에 대한 해석, 작품의 주장, 어떤 글귀의 의미…… 이런 것들에 대한 의견이 늘 달랐기 때문이다. 심지어 작가나 지식인의 글, 배우의 얼굴에 관해서도 다른 이들과 합의한 적이 별로 없다. 내가 좋다는 사람은 다른 이들이 대개 싫어하는 사람이고, 내가 매력도 분위기도 없는 얼굴이라고 주장한 배우를 다른 이들은 '잘생겼다'고 말한다. 이런 일이 반복되면서 나는 고집불통에 왕따 신세가 되었다. 믿지 않는 사람이 많겠지만, 실제 내 성격은 고집은커녕 줏대가 없고 마음이 약한 데다 부화뇌동하는 스타일이라 늘 연년생 여동생이 나의 보디가드 노릇을 했다. 나는 자기 주장이 강한 사람이 아닌데 다른 의견을 내다보니, 그 자체로 주장이 강한 사람이 되어 있었다.

책을 읽고 이야기하는 것은 큰 즐거움이다. 그래서 다른 글은 몰라도 서평 청탁은 거절하지 않는 편이다. 분량에 따라, 지면의 성격에 따라 다르지만 지면이 넉넉할 경우에는 그 분야에서 책의 맥락, 타인이 읽는 방법(일반적으로 읽히는 내용), 내가 읽는 방법을 주로 쓴다. 독자에게 책 내용을 요약하고 소개하는 데는 소홀한 편이다. 특히 내용 요약은 거의 하지 않는다. 어떤 책인지 소개하는 것과 줄거리를 말하는 것은 다른 일이다. 내용을 소개하는 것은 '스포일러'다. 나는 책 내용을 요약하는 사람들을 약간(?) 이해할 수 없다. 이유를 모르기 때문이다.

책에 관한 객관적인 안내서는 이 세상에 없다. 저자 자신도 자기 책을 제대로 말하기 어렵고, 또 말하기 어려울수록 좋은 책이라고 생각한다. 장르에 따라 다르겠지만, 대개 자기 검열, 사회적 검열, 표현력, 무의식의 문제까지 겹쳐 있어서 저자 자신이 하고 싶은 말의 30퍼센트 정도만 추출되어도 성공작이 아닐까 싶다. 쓰지 못한 부분이 많을수록 수심이 깊은 좋은 책일 것이다.

그러므로 책을 읽고 책에 대해 쓰는 것은 결국 자신에 대해 쓰는 것이다. 그 사람만이 쓸 수 있는 독후감, 책을 다시 쓰는 것, 저자가 쓰지 못한/않은 부분을 쓰는 것 그리하여 새로운 의미, 곧 새로운 정치학을 주장하는 것이다. 이렇게 읽는 사람도 있고 저렇게 읽는 사람도 있는데 그 차이는 왜 발생할까. 대개는 콩쥐한테 동일시하고 그치는 경우가 많지만 계모의 내면 세계나 아버지, 친척, 이웃 사람들은 어떤 사람인지가 궁금한 이들도 있다. 나는 팥쥐는 꼭 딸이어야만 하는가, 아들(남성)일 경우 어떻게 될까가 궁금했다. 이런 생각의 차이들은 가치 다양성, 관용, 배려 차원의 내용 확대가 아니다. 정치적 모순, 갈등, 위계의 내용을 다시 구성하는 것이다. 정치적 전선(戰線)을 이동시키는 것이다.

유관순 '누나'라는 호명에서 이미 국민의 성별이 결정된다. 계백 장군의 전기를 읽을 때, 위인전이므로 주인공은 당연히 계백이고 독자는 서술자와 시선을 같이하기 쉽다. 그러나 계백의 시점, 계백의 가족, 농사짓다 전쟁에 동원된 민초의 시선으로 분류해서 읽을 수도 있다.(민초의 시선이 상당히 많이 반영된 영화가 이준익 감독의 〈황산벌〉이다.) 독자의 시점은 독자의 현실에서 위치나 정치적 지향에 따라 다르다. 언제나 주인공하고만 동일시하면 텍스트를 입체적으로 읽을 수 없게 된다. 생업과 부모 봉양을 하지 못하고 이유도 모를 전쟁에 동원된 사람의 입장에서 보면 전쟁은 국가 간의 세력 다툼인가? 탈영은 비겁한 일인가? 누구를 왜 죽여야 하는가? 그 입장에서 텍스트를 읽을 때와 장군의 고뇌는 내용이 전혀 다르다. 계백 장군은 1남 2녀의 자녀와 아내를 칼로 베어 죽인 다음 전쟁터로 향한 이야기로도 유명하다. 패배를 예감한 계백은 가족을 적의 손에 죽게 하느니, 차라리 자기 손으로 죽이고, 조국 백제를 위해 황산벌로 달려가 '장렬히' 전사한다. 이 행동은 계백의 위대함으로 묘사된다.

이런 이야기는 가부장제 사회에서 흔한 경우인데, 여성과 어린이의 시점에서 보면 이는 그저 남성들을 위한 살육이다. 여성과 어린이는 남성 영웅의 경합과 탈취의 대상이며, 남자의 명예를 저장하는 보관소로 여겨진다. 남성 영웅들의 정치가 여성의 몸에 실현되는 것이다. 여성의 죽음은 남성 정치의 부산물이다. 여기서 세 주체의 시점에 따라 이야기는 전혀 다른 내용이 되고, 그 의미 역시 다른 정치와 역사가 된다. 위치성이 내용의 변화로, 정치학의 변화로 이어져 전혀 다른 이야기가 되는 것이다. 어쨌든 이전의 관점에서는 부산물, 부작용, 부수적, 이차적이었던 것이 주요 주제로 위치를 바꾸고 새로운 세계가 드러난다. 새로움을 찾아내는 것, 생각하는 것, 쓰는 것이 독후감이다. 그러므로 내가 쓴 독후감은 세상 어느 누구도 비슷한 의견이 없는 글이어야 한다.

위약(僞藥) 효과일 뿐이며 억압을 가중시키는 책이 왜 '힐링'서로 분류되는가, 왜 모든 소설의 섹스 묘사에는 피임에 관한 부분은 없는가, 백설공주와 '난쟁이'는 왜 커플이 되지 않는가, 잠자는 왕자는 없는데 왜 잠자는 공주는 그리 흔한가. 왜 여성학 책, 특히 한국 사회의 여성학 책들은 여성 문제(question)가 아니라 여성 문제

(problems)를 주로 서술할까. 구약성서 〈룻기〉의 며느리 룻과 시어머니 나오미의 관계는 레즈비언임을 암시하는데, 왜 사람들은 성서가 동성애를 금기했다고 못 박는가?

내가 생각하는 좋은 독후감, 내가 쓰고 싶은 독후감은 다른 시각으로 읽음으로써 '없는' 내용을 만들어내는 방법, 즉 지면을 투사(透寫)하는 것이다. "행간을 읽는다."라고도 표현한다. 다른 안경을 쓰고 읽음으로써 텍스트를 복잡하고 풍부하게 만들어서, 다양한 정치적 입장을 드러내는 것이다. 이것은 진위 여부를 가리는 것이 아니라 경합하는 읽기이다. 경합 없는 통념(주류)의 위주로 읽는다면, 왜 다른 책을 읽는가. 경우의 수만 다를 뿐 결론은 같을 텐데. 한 권만 읽어도 세상사가 하나로 수렴될 것이다. 그 극단은 간혹 만나게 되는 "성경에 모든 말씀이 다 있으니, 다른 책은 읽을 필요가 없다."라고 하는 사람들이다. 나는 그들의 주장을 충분히 이해한다.

다만, 나는 이들이 당파성 개념을 토론하길 바란다. 한 번도 대면하지 못했던 갑과 을이 무대 위에 같이 올라가 토론하는 것이다. 불과 100여 년 전까지만 해도 대부분이 문맹이었던 여성은 무대에 오르는 것 자체가 허락되지 않았다. 여성, 유대인이라는 이유로 노벨상 공동 수상을 공식적으로 거부당했던, 109번째 원소 '마이트너륨'의 발견자 리제 마이트너는 베를린대학교 재직 당시 남자 교수들의 항의로 연구소 정문으로 출입하지 못하고 청소부들이 사용하는 지하 뒷문으로 다녀야 했다. 그런 이들의 목소리는 새로울 수밖에 없다. 경험이 다르기 때문이다.

내가 생각하는 독후감의 의미는 단어 그 자체에 있다. 독후감(讀後感). 말 그대로 읽은 후의 느낌과 생각과 감상(感想)이다. 책을 읽기 전후 변화한 나에 대해 쓰는 것이다. 그러므로 자기가 없다면 독후감도 없다. 독서는 몸이 책을 통과하는 것이다. 온몸으로 통과할 수도 있고 몸이 덜 사용될 수도 있다. 터널이나 숲속, 지옥과 천국을 통과하는 것처럼 어딘가를 거친 후에 나는 변화할 수밖에 없다.

독후감은 그 변화 전후에 대한 자기 서사이다. 변화의 요인, 변화의 의미, 변화의 결과……. 그러니 독후의 감이다. 당연히, 내용 요약으로 지면을 메울 필요가 없다. 독후에 자기 변화가 없다면? 왜 없었을까를 생각하고 그에 대해 쓰는 것도 좋은 독후감이 된다. 나는 왜 책을 읽고 아무 느낌이 없을까도 좋은 질문이다. 자기 탐구가 깊어진다는 점에서 더 좋은 독후감이 될 확률이 높다. 자신의 경험, 인식, 지식, 가치관, 감수성에 따라 여정의 깊이는 달라진다. 독후감의 수준은 여기서 결정된다.

그러므로 독후의 변화를 일으키는 것은 책 자체라기보다도 독자의 처지와 조건이다. 어떤 이에겐 아무렇지도 않은 책이 어떤 이에겐 지축을 흔드는 충격을 준다. 물론, 이런 책들은 개인에 따라 아무리 영향력의 차이가 있더라도 일정 수준을 갖춘 책들이다.(예외도 있지만.) 독자의 위치성, 그 위치성을 의식하고 의심하고 사랑하는 읽기가 책의 위상을 결정한다. 영화든 드라마든 미술 작품이든 책이든 모든 텍스트는 철저히 읽는 이의 상황에 의존한다. "저자는 죽었다.", "책은 독자가 다시 쓴다."라는 말은 권력이 결국 읽는 이, 듣는 자에게 있다는 뜻이다. 언제나 문제는 나 자신이다. 물론, 나(주체, subject)는 사회와 대립하는 개인이 아니라 사회적 몸(social body)이다.

책이 되지 못한 책들의 피해, 비평이 되지 않는 비평의 폐해는, 수많은 책을 읽는 '나'들에 의해 청산될 수 있다. 어느 출판사의 사훈은 책 때문에 망가지는 나무가 없도록 하자는 것이라고 한다. 좋은 독자는 지구를 구한다.

1장 고통

《벌레 이야기》, 이청준 지음, 심지, 1988

〈그날〉, 《뒹구는 돌은 언제 잠 깨는가》, 이성복 지음, 문학과지성사, 1980

《조울병, 나는 이렇게 극복했다》, 케이 레드필드 재미슨 지음, 박민철 옮김, 하나
   의학사, 2000

《수신확인, 차별이 내게로 왔다》, 인권운동사랑방 엮음, 오월의봄, 2013

《상실 수업》, 엘리자베스 퀴블러 로스·데이비드 케슬러 지음, 김소향 옮김, 이레,
   2007

〈순이삼촌〉, 현기영 지음, 〈창작과 비평〉 1978년 가을호

〈이십세기 기수〉, 《사랑과 미에 대하여》, 다자이 오사무 지음, 최혜수 옮김, 도서
   출판 b, 2012

《파이 이야기》, 얀 마텔 지음, 공경희 옮김, 작가정신, 2004

《은밀한 호황》, 김기태·하어영 지음, 이후, 2012

〈손 무덤〉, 《머리띠를 묶으며》, 박노해 지음, 미래사, 1991

〈지금은 비가…〉, 《사랑의 위력으로》, 조은 지음, 민음사, 1991

〈전화〉, 《마종기 시전집》, 마종기 지음, 문학과지성사, 1999

《죽음은 내게 주어진 마지막 자유였다》, 라몬 삼페드로 지음, 김경주 옮김, 지식의
   숲, 2006

2장 주변과 중심

《검은 피부 하얀 가면》, 프란츠 파농 지음, 이석호 옮김, 인간사랑, 1998

《고정희 시전집 1·2》, 고정희 지음, 또하나의문화, 2010

《이별의 기술》, 프랑코 라 세클라 지음, 임왕준 옮김, 기파랑, 2005

《페미니즘, 왼쪽 날개를 펴다》, 낸시 홈스트롬 엮음, 유강은 옮김, 메이데이, 2012

《신약성서》(《한·영 성경전서》, 대한성서공회, 1987 외 참조)

《성의 변증법》, 슐라미스 파이어스톤 지음, 김예숙 옮김, 풀빛, 1983

〈세 가지 물음〉, 《톨스토이 단편선 2》, L. N. 톨스토이 지음, 박형규 옮김, 인디북, 2003

《경제적 공포 – 노동의 소멸과 잉여 존재》, 비비안느 포레스테 지음, 김주경 옮김, 동문선, 1997

《그는 당신에게 반하지 않았다》, 그렉 버렌트·리즈 투칠로 지음, 공경희 옮김, 해냄, 2004

《보스턴 결혼》, 에스터 D. 로스블룸·캐슬린 A. 브레호니 엮음, 알·알 옮김, 이매진, 2012

《님의 침묵》, 한용운 지음, 을유문화사, 1994

《하늘을 덮다, 민주노총 성폭력 사건의 진실》, 민주노총 김○○ 성폭력 사건 피해자 지지모임 지음, 메이데이, 2013

《손자병법》, 손무 지음, 강무학 옮김, 집문당, 1980 | 《손자병법》, 손자 지음, 김광수 옮김, 책세상, 1999

〈월간 비범죄화〉, 성판매여성비범죄화추진연합 발행, 2013

《남과 여에 관한 우울하고 슬픈 결론》, 잉에 슈테판 지음, 이영희 옮김, 새로운 사람들, 1996

《운현궁의 봄》, 김동인 지음, 일신서적출판사, 1993

《문장강화》, 이태준 지음, 임형택 해제, 창비, 1998

《돈 잘 버는 여자 밥 잘 하는 남자》, 알리 러셀 혹실드 지음, 백영미 옮김, 아침이슬, 2001

《최후의 만찬은 누가 차렸을까? – 세계 여성의 역사》, 로잘린드 마일스 지음, 신성림 옮김, 동녘, 2005

3장 권력

《슬픔의 노래》, 정찬, 조선일보사, 1995

《리바이어던》, 토머스 홉스 지음, 한승조 옮김, 삼성출판사, 1990

《천자문》, 이민수 옮김, 을유문화사, 1972 | 《천자문》, 주흥사 지음, 안춘근 옮김, 범우사, 1994

《극단의 시대: 20세기 역사》, 에릭 홉스봄 지음, 이용우 옮김, 1997, 까치

《군대를 버린 나라 – 코스타리카 사람들의 평화 이야기》, 아다치 리키야 지음, 설배환 옮김, 2011, 검둥소

《군주론》, 마키아벨리 지음, 임명방 옮김, 삼성출판사, 1990

《경제의 세계화와 도시의 위기》, 사스키아 사센 지음, 남기범·유환종·홍인옥 옮김, 푸른길, 1998

《이상문학전집 1》, 이승훈 엮음, 문학사상사, 1989 | 《이상문학전집 4》, 김윤식 엮음, 문학사상사, 1995

《국가에 대항하는 사회 – 정치인류학 논고》, 피에르 클라스트르 지음, 홍성흡 옮김, 이학사, 2005

《조선/한국의 내셔널리즘과 소국의식 – 조공국에서 국민국가로》, 기무라 간 지음, 김세덕 옮김, 산처럼, 2007

《세계화 시대의 국가 안보》, 배리 부잔 지음, 김태현 옮김, 나남출판, 1995

《거짓의 사람들》, M. 스콧 펙 지음, 윤종석 옮김, 두란노, 1997

《팍스 코리아나 – 한국인 시대가 온다》, 설용수 지음, 책보출판사, 2009

《드레퓌스》, 니콜라스 할라즈 지음, 황의방 옮김, 한길사, 1978

《행복하려면, 녹색》, 서형원·하승수 지음, 이매진, 2014

4장 안다는 것

《프로이트 I, II》, 피터 게이 지음, 정영목 옮김, 교양인, 2011

《방법에의 도전》, 파울 파이어아벤트 지음, 정병훈 옮김, 한겨레, 1987

〈역사철학 테제〉, 《발터 벤야민의 문예이론》, 발터 벤야민 지음, 반성완 옮김, 민음사, 1983

《사회학적 상상력》, C. 라이트 밀즈 지음, 강희경·이해찬 옮김, 기린원, 1991

《무엇을 할 것인가?》, V. I. 레닌 지음, 김민호 옮김, 백두, 1988

《선악을 넘어서》, 프리드리히 니체 지음, 김훈 옮김, 청하, 1982

《성의 정치 성의 권리》, 권김현영·한채윤·루인·김주희·류진희 지음, 자음과모

음, 2012

〈빅 이슈〉 일본어판 214호, 2013년 5월 1일자

《빼앗긴 우리 역사 되찾기 – 교과서포럼이 해부한 '왜곡'의 진상》, 박효종·최문형·김재호·이주영 지음, 기파랑, 2006

《문화의 위치–탈식민주의 문화이론》, 호미 바바 지음, 나병철 옮김, 소명출판, 2002

《글쓰기 홈스쿨》, 고경태·고준석·고은서 지음, 한겨레출판, 2011

《탈식민지 시대 지식인의 글 읽기와 삶 읽기 2》, 조혜정 지음, 또하나의문화, 1994

《과학과 젠더 – 성별과 과학에 대한 제 반성》, 이블린 폭스 켈러 지음, 민경숙·이현주 옮김, 동문선, 1996

《포스트모던의 조건》, 장프랑수아 리오타르 지음, 유정완·이삼출·민승기 옮김, 민음사, 1992

《세계사의 해체》, 사카이 나오키·니시타니 오사무 지음, 차승기·홍종욱 옮김, 역사비평사, 2009

《포스트맨은 벨을 두 번 울린다》, 제임스 M. 케인 지음, 이만식 옮김, 민음사, 2007

《남성성/들》, R. W. 코넬 지음, 현민·안상욱 옮김, 이매신, 2013

《여자는 무엇으로 사는가》, 안드레아 도킨 지음, 홍영의 옮김, 문학관, 1990

5장 삶과 죽음

《달빛 아래서의 만찬》, 아니타 존스턴 지음, 노진선 옮김, 넥서스, 2003

《한낮의 우울》, 앤드류 솔로몬 지음, 민승남 옮김, 민음사, 2004

〈언니의 폐경〉, 《강산무진》, 김훈 지음, 문학동네, 2006

《화》, 틱 낫 한 지음, 최수민 옮김, 명진출판사, 2002

〈오늘 부는 바람〉, 《김원일 소설집》, 김원일 지음, 문학과지성사, 1976

《병을 달래며 살아간다》, 다이쿠바라 야타로 지음, 박영 옮김, 여강출판사, 1991

《살아남은 자의 아픔》, 프리모 레비 지음, 이산하 옮김, 노마드북스, 2011

《공부가 가장 쉬웠어요》, 장승수 지음, 김영사, 2004

《태백산맥》, 조정래 지음, 한길사, 1989

《자살의 이해》, 케이 레드필드 재미슨 지음, 이문희 옮김, 뿌리와이파리, 2004

《러브 스토리》, 에릭 시걸 지음, 편집국 옮김, 시사영어사, 1992

《마지막 잎새》, 오 헨리 지음, 이계순 옮김, 청목사, 1996

〈누이를 이해하기 위해서 – 또는 어떤 치한 소묘 습작〉, 김승옥 지음, 〈산문시대〉
　　4호, 가림출판사, 1963

《하류지향》, 우치다 타츠루 지음, 박순분 옮김, 열음사, 2007

정희진처럼 읽기

2014년 10월 20일 초판 1쇄 발행
2023년 11월 13일 초판 12쇄 발행

■ 지은이 ———— 정희진
■ 펴낸이 ———— 한예원
■ 편집 ———— 이승희, 윤슬기, 양경아, 김지희, 유가람
■ 펴낸곳   교양인
　　　　　우 04015 서울 마포구 망원로6길 57 3층
　　　　　전화 : 02)2266-2776 팩스 : 02)2266-2771
　　　　　e-mail : gyoyangin@naver.com
　　　　　출판등록 : 2003년 10월 13일 제2003-0060

ⓒ 정희진, 2014
ISBN 978-89-91799-00-4 03800

이 도서의 국립중앙도서관 출판시도서목록(CIP)은 서지정보유통지원시
스템 홈페이지(http://seoji.nl.go.kr)와 국가자료종합목록시스템(http://
www.nl.go.kr/kolisnet)에서 이용하실 수 있습니다.(CIP제어번호:
CIP2014028349)